目　录

前言

一、满洲的旗营
（一）旗营的形成 /2
（二）旗营的类别与分布 /6

二、飞虎云梯健锐营
（一）组建健锐营 /60
（二）营区布局 /63
（三）军政管理 /70
（四）建筑 /72
（五）营区生活 /85
（六）军事训练 /130
（七）重大征战 /133
（八）军事将领 /155
（九）多民族的健锐营 /158

三、清帝退位后的健锐营
　　（一）民国初期健锐营的人们／199
　　（二）旗营留下的启示／204
　　（三）北京西山健锐营遗迹／206

后记／211

附录／215
　　1.从健锐营士兵成长起来的将领／215
　　2.由清廷特派管理健锐营的将领／217
　　3.从外旗调入管理健锐营的将领／218

北京西山健锐营

常林 白鹤群 著

学苑出版社

前　言

　　北京是一座多民族的城市。从北京建都以来，在北京建立都城的大部分是少数民族政权，如辽、金、元、清四代。因而，从建筑上看，多种民族风格的建筑至今耸立于北京大地之上，辽代的塔，元代的碑，明代的紫禁城与坛庙，清代的园林与寺观等分布各处。从文化上看，多民族文化共生共融而成为今日的北京文化，大气、包容、深厚、丰富、多元是北京多民族文化的显著特征。我们可以从语言、习俗、服饰、戏剧、书法、建筑等多方面领略到多民族文化在北京的生长与交汇。

　　清王朝是以中国北部边疆的一个少数民族地位入主中原的，而她能够治理统一多民族国家260余年，创造了130余年的康雍乾盛世，其成功秘诀之一就是其多民族的团结政策。满洲的高层统治者一方面接受儒家文化，承袭传统的政治制度，另一方面则积极治理边疆，增进边疆与中原的政治、经济及文化等各种联系，加强少数民族对中央的向心力。经过清代的长期努力和统治，曾经存在的满汉民族矛盾日益消融，各民族不断融合，共同成为中华民族的成员，终于奠定了今日中国的辽阔版图。这其中，清高宗乾隆的贡献是极其巨大的，他积极治理边疆，使得"各属邦宾服"，他成功地制定了全国少数民族事务的政策并付诸实施，实现了民族的大团结，解决了明以前边境地区曾普遍存在的边人内犯和边境扰乱不止的局面。同时，他以文化建国，通过推行多项措施，使得边疆地区逐渐汉化或内地化，从而在文化的层面上使中国成为一个统一而不可分的国家。又第一次使中国的领土成为包含边疆地区和内地在内的不可分割的完整整体，在以汉、满、蒙、回、藏五族为主体的共和的基础上形成了中华民族一家的观念。

具体来看，清政权为了国家长治久安的需要，承袭并维护着中国的领土尊严，其对其他民族不分大小均采取了以团结为主的政策，对事关民族团结和国家统一的大原则毫不动摇，对内实行民族团结，对外维护国家统一。对一些具有分裂倾向的活动，在屡次劝说无效的情况下，则坚决通过军事手段来解决，八旗军队是其主要军事力量，其中在乾隆初年建立的健锐云梯营就是当时为维护国家统一，进行军事斗争准备的一项重要举措。

乾隆十二年，由于蜀西大金川土司莎罗奔"恃强凌弱，不安住牧，屡侵邻封"，朝廷派云贵总督张广泗征战，以靖边氛。金川人利用战碉这一特殊的民族建筑，将张广泗杀退。乾隆十三年，乾隆帝以大学士傅恒为将，率东北三省及操练过登攀战碉的京兵5000人再讨大金川，而大军尚未到达，大金川在大将岳钟琪宣谕招降下认罪，签约6条。

这5000名精兵中有2000名精兵是从香山脚下进行军事操练的京城兵丁中选拔的。在云贵总督张广泗第一次征剿失败后，乾隆皇帝得知失利的原因在于山地中的石碉楼，碉楼在山地间易守难攻，达到了："半月旬日攻一碉，攻一碉难于克一城"的程度。于是，乾隆命工部着手在北京西山脚下的方圆十多里的山地上修筑了和大小金川相似的碉楼进行训练，以达到以碉攻碉的目的。

乾隆十四年，出征官兵回到北京，在西郊香山脚下成立健锐营，前面冠以"飞虎云梯"。营分左右二翼，各设翼领一人，并选王公大臣兼任都统，常日驻扎静宜园（香山）担任守卫。昔日从京城驻防八旗中选派的战士并没有回到原来在京城内的营房里，而是全部留在了香山脚下新建的八个旗营营房中。这些得胜之兵便从城中接出了家属开始了健锐营的新生活。

此后，该营参加过无数次战斗，其中比较大的有维护和巩固国家统一的再次平定四川大小金川之战和平定新疆大小和卓之战，还有反击外敌入侵的缅甸犯滇之战、廓尔喀（今尼泊尔）侵藏之战和八国联军入侵北京之战，战功卓著。

白鹤群先生是北京西山健锐营人的后代，也是我的忘年执友，我们相识于20世纪80年代末期，偶然的相识使我们成为至交，我们都是满族，有着相同的满族姓氏，又有着极其相似的家风世传。他进行北京历史、地理、民俗的研究数十年，治学严谨，涉猎广泛，他除了大量搜集文献资料，还把很大的力量用在了现场勘查和居民访谈上，获得了许多书籍中未曾记载或记载简略的珍贵史料，出版有《北京的会馆》、《老北京的居住》、《京都胜迹》、《燕都说故》、《日下回眸》等十余本图书，成果斐然。特别是祖辈在健锐营生活的经历和家传文献资料，使他在健锐营研究方面有着独特的优势。

北京西山健锐营由于有着独特的历史，多次在抵御外侮的战争中将士们冲锋陷阵，死伤无数，代代相接，并为外地驻军补充兵员，丰富的名胜古迹遗存，众多的碉楼和两个满族营房夹一个汉族村落的奇特布局，多彩的民族民间习俗和丰富的传奇故事，如曹雪芹与红楼梦，以及带有明显满族聚居区地理特色的地名，如厢红旗、牛录坟、镶黄西营、红旗村、正蓝旗、南营、北营等。这些都引起了许多民族史和满族学者的注意。本书分成满洲的旗营、飞虎云梯健锐营、清帝逊位后的健锐营三部分来介绍这一独特的历史现象，其中特别详细地介绍了健锐营的组建、布局、管理、建筑、生活、军事训练、重大征战、军事将领、多民族特点、今日遗迹等内容，很多内容是第一次面世。为了使人们对健锐营的认识更直接，本书还为此收集、拍摄了大量的历史图像资料和遗址照片，使本书增色不少。

相信本书的出版对于揭开健锐营的神秘面纱，对人们全面了解北京西山地区的文化史、了解曹雪芹著书黄叶村时该地区的文化生态环境及祖国西部嘉绒藏族的风情民俗有所帮助。

常　林

2004 年 7 月

一、满洲的旗营

在北京海淀区行驶的公共汽车路线上多有蓝旗营、正白旗、红旗村、火器营、正蓝旗、镶蓝旗、哨子营等站名，这些站名中的"旗"与"营"究竟是什么含义呢？

"营"是驻军的地方。"旗"是清代努尔哈赤起兵时，创立兵农合一，军政合一的联合体。初设黄旗、白旗、红旗、蓝旗四旗。后来由于旗丁增加，又增设镶黄、镶白、镶红、镶蓝四旗，统称八旗。可见，在海淀区内旧时多有驻扎的军队，清廷把这些驻扎军队的地方称为"旗营"。

自乾隆十四年（1749）起，我们祖上十数代生活、联姻在香山脚下的健锐营镶红旗北营，现将家人留下的文字与口碑，整理记载于后，以充京味民俗文化。

（一）旗营的形成

八旗，是努尔哈赤创立的"以旗统军，以旗治民"的特殊军队。后来形成八旗制度，以此为纽带，把女真社会的军事、政治、行政统一起来，从而使分散的女真各部联结成一个组织严密的社会机体。八旗制度作为满族的社会组织形式，不仅具有军事职能，还具有生产和行政三方面的职能，对早期满族社会经济的发展起到了促进作用。

女真人原有社会组织是族和寨两种形式。"族"满语称"穆昆"，是按血缘关系由亲族本姓组成的群体。"寨"满语为"嘎山"，是按地缘关系组成的社会群体。女真人原始狩猎时，不论人数多少都依族寨而行。为了便于管束，出猎以10人为一队，每人各出1支箭，由牛录额真（"牛录"在满语中是"箭"的意思，"牛录额真"意为大箭之主）统领，照指定方向行事。虽然这只是个临时性的组织，但狩猎的需要，生存的需要，却使这个古老的民族，形成了结成群体的传统。努尔哈赤对这种传统的组织形式进行了改造，变成了适应当时战争需要的一种全新的组织形式。但从总体上看，16世纪中期前，女真内部处于分崩离析状态。

明万历十二年（1584），努尔哈赤开始组织军队，每个牛录由原来的10人，增编到300人。牛录也不再单纯的是围猎组织，开始以军队的面目出现。

牛录的改编，奠定了八旗的雏形。明万历二十一年（1593），当努尔哈赤与九部联军交战时，已经开始按旗兵设伏。明万历二十九年（1601），努尔哈赤确定以黄、白、红、蓝四色旗为标志，从此，产生了四旗。努尔哈赤规定，所有人员必须编入八旗，"聚集之众多国人，皆均匀整齐点数"分隶多牛录，牛录的长官为牛录额真，其下设代子2人为牛录额真的副职。每牛录又分为4个塔坦，每个塔坦由1名章京和1名拨什库管理。

后来由于征服和招降的人口不断增加，只有牛录这一级的编制已不适应发展的需要，于明万历四十三年（1615），将牛录制度加以扩大与发展，实行三级管理制度。将牛录作为八旗制的基层组织，五牛录为一甲喇，长官为甲喇额真，五甲喇为一固山，长官为固山额真，又称旗主，每旗一般由7500人组成。后来，牛录称为领，甲喇称为参将，固山称为都统。同时，在原有四旗基础上，增加到了八旗，即正黄旗、镶黄旗、正白旗、镶白旗、正红旗、镶红旗、正蓝旗、镶蓝旗。固山额真又称为和硕贝勒，掌管一旗之旗务。

建旗之初，努尔哈赤自领两黄旗，代善为两红旗主旗贝勒，皇太极为正白旗主旗贝勒，杜度为镶白旗主旗贝勒，莽古尔泰为正蓝旗主旗贝勒，阿敏为镶蓝旗主旗贝勒。努尔哈赤总揽大权，统辖八旗。八旗制下的女真为兵民合一，平时耕猎，战时披甲当兵，由固山额真、甲喇额真、牛录额真辖领，遵照汗、贝勒命令，冲锋陷阵。

1601年，军队以黄、白、红、蓝四种颜色的旗帜为标志。1615年，由于增设了四旗，便将原来四种颜色的旗帜上按规定镶上色条边，黄、白、蓝三色旗帜镶红边，红色旗帜镶白边。在叫法上亦有所不同，如原来的黄旗叫整黄旗，俗称正黄旗，镶上边的叫镶黄旗，俗称厢黄旗。在这里"正"字应读为"整"（zhěng）音，当"整个"、"全部"讲。而后四旗的镶黄的"镶"意思是原纯颜色的周围再用别的颜色镶边。正四旗与镶四旗中的图案也有很大的区别。正四旗中龙的图案龙首向右，而镶四旗的图案龙首向左。正四旗图案的龙腹内飘有五朵祥云，镶四旗龙腹内只有三朵祥云。

镶白旗

满洲的八旗是一个兵民合一的组织，《清太宗实录》中记："我国出则为兵，入则为民，耕战二事，未尝偏废。"

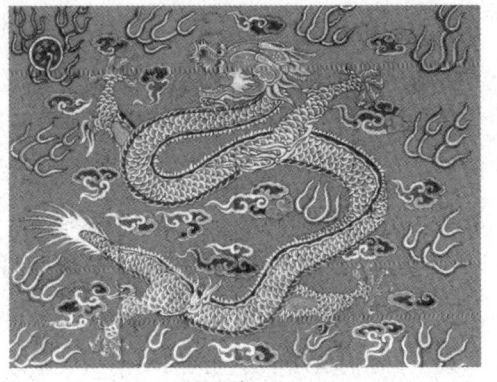

正红旗

各旗在自己佐领领导下，平时生产、战时打仗。尽管以后旗人逐渐增加，佐领也随之增补，然旗数却总不会变。

旗营内所有一切均为军事化，故昔日八旗子弟兵多英勇善战，保卫家旗，征服左右，南睦邻邦，北御沙俄。清乾隆帝的"十全武功"便是清朝300余年的盛世顶点，从而奠定了中国今日的版图。

努尔哈赤时期，军民没有什么明显区别，民亦军。可以说是全民皆兵。女真人每个旗户都编入各旗之内，这就是每个满族人都有旗属的原因。同一宗族的人不一定编入一个旗中，包括努尔哈赤宗族，只是当时属于某旗，但由于旗人的历代世袭，故他们的后代也就属于了当时的旗籍。开始，各旗之意间，基本是平等的，后来由于旗主的身份不同，正黄旗、镶黄旗、正白旗成了上三旗，而其他旗则成为了下五旗。上三旗是满洲之中的高贵者，或者说是满洲内部的统治核心。

八旗的兵丁理应是满洲人，但是由于满洲最初入关时仅有兵丁22.5万，试想要使一个少数民族统一整个中华，则是一件极为困难的事。于是，满洲统治者把征服了的其他民族的人，也编入了八旗之内，而形成了不是满洲人的旗人。因此，满洲人应是旗人，而旗人并不完全是满洲人，这里面也含有蒙古族、汉族、藏族、苗族、羌族、俄罗斯族、鄂伦春族、锡伯族、达斡尔族以及察哈尔、巴尔呼、额鲁特、扎哈沁、明阿特、乌梁海、达木、哈萨克等地区的游牧人。

天聪九年（1635），清廷扩编了蒙古八旗。崇德二年（1637），成立了汉军左右翼二旗，四年扩为四旗，七年扩为汉军八旗。这样，满、蒙、汉各分八旗，总数实则24旗。至于兵丁较少的民族如达斡尔、锡伯、鄂伦春等民族则由朝廷旗籍司管理或属当地旗营都统管辖。所以，旗营自满洲入关后，已变成军政合一的在中央集权下的多民族的大家庭。

崇德三年（1638），努尔哈赤分派两支军队攻破了明将所据守的长城防线，同时进入直隶、山东两省的五十多个县。顺治元年（1644），年仅六岁的福临在北京登基，年号"顺治"。

清政府在统一中国过程中的一些战役，主要是与散布在西南部的南明残存势力作战。顺治六年（1649），加入清政府内的明朝降将吴三桂、孔有德、尚可喜被分派前去镇压。他们从几个方向同时对南明残存势力展开了有力的打击。在征战的过程中，清政府又给这些明朝降将封官晋爵，大加赏赐，孔有德被封为"定南王"，耿精忠被封为"靖南王"，尚可喜被封为"平南王"，清政府利用明代降将来鼓励中原人效忠于清政府。后来，吴三桂、耿精忠、尚可喜及其世袭之子孙在历史上称为"三藩"。

在很长一段时间里，这些汉族将军一直是忠心耿耿为大清政权效劳的。然而，在征服工作完成之后,这些将军的个人野心就逐渐超过了他们所获得的殊荣。因为他们在统治自己辖区内的疆土时尝到了权力的滋味。康熙十二年(1673),他们起兵反叛清政府,在这种情况下,清政府不得不把八旗官兵和绿营兵派去作战,康熙二十年(1681)终于平息了这场"三藩之乱"。这场平定"三藩之乱"的战争,主要是由多数汉军八旗官兵去完成的。

"三藩"在自己的统治区内分裂割据,横征暴敛,因而当清廷出兵镇压"三藩之乱"时,"三藩"统治区内的大部分老百姓采取了漠不关心的态度,甚至一些人还亲自为清政府效劳、卖命。所以可以这样说,"三藩之乱"的结果,反倒使不少汉人更加忠于清政府,从而使清廷的统治得到了进一步加强和巩固。不仅如此,通过这场生死攸关的较量,还进一步显示了清政府力量的强大。从而也使一些对清廷三心二意的人更坚定了投靠清政府的信心,死心塌地为清廷卖命。

《紫光阁赐宴图》 平定伊犁后,乾隆在西苑(今中南海内)紫光阁赐宴犒赏众将士。

通过征服战争和平定"三藩"的八年战争,忠于清廷的各旗军队人数都在不断地增加。在镇压最后叛乱的过程中,清政府调动了16万至20万的八旗官兵。在平息叛乱接近尾声之前,清政府已意识到如果不把大量的军队部署在全国各地就无法应付将来的局面,也无法使社会秩序持续保持安定。康熙二十年(1681)九月,在完全平定

"三藩之乱"的前两个月,康熙皇帝便敕令八旗官兵在有麻烦的南方各地及陕西的汉中、广西的柳州和南宁、贵州的贵阳、湖南的沅州驻防。剩下的所有八旗军队被命令返回北京保卫京师,于是成千上万的八旗官兵在平定叛乱之后涌入北京,随之中央政府面临着巨大的物资供应和住房的困难。在这种情况下,康熙皇帝不得不把八旗官兵再调出京城,去加强已经建立起来的西安、南京、汉中等战略要地。

（二）旗营的类别与分布

清军入关后,福临于顺治元年(1644)十月在北京做了"大清"王朝的第一任皇帝。当时满洲有兵丁22.5万人。顺治帝为了巩固自己的统治,将满洲八旗兵一分为二,列京营和驻防两类。前者兵额12.5万人,后者兵额10万人。驻防八旗为盛京(沈阳)、吉林、黑龙江、伊犁、绥远、宁夏、西安、荆州、江宁、杭州、福州、广州、成都等13个城镇和军事要地。

1. 驻防旗营

八旗官兵分驻各省,坐镇地方,名为"驻防"。顺治二年(1645)派八旗兵驻扎顺德、济南、德州、临清、徐州、潞安、平阳、蒲州等处,这是设驻防旗兵之始。以后陆续在各险要之地,增派驻防,各按专城设将军、都统、副都统、城守尉、防守尉等官,统率所属旗兵,分别防守各地方。组成"佐领"(军营基层组织)若干。其官兵旗籍,仍隶属在京之原"佐领"(这里又是旗籍的基层组织)管辖。驻防事务则隶属兵部。

将八旗军队以驻防的形式在全国进行部署,最初是出于战略上的考虑。作为清朝统治的中流砥柱,八旗驻防的目的旨在保护清朝的利益,镇压国内可能发生的叛乱,抵御外部侵略,监督各省的汉人官员,并有效地监视绿营兵。汉人军队绿营兵

绿营

绿营的编制和八旗兵不同,它在很大程度上因袭了明军的建制。大体上是以营作为军队的基层单位,每营应有兵500人。除少数留驻北京的称为京营(又称巡捕营),隶属于步军统领外,绝大多数都分驻各省。按照地方的大小远近、险要程度等决定驻扎的营数。绿营由地方上的总督、巡抚、将军等统辖。由总督统辖的叫"督标",巡抚统辖的叫"抚标",提督统辖的叫"提标",总兵统辖的叫"镇标",将军统辖的叫"军标"(只有四川、新疆设置)。除此之外在有些地区,还设有"河标"和"漕标"。标以下设协,副将统之,协以下设营,参将、游击、守备分别统之,营以下还有讯,千总、把总、外委等分别统之。就兵种说,有马兵、战兵、守兵之分,濒海濒江之地还有水师。清初绿营兵有90多万,康熙以后缩编为60余万。由于普遍吃"空额",实际上远远不到此数。

的存在既是清政府统治的军事工具,同时也对清政府产生威胁,因为它的人数是八旗兵的三倍。因此,清政府必须周密计划将八旗驻防地点选在紧靠绿营兵驻扎的地方,而为了防止汉人将士兵变,绿营兵已被精心地分割成许多小块,散布在全国。为进一步防止叛乱,清政府还将其指挥权分交给了总督、巡抚、提督,并让他们各自掌握一定的军权,以互相牵制。

(1) 驻防旗营的建制

驻防的军事组织总是等级分明的,其建制的大小取决于它的规模和战略地位。在省会和其他重要地方驻防,官兵多达3000人,由将军统领(西方人通常称满洲将军为"鞑靼将军")。中等规模的驻防官兵一般1000到3000人不等。由副都统统领。坐落在外围据点以及交通要塞的驻防,官兵不过1000人。由城守尉统领。城守尉和副都统向附近较大的驻防将军负责。这些较低的长官控制着驻防,同时又从属于将军。随着驻防制度的巩固,这一组织的严密体系逐渐完善起来了。

将军衙门

将军,为旗兵的最高长官,从一品。与加尚书衔的总督同。因驻防各地方,也称为"封疆大员"。与总督驻在一个省区的,如会同奏事,要以将军领衔。其实权虽不如总督,其地位则高于总督。全国共设将军13人,分别驻守下列各地方:盛京、吉林、黑龙江、绥远、江宁、福州、杭州、荆州、西安、宁夏、伊犁、成都、广州。

驻防各地将军的职衔,都冠以所驻地名,如盛京将军、吉林将军等。各以所辖地区大小,分别规定所属官兵额数。

盛京将军(驻盛京、今沈阳),统辖奉天省全省驻军,共有官兵1.7万

18世纪末的盛京将军衙门

1903年盛京城一角

八旗驻防分布图

多人。盛京将军衙门有主事1人，笔帖式11人，办理所属事务。

　　吉林将军（驻吉林府），统辖吉林全省驻军，共有官兵1.2万多人。吉林将军衙门有主事1人，助教1人，笔帖式1人，书吏2人，办理所属事务。据《光绪会典事例》卷四一记载，吉林将军衙门设有理刑司及银库，各设笔帖式2人。

　　黑龙江将军（驻齐齐哈尔），统辖黑龙江全省驻军，共有官兵1.12万多人（包括打牲游牧之兵）。黑龙江将军衙门有主事3人，笔帖式2人，办理所属事务。其内部机构，仅有银库。

　　绥远城将军，兼辖右卫（今右玉县，在山西境内），共有官兵3400多人。绥远城将军衙门有左司、右司、印房三个单位，有笔帖式3人，典吏6人，分在各单位办事。

绥远将军议事厅

江宁将军，兼辖京口（今丹徒县）驻军，共有官兵3600多人。江宁将军衙门有笔帖式3人，办理所属事务。

福州将军，有官兵2800多人，并兼节制绿营的陆路镇协各营。福州将军衙门有笔帖式3人，办理所属事务。其所属八旗，各设外郎1人，在将军衙门办事。

杭州将军，兼辖乍浦驻军，共有官兵3900多人。杭州将军衙门有笔帖式3人，办理所属事务。

荆州（湖北一府）将军，驻江陵，有官兵5600多人。将军衙门有笔帖式2人，办理所属事务。

西安将军，有官兵6500多人。将军衙门有笔帖式1人，办理所属事务。

宁夏将军，有官兵3300多人。将军衙门有笔帖式3人，办理所属事务。

伊犁将军，兼辖惠远城、惠宁城、古城等处驻军，共有官兵9900多人。所属并有绿营，名为"军标"，有兵1000多人。将军衙门内部组织，有印房、粮饷处及驼马处，设司官5人，笔帖式4人，分在三个单位办事。

成都将军，有官兵1900多人。所属也有绿营"军标"，计左、右二营，有兵800多人，并节制建昌、松潘二镇。其衙门内部属官不详。

广州将军，有官兵5200多人，并节制绿营的陆路镇、协各营。广州将军衙门有笔帖式3人，办理所属事务。广州将军所属八旗，各设外郎1人，在将军衙门办事。

以上各处驻军，一般有马军，有步军。东三省及福州、杭州、广州等处，则兼有水军。这些官兵,都隶属八旗。

都统、副都统衙门

都统,也是从一品,官阶与将军同。驻防之都统仅2人。分驻张家口与热河。

张家口都统,兼辖察哈尔游牧之事,故一般称"察哈尔都统"。共有官兵1.9万多人。其都统衙门有笔帖式4人,办理所属事务。热河都统,兼管木兰围场及游牧之事,共有官兵8700多人。其都统衙门有主事1人,笔帖式4人,办理所属事务。并有理藩院司员、刑部司员随同办事。

副都统,为正二品官。其驻守地区设有将军者,由将军兼辖,无将军兼辖者,则独当一面。其防务直接汇报于兵部,并可直向皇帝奏事。独当一面的副部统有四人,分驻直隶密云与山海关、山东青州及甘肃凉州四处。

密云副都统,兼管昌平、顺义、三河、玉田、古北口等处驻军,共有官兵2600人。山海关副都统,兼管冷口、永平、喜峰口等处驻军,共有官兵1500多人。青州副都统,兼管德州驻军,共有官兵2300多人。凉州副都统,兼管庄浪驻军,共有官兵2200多人。以上四个副都统衙门,各有笔帖式二三人,协助副都统办理所属事务。

此外,属将军兼辖的副都统,共29人,分布情况如下:

属盛京将军兼辖的4人,盛京、兴京、金州、锦州各1人。盛京一人与将军同城驻防。

属吉林将军兼辖的6人,吉林、宁古塔(今

耆英像 耆英(1790～1858) 满洲正蓝旗人。爱新觉罗氏,字介春。清太祖努尔哈赤二弟穆尔哈奇第九子辅国公祜世塔后裔。历任兵部侍郎,理藩院、礼部、工部、吏部、户部尚书,八旗都统,步军统领(又称九门提督)。曾任热河都统,盛京、广州、杭州将军,两江、两广总督等封疆大吏。最后官至文渊阁大学士。1858年赴天津谈判,未收到命令就回北京,被赐死。其父禄康为嘉庆朝之东阁大学士,父子两代相承,入阁拜相,开创了清宗室先河,光荣至极。父子拜相在中国封建社会的历史上也是罕见的。

黑龙江宁安县）、伯都纳（今扶余县）、阿拉楚喀（今黑龙江阿城县）、三姓（今黑龙江依兰县）、探春各1人。其吉林1人与将军同城驻防。属黑龙江将军兼辖的4人：黑龙江城（即瑷珲）、墨尔根（今嫩江县）、呼兰、呼伦贝尔（今属内蒙古自治区）各1人。属江宁将军兼辖的2人：江宁、京口各1人。其江宁1人与将军同城驻防。属杭州将军兼辖的2人：杭州、乍浦各1人。其杭州1人与将军同城驻防。以上各地副都统，除与将军同城者外，各统率一部分官兵，防守所驻之城，防务都汇总于兼辖之将军。

避暑山庄全图

此外，福州、宁夏、成都各1人，荆州、西安、伊犁、广州各2人，分别归同城驻防将军兼辖，与将军共同统领所属驻军，办理本城防务。

城守尉、防守尉等衙门

城守尉，为正三品官，有属将军兼辖的，有属副都统兼辖的，也有独当一面的，共为16人。

独当一面的城守尉共4人，计保定、沧州、太原、开封各1人。属将军兼辖的10人，计盛京将军兼辖开原、辽阳、复州、义州、凤凰城、岫岩城、广宁、盖州各1人；绥远城将军兼辖右卫1人；伊犁将军兼辖古城1人。属副都统兼辖的2人，计青州副都统兼辖德州1人，凉州副都统兼辖庄浪1人。这些城守尉所领官兵，一般是数百人，最少有100余人的，最多有1100余人的。各城守尉衙门各有笔帖式1人，办理所属事务。各城守尉的防务，独当一面的自行汇报兵部，属将军、副都统兼辖的，由兼辖衙门报兵部。

防守尉，为正四品官，也与城守尉同样有属将军或副都统兼辖的，有独当一面的，并有属都统兼辖的，共为18人。

独当一面的防守尉共7人，计宝坻、东安、采育、固安、雄县、良乡、霸州各1人，都在直隶省。属将军兼辖的2人，计盛京将军所辖牛庄（在海城县西）、熊岳城（在盖平县西南）各1人。属都统兼辖的，计有张家口都统所辖独石口1人。属副都统兼辖的8人，计密云副都统所辖昌平、玉田、三河、顺义、古北口各1人，山海关副都统所辖永平、喜峰口、冷口各1人。

这些防守尉所领官兵，有九处各50人，有四处各100人，有二处各200人，惟奉天的熊岳城与牛庄最多，一为900余人，一为300余人。各防守尉衙门各有笔帖式一二人，办理所属事务。各防守尉的防务，独当一面的七处，自行汇报兵部，其属将军、都统、副都统兼辖的，则由兼辖衙门报兵部。

除城守尉、防守尉之外，并有专城协领（从三品）5人，计吉林将军兼辖之打牲乌拉城（在今吉林省吉林市北）、五常堡（今黑龙江五常县东北）各1人，三姓副都统兼辖之富克锦城（今富锦县）1人，阿拉楚喀副都统兼辖之拉林城（今属黑龙江）、双城堡（今黑龙江双城县）各1人。这五个协领都专城办事，如城守尉、防守尉之制，但防务俱由兼辖衙门报部。

专城协领之外，尚有一般的协领151人，分布在各省将军、都统、副都统驻防之地，由他们直接统率，办理防务。

在将军、都统、副都统、城守尉、防守尉、协领之下，都有佐领、防御、骁骑校等官。此外，为统领水师营、火器营驻守陵园，守卫围场，管理马厂，防守边境，另设总管、参领、翼长、佐领、防御等官。

盛京、吉林、黑龙江、福州各设水师营。吉林、齐齐哈尔各设总管（正三品）1人统领。盛京、福州各设协领（从三品）1人统领，分归各该处将军管辖。总管、协领所属，有佐领（四品官）、防御（五品官）、骁骑校（六品官）等官。吉林、黑龙江各设火器营，各设参领1人统领，分别归吉林、黑龙江将军管辖。参领之下，有佐领、骁骑校等官。驻守陵园，每一个皇帝的陵墓设总管1人，计盛京3人，东陵5人，西陵4人。总管之下，有翼长、佐领、防御、骁骑校等官。守陵兵共为2000人。各陵总管所办事务，直接汇报于兵部。守卫围场，木兰围场（在热河今属河北省）及海龙城（今属吉林）各设总管1人，分归热河都统、盛京将军管辖。总管之下，有翼长、防御、骁骑校等官。守围场兵共850人。在察哈尔及新疆的伊犁、塔尔巴哈台（今塔城）设有马厂、驼厂27个，特设总管7人，副总管9人，分别管理各厂事务。其下有佐领、骁骑校、委官等官。所管事务，直接报于兵部。防守边境，各为"守边官"，所驻之地名为"边门"或"边栅"。在盛京、吉林地方，共设防御17人，分驻两省各边境地方，共有八旗兵丁700人，分别归盛京、吉林将军管辖。

此外，在内外蒙古、青海、新疆、西藏等地方，另设将军、都统、副都统、大臣等官驻守，管理各地民族事务并保卫疆土。

(2) 各地驻防简况

清初新成立的驻防营一般规模较小，例如，康熙二十二年（1683），杭州驻防的前锋营只有148名旗兵和16名骁骑校。康熙三十二年（1693），荆州驻防的前锋营也只有200名。乾隆四十年（1775），满洲八旗兵被派往广州驻防时，建立的前锋营也不过150名满洲旗兵。各营管辖的士兵数目也依需要多少不等。在广州，一个叫五十八的协领在乾隆二十三年（1758）被指派统帅前锋营，他只挑选了200名旗兵，并将他们训练成骑手。从旗军中挑选旗兵组成营队时除前锋营外并无定规。前锋营是由满洲和蒙古旗兵组成的，这或许是由于他们出身游牧部落，骑术高超之故。从旗军营队之规模和职能的灵活性，表明旗军的管理在本质上是十分灵活的。

自雍正初年起，各地驻防旗兵迅速增多，这些旗营的住地均有统一的规划和标准，八旗所在地的分布是按照阴阳五行来进行安排的。这种安排既决定着营中旗人的部署，也决定着八旗旗兵的位置。正黄旗和镶黄旗住在北边，北方代表水；正白旗和镶白旗住在东边，东方代表木；正红旗和镶红旗住在西边，西方代表金；正蓝旗和镶蓝旗住在南边，南方代表火。黄色代表土，土能挡水；白色代表金，金能降木；红色代表火，火能克金；蓝色代表水，水能灭火。一伸一抑，一张一合，可以平衡和克服各自带来的负作用。换言之，也就是说可以减少摩擦，消除矛盾，抑制产生内乱的因素。

驻防沿革

杭州驻防由满洲八旗、蒙古八旗和汉军八旗官兵组成。顺治二年（1645），他们在多罗贝勒勒克德浑和博洛的率领下来到这里。从一开始，旗人就征用当地汉人的土地来建设驻防营地。因此，从一开始就与汉人产生了隔阂。为了消除这种敌对状态，顺治七年（1650）清政府决定为八旗官兵及其眷属另

杭州西湖边的旗营旧址

选新址建立独立军营，以把旗人与汉人分隔开来。后来，靠近大运河和西湖西北部的地带被选为新的驻防城区。该驻防区后来就以"满城"而名扬浙江了。"满城"大体呈长方形，周长约九里，面积约一千四百三十多亩。"筑砌界墙环九里有余，穿城径三里，高一丈九尺，厚一尺，长一千九百六十二尺。"有五个城门：东面二，南面一，北面二。城中有一条水道与西湖相连以运输给养。营区有将军的重要衙署和八旗官员的其他处所，还有浙江巡抚的官署及浙江承宣布政使司，此外，还有许多寺院和一个清真寺等其他重要的建筑物。

顺治八年（1651），近3500名八旗官兵及其眷属驻进了新的驻防城。七年后，为了容纳新增的700名官兵，驻防区又向周围地区扩展了不少。

对驻防城外的土地和房屋的不断征用，更进一步激怒了当地的汉人。在此期间，少数清军官兵还仗势欺人，肆意侮辱汉人，调戏妇女，买了东西不给钱或少给钱，

胡作非为到了令人难以容忍的地步，就连清朝的最高统治者也不得不承认："其为民累，更有不可甚言者。"于是康熙皇帝在康熙八年（1669）诏令旗人一律住在围墙内的驻防里，不许擅自外出。但他的诏令被当成了耳边风，八旗官兵及其家属仍然继续住在"满城"的围墙外边。一直到乾隆二十八年（1763），许多汉军旗人也出旗为民，他们像非旗人一样再也不能住在驻防区内了，这样，才使满人的住处宽敞起来。从此以后，杭州驻防才成了一个独立的自成体系的城营。直到清朝灭亡，它一直是一个重要的驻防。

在城市的驻防地，为了保持八旗军的独立性，它们的营区通常都在围墙之中，官兵家属也生活在被隔成一小块一小块的军营里。围墙把他们与汉人隔离起来，这样的设计不仅是为了防范汉人随时可能发生的突然袭击，而且也可以防止满族人汉化。不仅如此，这种驻防方式还会给汉族人造成一种心理压力：满洲人是征服者，汉族人是被征服者，征服者优越于被征服者，如果谁敢贸然反抗，是决不会有好结果的。

杭州、福州、广州和荆州的驻防位于最重要的驻防之列。这不仅是由于这些城市是主要的港口，而且还因为前三者是省会城市，后者是府城所在地。康熙二十年（1681）广州驻有官兵3000人左右的，后增至近5000人。康熙十八年（1679）福州驻有官兵2100人，乾隆九年（1744）增至4040人。荆州驻防在康熙二十二年（1683）有官兵5000人左右，在19世纪末增至7000余人。杭州驻防，顺治十五年（1658）约有官兵4000人，后来数千官兵及其家属在太平天国起义中丧生，因而人数大为减少。

乍浦，不同于其他驻防，它是一个水师营。雍正皇帝于雍正五年（1727）下诏训练八旗水师，以利海战。并将他们部署在整个大清国的沿海城镇。遵奉此诏，闽浙总督李卫和杭州将军鄂弥达选择了乍浦作为水师营地址。由于它距杭州不远，容易补给给养和军需物资。更重要的是，乍浦的水师营还能防御海盗从海上入侵。

"三藩之乱"以后，福建海防引起了清政府的高度重视。康熙十八年（1679）汉军八旗的镶黄旗、正白旗、镶白旗、正蓝旗2090名官兵被派往福州驻防。这个八旗营，在康熙二十二年，对防止倭寇侵扰，巩固东南沿海海防起了很重要的作用，同时，也是清兵安抚台湾的强大后盾。

当时，汉军八旗驻扎在福州府城内，没有围墙与庶民相隔，衙署和兵营修在民房被毁的城东南一带。府城方圆十里，城墙高二丈一尺（约7米）有余，厚一丈七尺（约5.7米），周长三千三百四十九丈（约11.2千米），环城三面有护城河。城墙有七门：南门、北门、东门、西门、水部门（位于城东南）、汤门、牛楼门（位于城东北），另有四个水闸，以引江水入城。在乾隆三年（1738）闽浙两省总督两职并为一职之前，福州是闽浙总督的衙署所在地。在这以后，福建省的按察使署、布政使署就都设在城内中央部位。

福州的闽安为扼守福建海洋之咽喉，外敌从这里入侵，必从五虎门登陆。故清政府不仅令副将往闽安亲自防守，而且又令水师提督在厦门驻扎，以遥相呼应。洋屿地方与闽安又呈犄角之势，洋屿、闽安若能联防，则该地区的军事防线就会像一条锁链，紧紧封住福建海防，使外敌难以靠近。因此，清政府才在雍正六年（1728）往洋屿派驻了近600名汉军八旗官兵，以扼守福建咽喉和保卫台湾岛。

广州位于中国的最南边，其驻防与杭州、福州一样，起初只是一个军事基地。该驻防始建于康熙二十年（1681）"三藩之乱"被平定之后。为控制中国最南部地区，清政府决定派3000名汉军八旗官兵携其家属和随从定居在这个新的驻防中。

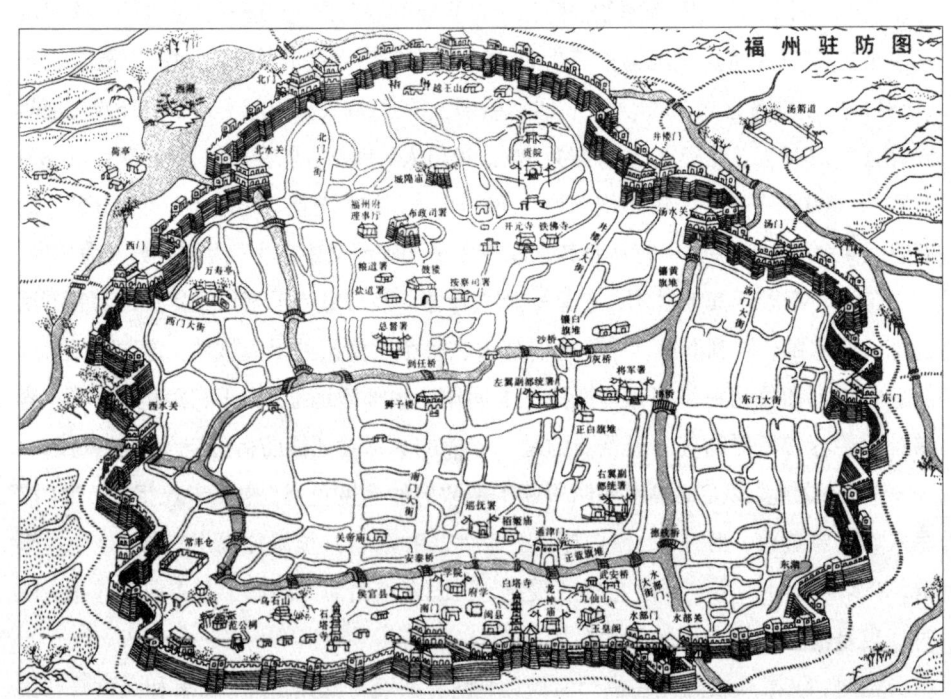

福州驻防图

满洲的旗营

福州三江口的将军楼

位于广州旗营西北角的光孝寺

广州水师旗营界碑

乾隆二十年（1755）至乾隆三十一年（1766），清政府又先后派遣了1500名满洲八旗官兵及其家属到广州驻防。他们占据了"老城"的八旗营区的南部，"老城"的北部则由汉军八旗官兵居住了。同时，为了给新来的满洲官兵及其家属提供地方，1500名汉军八旗官兵被允许离开八旗系统，或转到绿营兵去了。

广州城大体呈正方形，又有"老城"和"新城"之分。八旗军驻扎在老城。老城共有十六个城门，每面四个。周围有三千二百一十五丈五尺（约10.72千米）的城墙。汉军八旗官兵住在"老城"西南部大约占全城面积四分之一的地方。

广州旗营里有许多宗教建筑。光孝寺是广州城最古老的寺院之一，就在营区的西北角。大殿内的柱子是用花岗岩做成的。在另一处庭院里，有一座九层宝塔。塔南不远有一座由阿拉伯航海家建于7世纪的清真寺，其建筑与国内其他的清真寺相类似。这座清真寺和周围的风景融为一体，显得很和偕。在院子里，有一座高一百六十英尺（约48.8米）的宣礼塔，中国人称之为"光塔"。经清真寺向南是"五仙观"，观内琉璃瓦屋顶的大殿是专门供奉五位神仙的圣地。传说曾有五位神仙骑着公羊带着五种谷物来到了广州，从此广州才有了"五羊城"之称。据说，五神塑像前过去还曾有过五只石雕公羊。许多八旗官员都是该观的施主，所以这座庙宇才保

17

存得比城中其他寺庙都要好。

旗营训练与职责

正规的在编旗兵在接受训练时经常进行交替训练。当有半数旗兵在自己的营队里进行训练时，另一半担任巡防、驻防的任务。各级军官也负责指挥和训练（军官的级别取决于其所指挥的旗兵的多少）。例如，在广州驻防，一名协领指挥400名步兵，其下有两名佐领，各统率四旗人马，每旗又由5名领催和45名步兵组成。按要求士兵至少应熟练地掌握一种武器。因此，为便于给军事训练提供场地，各驻防部设有校场、训练厅和排练场，并根据各地气候条件的不同，在每年的春秋两季进行不同日数的军事训练。

例如，广州驻防的士兵在春秋两季的半年之内，每月要进行21天训练，每五年还要进行一次大阅兵。训练期间，每月逢二操练抬枪，逢四操练硬弓步，逢六操练长矛，逢七操练鸟枪瞄准，逢八操练新抬枪协同作战。逢九操练时，逢十操练大刀及老式鸟枪及习练其他武艺。

广州水师镇海楼

福州驻防，每年分春操和秋操。箭营春操在农历二月十五到四月十六，秋操在农历七月十五至十月初二；枪营春操在每年的二、三、四、五月，秋操在八、九、十、十一月。两操期间，每月逢一、六练习射箭，逢二、七练习射击，逢四、八演习刀术和盾牌。而且，每年的十月份，右司的有关将官要和绿营副将一起率领四旗两营官兵一起操练到当月中旬。届时，将军、副都统要亲临校场检阅并犒赏武艺超群之人。福州水师，每年十一月份要在大鲤鱼山洗炮一次，并于春天的二月十五至三月初一，秋天的七月十五至八月初一演吹两次海螺。届时，四旗分派螺号兵在东南西北四城进行有指导、有计划的练习。该水师还于每年二、三、四、五月和十、十一月，按月分为八拨，轮流训练。届时，协领一员，防御、骁骑校4名，领催、炮手共200名，携弓箭、鸟枪、火药等开赴洋屿海域进行训练。将军、副都统轮流检查巡视。在缉私船队训练完结的日子里，用于海战的水师要出动六艘大战船、八艘小战船在三江口一带不断进行操练。此外，每遇战船修造完毕，也还要进行试航训练。

地处北方边陲的绥远城（今内蒙古呼和浩特）驻防，其操练项目更加繁多。该处在乾隆二年（1737）有子母炮24门，到乾隆三十一年（1766）和三十四年（1769），两次共淘汰了12门，到民国六年（1917），其子母炮就只有10门了。每年秋天，该驻防军要到哈尔沁沟口练习10天的炮击。此外，该驻防还有780杆鸟枪，每年春秋两季进行射击训练。训练时，每天每人先对空放5次，然后再实弹打靶5次，每次放枪，需火药二两四钱，烘药二分四厘，火绳四寸七分，铅丸一个，重四两八钱。10天共练习百次，连同损耗，共消耗火药300斤，烘药3斤，铅丸1000个。这样的训练，每年春秋两季要进行26次。后来，绥远城驻防将军仿效其他地方的驻防，从本城旗兵中挑出精壮旗兵200名演习长矛，又挑出武勇过人之兵数百人演习登梯攻城。

曾驻有八旗重兵的绥远城

在诸多项目的军事训练中值得一提的是绥远城的布阵训练。布阵训练一开始，八旗鸟枪、炮队、执纛士兵及两翼队伍先依纛旗为先导列队站好。将军入场在帐中坐定，接着中军放三通号炮，炮毕，主将台上螺号兵分两队在两个黄色大纛前站立吹螺，吹过一阵之后，大队的中军处螺号队号声骤起。此时，将台海螺停吹，退回原处。两翼枪炮头队、二队、翼队各按位置排定。螺停、鼓起，枪手、炮手、弓箭手三列徐进。鼓声渐紧，队伍至放枪处；鼓声更紧，各阵令旗偃地，枪手举枪。待大鼓尾声一落，令旗齐举，锣声骤起，枪手放枪。如此反复三次，连发枪连珠炮似的响过一阵之后，队后红旗押地，锣响，队伍前进，枪声再起，如此循环。待将台红旗一押，枪声即止。各旗鸟枪兵回到四进处在大纛下站立。此时，骁骑营头队官兵俱由各阵门飞出，跃马呐喊，声震霄汉，站定后，各旗均派出殿后士兵进至司号大纛下排开。两翼的满洲火器营，每二旗出殿后炮一门，每炮小旗一杆，每翼鸟枪兵各两组，火炮、鸟枪、号旗两边散开，至号令纛旗下排列。此时两翼队伍不集中站立，只与殿后兵同列排定。尔后，左右两翼队伍互换位置，紧接着，再换回原位。左右两翼换位时，鸟枪队后退，回原位。大队各旗螺号走出再吹一次，二队扬威官兵及两翼各旗官兵收成一列撤回，仍从各阵门回原位站立；二次螺号响起，头队官兵收队，两翼兵亦撤回；三次螺号响起，殿后兵各队亦吹螺号，并回原地待命。大将军一声号令，各差官随之传令，各队收阵，依次撤离。

　　为了加强各驻防的武器装备，虽然清政府采取了种种措施，要使驻防的旗军成为一支训练有素的队伍，但由于其他方面条件的限制，这一目的并没有达到，直至19世纪中期，旗兵仍使用的是弓矢、藤牌、大刀、钩连枪、过船枪、钺、斧、弓箭、火枪、火绳枪和旧式大炮等武器装备。

　　各驻防的官兵还经常调防，目的在于打破原有的血缘纽带，培养军队对皇室的效忠思想。因为旗兵常在不同驻防和不同旗之间进行调动的话，旧的社会关系就会逐渐淡薄，代之而起的是对皇室的忠贞不渝。

　　清朝皇帝也时常对驻防八旗进行阅兵，以示皇帝的重视。例如，乾隆正定府阅兵。

　　正定与北京、保定并称北方三雄镇，历来是兵家必争之地。正定城北有个教（校）场庄，这里从宋代起就是练兵的校场，正定城里还有两个小校场。乾隆帝七临正定府，三次进行阅兵，乾隆十一年（1746）十月第一次来正定时就在城北校场进行大型阅兵活动。乾隆二十六年（1761）三月第四次来正定，《正定县志》记载："乾隆帝来正定府阅兵。"似乎是专程阅兵，并无游览等记述。乾隆帝第六次来正定是乾隆五十一年（1786）三月，在"巡视滹沱河"、"游览隆兴寺、广惠寺、崇因寺"

之后，又"检阅正定镇兵"。此时乾隆帝已是耄耋之年，仍十分关注军国大事。

在各驻防旗军之中，旗兵有两项职责：防止地方叛乱和抵御外来侵略。尽管旗兵一年四季的主要活动是为应付大规模军事行动而进行训练的，但训练的质量却在逐渐下降。旗兵平时的职责是在驻防营地执行警戒任务。旗兵所负的这一任务有明确的规定，包括水门放哨、防守城门、进行巡逻和夜间值勤等。如广州驻防原有三十七个水门，其中在城西区的十六个属旗兵的职责范围，其余在城东区者由广州的绿营兵负责。这些水门初建时是用来防止不速之客进入军队驻地的。随着驻防人口增长，两广总督在道光二十一年（1841）上奏皇帝，要求解除绿营对水门的控制并代之以旗兵。此后，又增建了三个水门并派旗兵来加以控制。

旗兵的另一项任务是夜间值勤，一般由五名旗兵通夜轮流巡逻：晚七点至九点，九点至十一点，十一点至一点，一点至三点，三点至五点。为了向居民通报时间，值班旗兵在街上来回巡逻时，打着灯笼，带着小鼓或梆子，依据时间划分来敲一至五下不等。当然，他们也负有报告火警和拘捕小偷之责任。为便于观察火灾和盗匪，各驻防还设立了堆拨，旗兵轮流到堆拨值班。失火或出现盗匪时，哨兵则击锣鼓报警。乾隆三十九年（1774），广州的汉旗还建立了一个消防站，失火时总是由官兵前去救助。

旗兵还负责把守驻防附近的炮台。在广州，汉军八旗兵就被派往驻防之外的越秀山，把守那里的三个炮台。当时，每两旗合派五名领催，以互相进行监督。在乍浦驻防——西山的一个炮台也是由旗兵负责把守的。

把守城门也是旗兵的一项任务，而所有驻防把守城门的分布都是按照阴阳五行的原理进行布置的。如广州老城的八个城门都由旗兵驻守：两黄旗（正黄和镶黄）把守两个北门，两白旗守东门和东南门，两蓝旗守两个南门，而两红旗则把守西门和西南门。一名防御和一名骁骑校带领两名领催和八名旗兵，轮流在各城门带岗。当满洲八旗初到广州时（从乾隆二十年到乾隆三十一年，即从1755至1766年），他们派两名领催和八名旗兵会同汉军八旗兵共守城门。后来，因满洲八旗人手不足，便不再派遣领催去带班，而改由汉军八旗派遣了。

在所有城镇，晚七点至九点敲大钟以示夜巡开始。此时，旗兵便将城门关闭。除非有紧急公务和民间急事（如接接生婆进城等）不得开启城门，守门官兵负责开闭城门，但城门钥匙却保管在将军府中。清晨，城门打开后。旗兵便将钥匙收起来存入府中。乾隆五十七年（1792），桂林巡抚抱怨说，他居住在新城，进城办事时便不得不向将军要钥匙，不少行政事务便因此而被延误。结果，他获准保存一个南门钥匙。然而，这种貌似严密的安全措施却并不能阻止盗贼夜间爬墙入城或向守门官兵行贿而进入城内。

旗兵的警务还包括监视居于驻防之中想复辟明朝统治的汉人，这一措施的目的在于将他们和旗人相互隔离，以防满洲人汉化。乾隆四十七年（1782），居住在广州驻防之旗人区的汉人，被要求将写有姓名的标签悬挂于房门之上，以便昭示他们的存在。到嘉庆十九年（1814），贫穷驱使一些旗人将驻防内的一些地方租给汉人，这些汉人被编入保甲制。一甲含五户，各家须连保连坐，相互提保身份和行为。暂居于旗人区的汉人也受一到严密监视。驻防内的任何人如被认为行为可疑，就会被驱逐出去。如上所述，旗兵在不进行军事训练时的主要任务便是监护驻防的安全。

驻防行政人员中的另一类是笔帖式。要当这种差，他就须是通过了翻译考试的旗人。

清政府为了对满洲青年进行教育，还建立了旗人学校。学生学习汉语和汉文经典著作、满语及满洲文学，此外还练习骑马射箭，目的在于使其能胜任将来的行政工作，并始终保持满洲人的民族精神。

八旗官学中的第一馆建于顺治元年（1644）。此馆有四座房子，每座约可容10名学生。顺治二年（1645）。皇帝为旗人增加了教育设施，并命令为每两旗建一学馆。设两名管理八旗官学大臣，负责监督八旗官学的管理工作。此外，每馆还要设一官学宫和10名教师负责汉文文学典籍和满语的教学，教授汉文典籍的教师都是国子监里的监生或举人。教授满语的教师选自笔帖式，其任期为3年。

雍正五年（1727），各旗也都陆续建立了学校。随着时间的推移，教师和学生的数量都有大幅度增长，顺治元年（1644）到雍正五年（1727），学生数增长了一倍。雍正五年以后，教师与学生之比达到了一比十。各旗的学生定额是200名，其中160个名额留给满洲旗人，20个名额留给蒙古旗人，另外20个名额留给汉军旗人。

入学的学生先由其佐领挑选，年龄须在10到20岁之间。但到后来，年龄限制就不再那么严格了。变成了五品以上的满洲行政官员和三品以上的满洲军事官员都可入学，而不受年龄限制了。当然，入学须参加由国子监举办的入学考试。

八旗官兵在驻防地可以分到房产，房产规模取决于他们的军阶。这一规定普遍适用于广州、荆州和杭州等地驻防。结果，几个驻防的所有参领、佐领几乎都有相同规模的宅院。参领、佐领以下的官员，其驻防规模大小也可依此类推。然而，将军房产的规模却因各驻防条件的不同而不一样。将军的府第通常和其办公地点是合在一起的，住宅也就成了驻防总部。

咸丰八年（1858），广州驻防的将军府被英军占领后，一位英国观察家注意到这种住宅非同一般，它是驻防内最好的官府。前面是高大的大理石影壁，其上雕有巨龙，大门外有石狮守卫。巨龙、石狮雕工惟妙惟肖，大有栩栩如生之感。将军府后院，有一小型鹿苑，三十多头小鹿十分可爱。但另一方面，旗兵的房屋则简陋得很，只有两个房间，外加一个建于旁边或后边的厨房。

道光二十二年（1842），一英国人访问了乍浦驻防后，对士兵的住所进行了如下的描述："有的只有一条供晚上休息的木板床、一张饭桌、几个方凳，偶尔或许还有个小衣橱，里面放着仅有的几件衣服。而有的房子虽然外表并不起眼，但内部却一应俱全，算得上是个小康之家了。而且，像这种水平的人家不乏其例。在军官的家里，他看到了许多书籍，有的是汉文，有的则是满文。很明显，这些军官经常利用空闲时间研读汉文典籍。"

除了可得到薪水、给养和房屋外，旗营兵丁特权的一个很重要方面是他们在法庭和监狱里能受到区别对待。当时，建立的专供旗人使用的监狱就是一个明显的例子。根据刑律，旗营兵丁可享受许多特权。汉人罪犯除受杖刑和监禁外，还可能在面部的明显部位刺上一种特殊的标记，而旗营兵丁却刺在胳膊上，以便于隐藏起来。另外，旗营兵丁犯罪只受鞭打而非杖刑，他们还很少被流放或监禁，其刑罚通常能轻到只关几天禁闭。万一出现判死刑的情况，旗营兵丁通常受绞刑而不杀头；因为杀头被认为死后会在阴曹地府见不到父母。当旗营兵丁和汉人到地方政府衙门争讼，被控的旗营兵丁都会被给予申辩的特权。

八旗旗营兵丁是朝廷的宠儿，因而除可以享受一般旗人的特权外，还有薪俸和区别于汉人的其他特殊待遇，有的还能在驻防中守卫金库来得到某种实惠，如果他们在训练中表现突出，还可以得到奖金。康熙皇帝和乾隆皇帝曾分别六次出巡杭州。每到此时，官员们便会得到提升，或得到绫罗绸缎等奖赏。有时，旗兵也可领到价值相当于他一个月薪水和给养的额外赏钱，甚至七十岁以上的老妪、老翁也可能会得到赏钱。

从表面上看，驻防旗兵的生活可靠而丰裕，他们领取薪水和粮食，还供应有食盐、蔬菜等；他们可以无偿得到房屋甚至墓地。只要家口不再增加，花钱不似流水，尤其家中不只一个人领薪俸时，旗营兵丁的生活便可以相当舒适。因此，乾隆三十一年（1766）广州驻防的一名参领的笔下，许多旗兵穿着上等丝绸衫，终日醉醺醺，有的闲遛、赏花玩鸟。这一时期，旗人的确过着一种懒散怠惰、无所事事的生活。

（3）荆州八旗

康熙二十二年（1683），为了加强对中原地区的统治，清廷在湖北省荆州府设立了八旗官兵驻防营地。最初有满蒙两支八旗官兵7042名，其中蒙古八旗占四分之一。据驻扎在当地的满族老人说，八旗中非正式官兵多为勤杂人员，连同旗丁兵将家居，合计2万余人。在城中筑墙一道，在今球场路和荆州军分区大门东侧，当地人称"杆城子"，其南北直抵老城墙，南北两端各开一门，俗称南界门、北界门。南界门在今南门东侧胜利街西口，北界门在今军分区门前的马路中

荆州驻防满城的寅宾门

心。这样，老城被分割为二，清八旗只驻东城，俗称满城。原来居住在东城的官署及居民一律迁往西城，故西城又称汉城。传至光绪年间，兵员总额为7228名，其中铁匠、弓匠、箭匠168人，养育兵720人，余兵960人，共1848人，实有战斗兵员5380人。其分布情况：小北门大街为正黄、镶黄二旗驻地（即今屈原路一带）。沿南界门、府文庙、三管笔至公安的一段（今胜利街和荆南路南侧）为正蓝、镶蓝二旗驻地。东门经皇经堂、将军署、四门洞（上建有更鼓楼或称谯楼）、黄表阁（今为餐馆）、委府、魁府、护国寺（今张居正街，迎宾路）一线为正红、镶红二旗驻地。北界门经万佛楼（经一路东段）、承天寺街（今专区教委解放巷）至张果老街为正白、镶白二旗驻地。四门洞鼓楼下为东城满城驻扎旗丁最为热闹中心，有"不

24

夜市"的雅号。

　　荆州的将军署设在明朝荆州府署地方,当今与皇经皇路张居正街相交之北侧。左翼副都统衙门在今张居正街东段北侧,明张居正相府南面。右翼副都统街门在今屈原路北段西侧,今专署北侧。八旗参领、佐领驻地在所居各旗丁驻处,门户高大,门口有彩绘的站门神,上、下马石鼓,旗杆标明。特别是将军署,前有高大如城门的钟鼓楼,下面有门洞可通行人车马,楼台上还供奉着关羽塑像。府前特选旗营中的彪形大汉作门卫,手持长柄金刀、月斧肃立两旁。东西辕门和影壁内不得停留闲杂人员,气象十分威武。满城内除南界门至公安门一线允许汉人去沙市可走外,其余地方满城内一概不准汉人进入,即使行走在公安门一线的汉人,也须低头快行,不得东张西望,有时还会遭到驻防旗丁用石子、瓦砾等来投掷取乐。

　　在荆州满城内,承天寺和万佛楼两座寺庙香火最盛。承天寺为大官大将烧香之所,同时供有万岁牌和皇帝对荆州所颁发的谕旨。每月初一、十五两日,文武百官

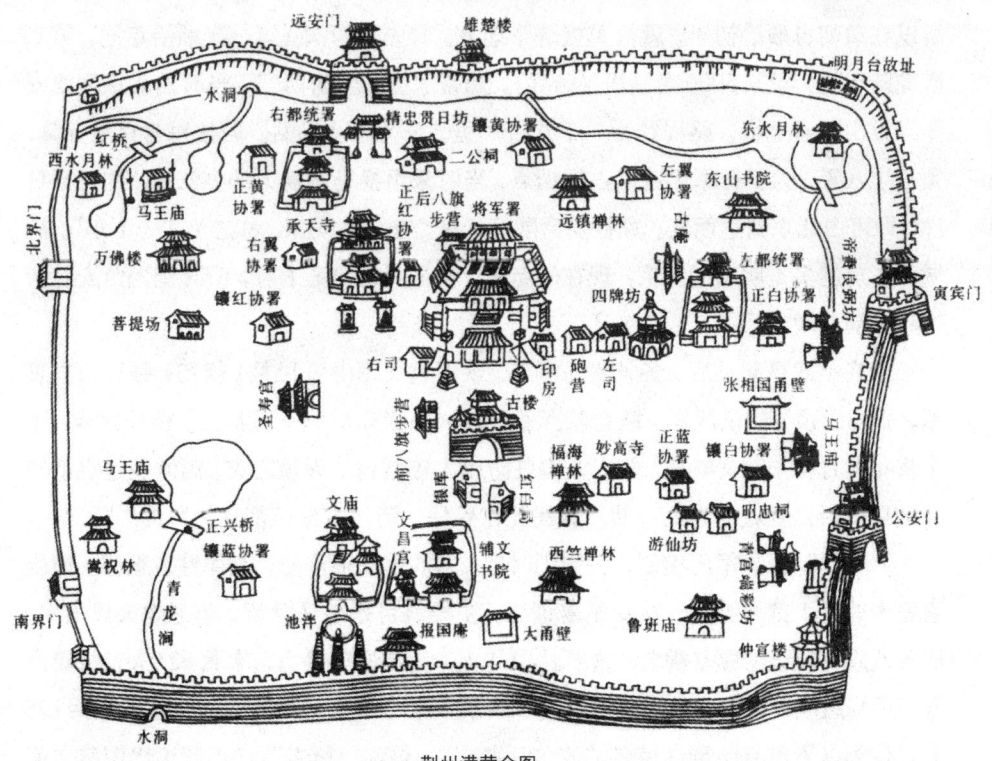

荆州满营全图

前来叩拜，此时，就连一般驻防旗丁都不能随便进入。至于万佛楼则为所有驻防旗丁烧香求福之地，终年香火不绝。

荆州满城所驻扎的官兵不论满蒙，均称旗人，他们除了与汉人有着许多共同的节日外，还有其自己的传统节日，其中最有名的是祭祖。祭祖每年春末举行，备酒席待客，任何行人都会被拉进饱餐一顿。过祭祖这个节日，吃的人多，至于为什么，就连许多老旗户都说不出由来。

光绪三十四年冬，光绪皇帝和慈禧太后的驾崩哀诏传到荆州城内，满城的承天寺搭起灵堂。一片黑灵帐、白绢帏以及满缀白素绢花布满内外，全城文武官员一律换上丧服，每日到承天寺内哭拜一次。由荆州将军先哭，其余众官跟着举丧，哭毕起身，一个个擦眼抹泪，整整哭了七七四十九天。

(4) 西安八旗

陕西省西安府乃周、秦、汉、唐建都之地，称为关中重镇，有"百二雄藩"、"控制西陲"的形势，为当时西北方面的行政中心。因其具有政治和军事上的重要性，所以在清朝自顺治初年，就极重视这个地方。曾先后两次（第一次顺治年间，第二次乾隆年间）派来5000名马甲（骑兵），随带家眷，驻防西安。当时由北京到西安要经过山西省全境，路程约为一千八百华里，分为十八马站。若按每日百里计算，须行十八天。为了行军迅速以占领据点，当时采用换马不换人的办法，计约行五日许，即可由北京到达西安。家眷随后陆续迁来，在满城安家，称之为"一下车"。满城所占房屋多是明朝的民宅；现在的新城，就是明朝的秦王府，清时变为西安驻防旗兵操演的教场。

辛亥年武昌起义后，各省纷纷响应。陕西起义军由张凤翔（翔初）领导的复汉军，张云山领导的洪汉军，联合陕西省咨议局高级知识分子郭希仁、杨开甲等，于辛亥年九月初一起义响应。西安八旗驻防旗人遂遭到了灭顶之灾。满城经过空前的大破坏以后，全城变为瓦砾滩，旗民死亡殆尽，历代古建筑都化为灰烬。

西安驻防军是军伍编制，在初创时期，它的组织很严密，纪律性也很强。满族家庭中的男丁都要当兵，接受军事训练。主要科目是跑马射箭，兼习炮火攻击术。西安八旗每旗设协领（满名"古赛达"）1人，为武职三品官，率兵625人；每旗由五"甲"组成，每甲各设佐领（满名"牛录章京"）1人，为武职四品官，率兵125人；佐领以下设有防御（满名"遮尔几章京"，俗称"巴老"，"巴"为巴图鲁之简称，汉意"勇"）1人，为武职五品官；骁骑校（满名"分德卜书"）1人，为武职六品官。防御、骁骑校是辅助佐领的。再以下有委前锋、前锋、转达、四旗委官等若干，多有职无权。设领催6名（满名"卜什库"），千总1名，佐领催下管兵21名，这是基层组织。合计每甲编制马甲为125名，五甲为一旗，计马甲625名，八旗共计马甲5000名。

马甲以下还有步甲、小甲、炮手、无米养育兵等等。此外，还有"苏拉"等后备组织，可以循序补升；苏拉到小甲、步甲、马甲、前锋、领催、骁骑校、防御、佐领、协领。佐领、协领这两个职位，在八个旗中可以互相升迁调补。另外还有恩特尉、云骑尉、骑督尉、轻车督尉。轻车督尉为袭职官，每月仅关俸银，当缺马甲时，可以补升实官。办理这些升迁调补事宜的机构原名叫作"圈"，后来改为公所。每一个圈内尚有分管银钱粮饷的和户口名册的。圈内应用文件满汉文字兼用，写汉文雇用汉人，名曰"书班"；写满文的叫"外郎"。喂养马匹、备办麸料的人名叫"马夫子"；传达公文的人名叫"莫几戈"。每一甲有一个圈，是满营骑兵的基本组织。

高级统帅大员设1名官职将军，为武职一品官；左翼都统设1名（俗称"北大人"），为武职二品官；右翼都统1名（俗称"南大人"），为武职二品官。俱由京城部里奉旨简派，三年一任。

西安驻防军基本上是由五千马甲编成的，马甲一名作为一户。这五千人是正额，按月由陕西藩库领饷银，西仓东仓领仓米，所谓"关银子"、"关米"。他们是完全脱离生产的，可以说是"肩不挑担，手不提篮，不耕而食，不织而裳"。除少数知识分子外，大多数只知道当兵当差出操练习，无事时游手好闲。清王朝统治者对于各省驻防旗民，又定下许多禁例，最重要的是禁经营商业，意在不与商民争利；严禁离开防地。这二项禁条就把驻防旗民束缚得紧紧的，只能依赖"关银子"、"关米"为度生养命之源，其他一切生产事业，因为禁令所限，谁也不敢违令参加。

有人说派遣八旗兵丁官长，驻防各省重要地点这一政策，是洪承畴降清后给摄政王多尔衮上条陈时所建议的，意在化整为零分散清军的兵力。禁止经商和离开防地这二条禁例也是洪承畴定的，使旗兵坐吃享受二百年后，个个变成腐化无用的废物。这种说法正确不止确，尚待考证。

不过二百多年以来。西安驻防军人口繁衍，有时超过3万，有时一减就是几千。如太平天国时，西安驻防军一次出兵2000人，参加南京"沙漫洲"地方作战，全军覆没。同治年间，陕西回民起义，战祸延长数载，省城被围，交通阻隔。西安驻防旗人长时期无粮无饷，生活陷于绝境，靠拆房屋卖材料勉强度日，死亡甚众。到了清末，鸦片流入中国，西安驻防军十家就有九家吸食，弄得人不像人鬼不像鬼。辛亥九月初一的炮声，使3万多兵丁死亡殆尽；事后调查，逃出性命尚能挣扎生活的仅3000人左右。

民国十年，冯玉祥督陕时取消了这个机关，从此西安满城旗人因无领导，散居各区，更因为大汉族主义从中作祟，歧视旗人，旗人大都隐瞒民族成份，许多人改称汉族。所以现在西安的满族人已寥若晨星了。

2.驻京禁旅八旗

清朝进关后为了巩固政权，在全国各地驻防部队。而驻扎在北京城内外的满洲八旗称之为"禁旅八旗"。

这些旗营的建立，其根本目的是保护清帝国的利益，镇压国内发生的各种不安定因素，抵御国家外部的侵略。因此，各种旗营的设置，都起着清政府统治的中流砥柱的作用。

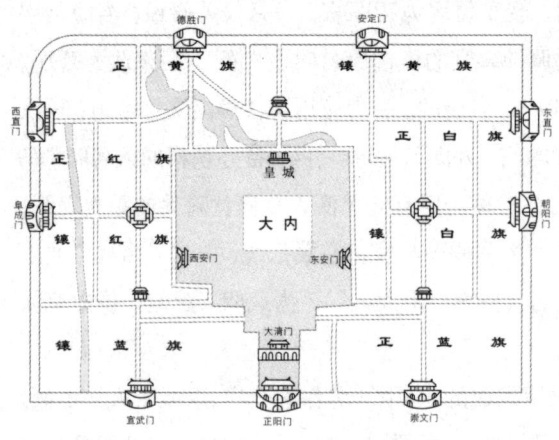

清《北京内外城全图》中八旗戍守分布位置图

驻京八旗军队的位置安排同样是按照阴阳五行来进行的。以镶黄、正黄、正白为上三旗，正红、镶白、镶红、正蓝、镶蓝为下五旗，并按方向定该旗的位置。以镶黄、正白、镶白、正蓝四旗居左，封称左翼。正黄、正红、镶红、镶蓝四旗居右，封称右翼。这样东西南北，金木水火，黄白红蓝，它们之间一伸一抑、一张一合，给人们一种顺其自然的天理的印象。京城四周也有左右两翼八旗营房，如星拱月，环卫宸居。

史籍记载，1644年清政权入关，把燕京确定为首都后，便在京城实行了旗、民分城居住的措施，相当于今日东城、西城的内城，只许满、蒙、汉三个八旗的将士及其家眷居住，而原来住在内城的汉、回等其他民族的百姓，则全部被迫迁移至京师外城——即大致相当于今天的崇文、宣武两区。

这项政令在全国各地驻防旗营处同样实施，如西安、福州、广州、绥远、荆州等地，上述地方现仍存在遗址或较多的文字记载。清政府实行这一政令的目的是防止汉化和各省文人聚众作乱，同时保证满洲八旗兵骑射、善战的尚武精神。

北京，内城是个正方形，中心是皇城，围绕皇城，三个八旗严格地被分置于四方八隅。镶黄旗驻安定门内，正黄旗驻德胜门内，镶白旗驻朝阳门内，正白旗驻东直门内，镶红旗驻阜成门内，正红旗驻西直门内，镶蓝旗驻宣武门内，正蓝旗驻崇文门内。

左翼镶黄旗旗营在今安定门外青年湖公园南侧，今日尚存南营房胡同，该营教场在黄寺大院。正白旗旗营在今东直门外工人体育馆南端，今日尚存东营房胡同和一至十条胡同。镶白旗旗营在今朝阳门外日坛神路街西侧，今日尚存南营房胡同一条至八条。正蓝旗旗营在今崇文区法华寺南侧，今日尚存营房东街、西街、宽街，营房东头条至东十条，营房西头条至西十一条。

右翼正黄旗旗营在今德胜门外大街路西新风街、新明里、新明胡同。解放前此地称为太平营，今日北太平庄便是由此得名，其营教场在裕中西里。正红旗旗营在今阜成门外大街路北，今存北营房西里、北营房东里、北营房中街、北营房南街等地名。镶红旗旗营在阜成门外路南，与正红旗营房遥遥相对，今日尚存阜外南营房地名。镶蓝旗旗营在西便门内路东、今槐柏树街北头条至北十条、南二条至南十一条便是昔日镶蓝旗营房的格局，其营教场在宣武门外大街路西，今存校场口胡同。

这种严整的格局，到了清中期以后，才稍稍地模糊起来，因为旗人们没法不吃

右翼正红旗旗营旧址阜成门外北营房全景（1975年）

不喝、没法不向商人们购买日用品，旗人贵族更须观览世风、看戏娱乐，就得随时跟外民族打交道，渐渐，原来住在外城的一些"民人"（在清代，是与旗人相对应的称呼，指的是除旗人而外的所有人和所有民族），有胆大的，居然搬进了内城，内城的王公贵族也有破例在外城去辟地设府的了；再后来，受"八旗生计"的逼迫，一部分城里的贫苦旗人典出了自己的居舍，离开最初的本旗指定居住地，向着附近——包括各城门之外的关厢地区——可资容身之所搬迁。即使有了这样的变化，八旗在内城的基本居住区划，直到清朝灭亡前，没有大的变更。

清军入关之前，满洲八旗子弟兵有很强的战斗力，因为八旗子弟自幼苦练骑射，彪悍勇猛，由于连年战争，八旗子弟一直保持着尚武的民族风尚，按时操练，坚持不息，每月在校场练习弓马六次，春秋两季集中操练马步骑射和火器，今日的东安市场就是城内八旗演练的旧址。可是随着全国的平定，八旗兵以征服者自居，日渐骄横，享有特权，养尊处优，由于贪图享受，武艺日渐荒疏，到了同治年间，八旗兵完全失去了战斗力，形成只坐吃俸禄的纨绔子弟。尽管清王朝在咸丰年间遭到英法联军的外侮而又重整八旗精锐部队——神机营，但也杯水车薪，无济于事。

（1）八旗都统衙门

在京城的八旗区划内，始终分别设立着八旗都统衙门，这八个衙门，不但掌管着京城旗人的一切事务，还把分散在全国各地的驻防旗人一并统辖起来。从道理上讲，遍布全国各地的八旗驻防旗兵，都是从京城这个"老家"派出的，如果战死在外地，其遗骸都应当被送回京师"奉安"。这种方式，是与清初最高统治者将本民族中心由祖国东北地区彻底移到北京地区的整体部署一致的。这就像雍正皇帝说过的："驻防不过出差之所，京师乃其乡土。"

阎崇年、郗志群两位先生曾在《京师八旗都统衙门建置沿革及遗址考察》一文中，对京城八旗都统衙门的严格进行过研究与考察。现将有关研究成果介绍如下：

八旗都统官居一品，位高权重。清代的六部——礼、吏、户、兵、刑、工和二院——理藩院、都察院，在皇太极时都设置公所衙门，惟独八旗都统在天命、天聪、崇德、顺治、康熙五朝，长达106年间"在府办事"，而没有设立公所衙门。

八旗都统衙门始建于雍正元年（1723）九月十五日。正白旗汉军副都统哈达上奏："臣有一见，目下所有臣员，皆有办公之所，唯八旗之臣，在府办事。臣愚以为，居府办公，不惟事不速结，日久天长，致滋私弊，亦未可料。伏乞准将左右两侧闲置公房，赐八爿与八旗，作为办公之所。于此，满、蒙、汉三旗，各分一处，分旗理事，所有档册亦恭存公所。如此可绝传递错误之弊。"雍正帝批准了哈达关于设立八旗都统公所衙门的奏折，并于第二日给和硕庄亲王允禄等下达谕旨："和硕庄亲王、内务府大人来宝，现今八旗并无公所衙门，尔等将官房内，拣皇城附近选择八处，立为管旗大人公所，房舍亦不用甚宽大。"

八旗都统自此始设正式固定的公所衙门。雍正帝对八旗都统衙门的设立颇为重视。史料记载，八旗都统各衙门中都悬挂堂额，上书"公忠勤慎"四字；堂额前列雍正帝亲笔撰写的"训辞"：

八旗为国家之根本，时廑朕怀。教必先而率必谨。尔等司统率者，立心则教勉以忠敬，行事则教勉以公勤，居家则教勉以节俭，技勇则教勉以精熟。守定满洲从来尊君亲上醇朴之善俗，永邀上天之眷佑，以成至治之风。岂惟我君臣现蒙其福，我国家万亿斯年子子孙孙长享升平之道，皆本于此。尚其勉诸。

西城太仆寺街的镶蓝旗汉军都统衙门旧址

自雍正朝以来，清朝文献、档案中关于八旗都统衙门多有记载。鄂尔泰奉敕编纂的《八旗通志初集》，是最早系统记载八旗都统衙门建置的文献。该书于雍正五年（1727）开始纂辑，乾隆四年（1739）书成付梓，凡254卷，其中卷二十三《营建志一》，记载了八旗都统衙门建立初期的沿革。成书于嘉庆初年的《钦定八旗通志》是《八旗通志初集》的基础上，"重加辑订，详悉添注、加案进呈"后纂修成书的。该书《营建志一》对雍正七年以后八旗都统衙门的调整及扩建做出了补充。成书于光绪早期《畿辅通志》和《光绪顺天府志》记载的八旗都统衙门地点与《日下旧闻考》所载完全一致。这说明乾隆年间长达近六十年的调整，八旗都统衙门建置已相对稳定，直

西城大石虎胡同甲1号正黄旗满洲都统衙门旧址

至光绪早期，在近百年的时间里没有大的变化。而对于这一时期八旗都统衙门的地址及方位，曾用作《光绪顺天府志·坊巷》部分，后又经过增补单独刻印出版的《京师坊巷志稿》还有一些更具体的记述。从文献中可看出八旗都统衙门的具体地址、房屋等情况。

雍正元年，八旗都统衙门初设时，除正红旗汉军都统衙门单设于鹫峰寺街外，其他各旗满、蒙、汉三旗都统衙门均同址办公，都统衙门地点只有九处。雍正四年（1726），以正白旗满洲迁出另设新的都统衙门办公地点开始，各旗满、蒙、汉军纷纷效仿，或各自立单独的办公地点，或三旗同迁新址，至雍正七年（1729）始略定。统计显示，这一阶段京师内作过八旗都统衙门的地点共有21处。

乾隆元年至五十八年是八旗都统衙门调整及扩建的阶段，主要的变化集中在对原有衙门房屋的维修与拓展，而真正迁出另设新址的只有镶黄旗满洲、蒙古；正白旗满洲；正红旗蒙古；镶白旗蒙古和镶蓝旗满洲等处。

民间时期《秘密调查八旗都统衙门二十四处大略情形》档案向我们介绍了民国年间八旗都统衙门在京城的分布的详细情况。该档案按镶黄、正白、正蓝、镶白、正黄、镶蓝、正红、镶红顺序，分别记载了24处都统衙门的地点及现状情况。尤其重要的是，该档案尚将24处都统衙门所在的街道胡同及门牌号码——标明，这为寻找现存八旗都统衙门旧址提供了重要的依据。记载中可看出，当时八旗都统衙门地址较之光绪年间又新增五处。即：镶黄旗蒙古都统门在东直门草厂16号。正黄旗汉军都统衙门在西城半壁街29号。镶红旗蒙古都统衙门在西城回回营4号。镶红旗汉军都统衙门在西城　逅 ?号。镶蓝旗汉军都统衙门在西城太仆寺街2号。这说明从光绪中期至宣统年间，八旗都统衙门地址又有5处变更。

由此可见，自雍正元年（1723）八旗都统衙门始建，至光绪、宣统年间最终确定，京师内城在不同时期作过都统公所衙门地点的共有34处（见"附表"），若再加上"值年旗衙门"（设于地安门外雨儿胡同），则总数达到35处之多，远远超出其他军政衙门所设公所的数量。由此亦可充分显现出京师内城为"八旗兵营"之特点。

民国年间都统衙门分布表

名　称	所在的街道胡同及门牌号码	状　况
镶黄满都统署	东城交道口东39号	现大中学校占住。
镶黄蒙都统署	东直门草厂16号	中院禁闭，旁院杂户居住。
镶黄汉都统署	东城交道口南街79号	现住军警督察处第四分处。
正白满都统署	东城老君堂30号	房间半坍塌，现有杂户居住。
正白蒙都统署	东城报房胡同9号	本署员役住守。
正白汉都统署	东城报房胡同14号	本署员役住守。
正蓝满、蒙都统署	东城本司胡同33号	现已新修，并存军用大车，有军人看守。
正蓝汉都统署	东城本司胡同34号	现有军人看守。
镶白满都统署	东城王府大街67号	现有京师一带稽查处占住。
镶白蒙都统署	东城甘雨胡同22号	现有木厂占住，并住有眷属。
镶白汉都统署	东城灯草胡同9号	大门禁闭。
正黄满都统署	德胜门大街39号	现京畿宪兵第五全营并营本部。南院系该旗都统办公处工本旗兵士居住。
正黄蒙都统署	西城石虎胡同2号	现有本旗兵士，房间多有残破。
正黄汉都统署	西城半壁街29号	该署闻于去岁经本部来文，拟将北半部处分，彼时被前张都统广建不认可，终止。
镶蓝满都统署	西城华嘉寺14号	现住三四方面输送队马号。
镶蓝蒙都统署	西城太仆寺街10号	现住恒善社长陈梁。
镶蓝汉都统署	西城太仆寺街2号	现住军警侦缉处第四分队。
正红满都统署	西城锦什坊街149号	现住三四方面输送队队（长）杜长春。旁门院内，现租马车行。
正红蒙都统署	西城水车胡同6号	后院为该旗小学。西院后门内为该旗兵丁开设煤铺。
正红汉都统署	西城卧佛寺街6号	现住京师宪兵督察处第四队。由去年七月，住队长赵心斋。
镶红满都统署	西城石驸马大街48号	现住八旗王公世爵清理京兆旗产代办处并清室内务府五司联合清理地亩办公事务所。
镶红蒙都统署	西城回回营4号	现住三四方面军团军乐队。后部住有该旗官员眷属。
镶红汉都统署	西城浘水河8号	现住警察第二分驻所。

注：本表根据中国第一历史档案馆《八旗都统衙门全宗》第681号中的民国年间《秘密调查八旗都统衙门二十四处大略情形》档案中材料所制，表中所述内容系当时调查时状况。

(2) 步军营（步军统领衙门）

步军营是清官书中之简称，其首领官简称"步军统领"（或称"九门提督"）。它统率的军队有两部分，一部分是八旗的步兵（组为步军营），一部分是京城绿营的马步兵（组为巡捕五营），所以它的统领官全衔是"提督九门步军巡捕五营统领"，它的官署通称为"步军统领衙门"。当时人们，以共审理案件如同刑部，因其官署设在北城，即称它为"北衙门"，意指设在南城的刑部为南衙门。

北京城东南角楼上的旗营旗杆遗址

步军统领是清初设的，专管满洲、蒙古、汉军八旗步兵。到康熙十三年（1674），兼提督京城九门事务（原由兵部管理）。康熙三十年（1691），又兼管巡捕三营事务（初有南北二营，顺治十四年添设中营，原由兵部督管）。至此，才名为"提督九门步军巡捕三营统领"。到乾隆四十六年（1781），巡捕营又增加兵额，改为中、南、北、左、右五营，也就改为"巡捕五营"了。到嘉庆四年（1799），又添设左右翼总兵2人，协助步军统领办事。

八旗步军兵额、满洲、蒙古每佐领下步军领催2人，步军18人，汉军每佐领下步军领催1人，步军12人，满、蒙、汉军1151个佐领，共应有步军2.1万多人。

巡捕五营兵额按所辖地面大小各营不等，中营最多，规定2760人，右营最少，1480人，都分马兵、战兵、守兵三种。五营的马兵5080人，战兵、守兵各3000人。马、战、守三种兵五营的总人数是1.18万人。合计步军统领所辖八旗步军与巡捕五营马步兵，共有3.2多人。

八旗步军营的营官，有翼尉、帮办翼尉各2人（都是左右翼各1人），协尉、副尉各26人（满10人，蒙、汉各8人），步军校326人（满192人，蒙、汉各72人）。委署步军校72人（满40人，蒙、汉各16人）。自翼尉至委署步军校，共是464人。

34

巡捕五营的营官有副将1人，参将、游击、都司各5人，守备17人，千总46人，把总92人，外委205人。自副将至外委，共是376人。

巡捕营的副将1人，不是管辖五营的，只是管中营的。自嘉庆四年添设左右翼总兵以后，将中营作为"提标"，副将作为"提督中军"，仍管辖中军各汛。其南、左二营及所辖各汛归左翼总兵管辖，北、右二营及所辖各汛，归右翼总兵管辖。

八旗步军与巡捕五营马步兵，都是分汛防守稽查。它们是按地区分工，八旗步军防守城内，按八旗方位分汛驻守，并调一部分官兵（步军校40人，步军320人），专任缉捕之事。巡捕五营，防守外城及京郊地方，中营防守圆明园一带，南营防守外城（前三门迤外）及南郊，北、左、右三营，分别防守北郊及东西郊地方。

内外城各城门，另设官兵驻守，管理门禁事务。内九门设城门领、城门吏、门千总各18人，都是满洲籍。外七门设城门领、城门吏各7人，门千总14人，都是汉军籍。十六城门共设门军640人（也是满洲籍的驻内九城，汉军籍的驻外七城），炮手32人（每门2人）。并有骁骑营的马甲320人，协同防守。

此外，并有专管信炮的官兵，计有信总管1人，监守信炮官8人，领催4人，炮手8人，步军16人。在北海白塔山设信炮五位，若遇警报事，得到皇帝谕旨（凭"奉旨放炮"金牌）即鸣放。内九门也各设信炮五位，一闻白塔信炮，则九门信炮齐鸣，京城文武官兵闻炮，立即分区集合待命。

北海白塔信炮遗址

步军统领衙门职掌,除防守、稽查、门禁、缉捕等项事务外,尚有断讼、编查保甲等事。

此外,尚有统治人民的各种禁令,也由步军统领衙门执行。如官、民住房,坐车,服用,都有定制,不能违例僭用。皂役人等及其子弟不能做官,内城不许开设戏园,旗人及职官不得私入戏园酒馆,不得编刊鼓词、小说,夜间不能在街上行走等等。不遵守的都要查办。由这些禁令的执行,也可看出步军统领衙门的职能性质了。

根据以上所述,步军营之职掌、权限,与其他各营大有不同,如比之北洋政府时期,它兼有警备司令部与京师警察厅之职权,因其职位重要,所以这个步军统领,须是部院内亲信大臣,才能派充此职。

步军统领衙门的章奏文移及审理词讼之事,特设郎中1人,员外郎、主事各3人(掌"色检旗籍簿书")管理之。并有司务厅司务人,掌稽察簿籍及关支俸饷事务。另有笔帖式18人,学习笔帖式若干人,经承4人,协助办理章奏文移及管理档案等事。

(3) 行营

行营本是皇帝出巡时临时建立的驻跸处所,名为"御营"。《光绪会典事例》(卷一一五五)护军统领职掌中御营项下说:"康熙初年定:驻跸之地,均按向导总统等先期指示地盘,护军统领、营总各一人,率护军参领、护军校、护军预往,同武备院卿司幄及工部官设立行营,中建帐殿御幄,缭(liáo 绕的意思)以黄髹(xiù漆的意思)水城,建旌门,覆以黄幕,其外为网城,正南、东西各设一门……自东西门以后三面设连帐网城门,护军统领率八旗官兵守卫,去网城百步外,八旗各设警跸帐房,专委官兵清跸"。这里虽然有了"行营"字样,但是还没提到专管行营的官员及职务。《光绪会典》虽然列了"总理行营",可是《光绪会典事例》中没有它的记载。直到同治十三年都没提到行营官员,据此,行营专设官员管理当是在光绪初年。

行营设总理大臣6人,由宗室王公、蒙古王公及满洲大臣等特简兼任。《光绪会典》(卷八八)概括它的职掌说,"掌行营之政令"。具体事务是在皇帝出巡前期,由他们考察出巡需要多少日期,要走什么路程,定扈从官兵数目,奏明后,通知有关衙门,分别准备。及至出巡之后,御营或行宫由总理行营大臣巡视是否妥善安全。皇帝将至,由他们"警跸",有不应在营内的人,概行轰出。驻跸之后,还要稽查守卫官兵、如有旷班及滋事者,及时奏明处罚。

行营总理大臣之下,还设有办事章京16人(多以护军参领兼职外充),掌章奏文书事务。

行营固定人员不多,平日无事可办,故人多为兼职,如无出巡,兼职人员应回其原任。至于行营的主要任职的王公大臣,平日只是待命。偶遇皇帝出巡,各部门人员则"招之即来"。总之,"行营"是一个固定的组织机构,但下属人员多为临时抽调,包括善扑营的扑户充任行营侍卫。

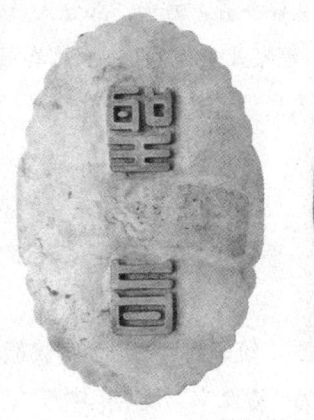

紫禁城入夜后的通行证

(4) 前锋营

"前锋"为前哨兵,是选最精锐的满洲、蒙古兵组成,叫做"前锋营"。遇皇帝检阅,列为前队,出巡驻跸(皇帝出巡留住之地),在御营前后一二里外立前锋旗,以为门户,前锋营列帐守卫。

最早有前锋,是在天聪八年(1634),当时名为"噶布什贤超哈"。顺治元年(1644)定"噶布什贤超哈满洲、蒙古八旗,分左右两翼,每翼各设噶布什贤噶喇依昂邦一人,率章京、侍卫、壮达等及所辖兵,备警跸宿卫。"到顺治十七年(1660),把"噶布什贤超哈吗喇依昂邦"定汉字为"前锋统领"。下边的章京,称为"前锋参领","壮达"称为"前锋校",侍卫则为"前锋侍卫"。

前锋的兵额,是八旗满洲、蒙古每佐领下2人,满、蒙旗885个佐领,全营共应有1770人。前锋营分左右两翼,左右翼各有前锋统领1人(正二品,或以王公大臣兼领,雍正八年设左右翼衙署)。左翼掌镶黄、正白、镶白、正蓝四旗,右翼掌正黄、正红、镶红、镶蓝四旗。

前锋统领之下,有前锋参领8人(左右翼各4人,以下各官均分左右翼,不再一一注出),委署前锋参领4人,前锋侍卫8人,委署前锋侍卫4人,空衔花翎8人,前锋校96人,空衔前锋校8人,委补蓝翎长8人,掌分辖前锋之兵(自统领以下,都是满、蒙籍人员)。

前锋兵制,以一半人习鸟枪,叫做"鸟枪前锋"。基本前锋设队长,鸟枪前锋设什长,都在前锋兵内选充。每旗队长6人,什长6人,各领其队。

前锋营的章奏、文移事务，另选一部分人员管理。计有前锋参领 2 人，前锋侍卫 2 人，前锋校 4 人。笔帖式 4 人（四种职官均冠"协理事务"国字），分左右翼办事。除笔帖式是另选人员外，其余由本营参领、侍卫、前锋校内分别选充。

(5) 护军营

"护军"是提任守卫宫禁的军队。由八旗的满洲、蒙古士兵内挑选精锐，别组为营，叫做"护军营"。平日守卫宫殿门户。稽察出入。皇帝出巡，则提任扈从，驻跸则保卫御营。

最初有"巴牙喇营"，统领官叫"巴牙喇镶额真"，以"巴牙喇甲喇额真"为副。天聪八年（1634）改为"纛章京"及"甲喇章京"。顺治十七年（1660），定"纛章京"汉字为"护军统领"，"甲喇章京"为"护军参领"。并定八旗护军统领每旗各 1 人。康熙三十三年（1694）铸给护军统领印八颗，康熙五十三年改铸左右两翼护军统领印二颗，雍正四年恢复旧制。雍正八年（1730）设八旗护军统领左右翼衙署。乾隆三十四年（1769），将两翼衙署改为两旗公所，其余之旗，各设本旗公所。到这时，八旗护军统领，各有印信，各有办事公所。以后则都称为衙门。

护军的兵额。八旗满洲、蒙古每佐领下 17 人，计八旗的护军营共有 1.5 万多人。上三旗官兵，守护紫禁城内，下五旗官兵守卫紫禁城外。

护军营的统领官，计统领 8 人（正二品），护军参领满洲 80 人（每旗 10 人）、蒙古 32 人（每 4 人），护军校满洲 681 人、蒙古 204 人（满、蒙护军校是每佐领下 1 人）。由以上各职内选正副护军参领各 8 人，护军校 16 人及额设笔帖式 16 人，办理章奏文移事务（这 40 个人职衔之前都冠以"协理事务"四字。

紫禁城内景运门（为宫内一般人出入主要之门）有值班大臣 1 人，由前锋统领、护军统领 10 人轮任；印务章京 1 人，由前锋、护军两营印务参领 10 人轮任，上三旗下五旗司钥章京 2 人，由八旗护军司角章京（由参领选充）轮任。这四人掌司门禁，率值班官兵，守卫宫庭。此外并有主事 3 人，署主事 3 人（以上 6 人轮值 1 人），门笔帖式 30 人（轮值 5 人），在宫内各门轮值办理文书事务。

(6) 神机营

咸丰十一年（1861），清王朝遭英法联军侵入北京，蒙受一次重大教训，以后才感觉到必须整顿武备，抵御外侮。于是朝臣们纷纷奏请整顿京师武备，训练京旗各营官兵。这时咸丰皇帝已死，同治继位，因为他尚年幼，由慈安、慈禧两太后"垂帘训政",当派议政王奕䜣会同醇亲王奕譞等,议定章程十条,其主要条文有"一、请添派拟操大臣,帮操侍卫,以资统率。一、请行知各旗营挑选精锐兵丁一万名,以敷操练。……、请添造各项器械,以备应用。……一、请颁发印信,以资行移。"其印信,即是"神机营"。这时,神机营才建立起来。

当时,清王朝对神机营非常重视,其权威之重,远胜于其他各营,特派王公为管理大臣(无定员)。当时并派权位最高的议政王——恭亲王奕佩带神机营印匙,名为"掌印管理大臣"。所组织的官兵,是由八旗骁骑营、前锋营、护军营、步军营、火器营、健锐营等营挑选来的,所以神机营是旗营中最精锐的军队。

神机营有马、步队二十五营,分为左翼、右翼及中营,名为"威霆制胜队"(初有"威远队"名称,光绪二十一年改定),共有官兵1.4万多人(初为1万人,其余是陆续增设的)。在管理大臣之下,设有翼长3人,总理全营事务。以下有专操管带24人,帮操25人,营总41人,令官17人,掌分辖各营训练之事。各营按一定日期操演枪炮、技艺、列阵,操演时,并绘图呈览给皇帝看。

神机营内部,设有文案、营务、印务、粮饷、核对、稿案六处,并分设军火局、军器库、枪炮厂、机器局等单位。其官员与职掌如下:

①总理文案处,翼长2人,委翼长2人,帮办翼长2人,委员29人,书手30人,共65人,掌神机营章奏、文移事务。

醇亲王(中)在神机营　该照片拍摄于奕譞管理神机营时的北京南苑军营、时年24岁(虚龄),这是迄今保存奕譞年轻时唯一的一张照片。奕譞身挂大腰刀,神采奕奕,年轻潇洒,风度翩翩,是典型的清代式官派头,左右是奕譞的两个贴身侍卫,分别肩扛火绳、手握长枪,真实地反映了19世纪60年代清朝禁卫军的风貌。这也是宫廷秘照中至今保存的最早的一幅照片,为研究我国军事史、摄影史,提供了可靠的形象资料,至为珍贵。奕譞的这张影像是在1839年照相技术发明后的1863年拍下的,说明那时我们接受西方文明的速度并不慢,在中国人中间拍照肯定比之还要早。图上是他晚操后到长河边散步时所写诗作,可见其非凡的文采。

②总理营务处，翼长2人，委翼长2人，学习翼长3人，差委侍卫章京74人，委员45人，书手64人，共190人，掌本营马步各队操练事务。

③印务处，委员2人，书手4人，共6人，掌监守印信。

④粮饷处翼长1人，委员6人，书手6人，共13人，掌官兵粮饷及款项出纳事务。

⑤核对处，翼长1人，承办章京1人，委员7人，书手24人，共33人，掌稽核出纳款项。

⑥稿案处，翼长1人，委员5人，书手7人，共13人，掌收各处文移并管理档案事务。

⑦军火局，管带官1人，营总1人，办事章京2人，书手3人，共7人，掌管

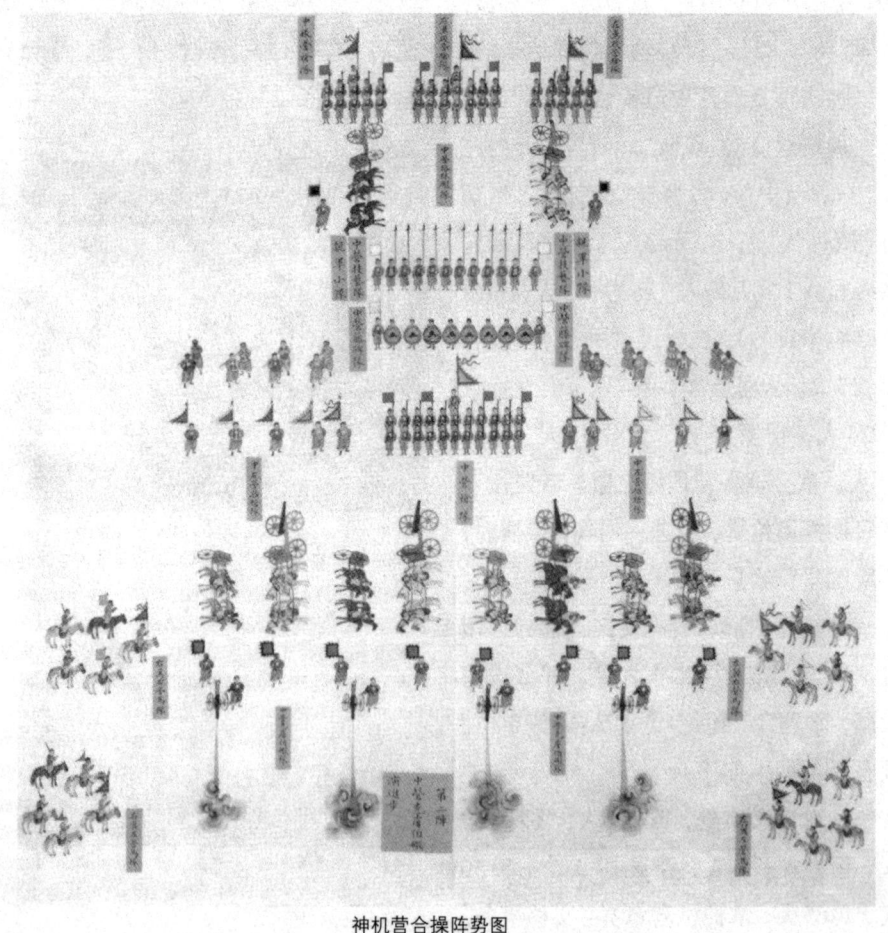

神机营合操阵势图

制造军火器械事务。

⑧军器库，管带官 2 人，委翼长 2 人，管库章京 2 人，委员 6 人，书手 15 人，共 31 人，掌收发军火器械。

⑨枪炮厂，总办 2 人，委员 27 人，书手 6 人，共 35 人，掌演练枪炮、测量算学事务。

⑩机器局，总办 3 人，提调 2 人，总监工 1 人，委员 10 人、办事官 2 人，书手 19 人，共 37 人，掌管制造枪支、火箭、铅丸、火药事务。

以上十个单位，共有职官 430 人，再加掌管全营事务的 110 人（管理大臣不在内），总人数是 540 人。神机营的兵额并不是太多，而办事衙门的职官人数，远超过其他各营。即管全国军政的兵部，都不能比拟（兵部是 148 人）。其管文书档案，分设了文案、印务、稿案三个单位，总人数是 84 人，其他衙门都没有这样多的。

神机营组织如此庞大，虽然说由于重视练兵事务，但也说明当时旗员官路困难，借新设衙门机会，而大量安插关系之人。同时，也是权要人们获得私馈的好机会，其设官用人之泛滥，便可想而知了。

(7) 水师营

水师营是由满蒙八旗的旗兵在雍正年间组建的，组建后不久，清廷就看出由北方游牧民族组成的水上军队是很困难的。于是水军一营在乾隆初年便将水师的重点移到南方去了，并由以汉人为主的绿营兵所组成。

水师提督是水师营中的最高军官，武职从一品，全国共有福建、广东、长江三个专职水师提督。除此外，浙江、湖南、江南三地还设有水、陆兼辖的水师提督。水师提督下设有水师总兵、水师参将等，下辖上述地区的若干个水师营。

水师分内河水师和海上水师。初创水师时，只局限于沿海地区，其主要任务是把守海口，缉捕海盗。到后来，才逐渐用于海战了。顺治八年（1651）沿江、沿海各省，均沿袭明朝规制，以绿营兵作了水师营。从雍正三年（1725）起，才组织满洲旗兵修习水战。与此同时，还在天津设了水师营，并让两千名满洲和蒙古旗兵参加海上作战训练。除此而外，江宁驻防还调出了 4000 名驻防军去组建水师。雍正五年（1727）、雍正六年（1728）、乾隆十一年（1746），杭州、福州（600 名士兵）、广州等地先后建立了水师营。以上各个水师营，均在各驻防将军的指挥下进行训练和作战。乍浦水师是雍正七年（1729）建立的，规模比较大，共有 2000 名满洲和蒙古旗兵。该水师直受一名副都统的指挥，而副都统又是受杭州驻防将军的指挥的。

在同一守地，水师和陆地驻防没有什么大的区别，他们属同一类军队。水师的招募和训练与陆军一样，八旗军中选拔的水师使用同样的技术、同样的武器，由有同样军衔的军官指挥。此外，陆军和水师经常互相交换旗兵、换防，服役也分期交换。乾隆三十八年（1773）乍浦前锋营和火器营成立，它们的士兵就是从驻扎在那里的水师里挑选出的。广州水师的水兵是从驻在当地的汉军八旗兵中挑选出来的，共有水兵470名，分左右两翼。每翼四旗，由1名佐领、1名防御、3名骁骑校和30名领催指挥，水师的统领是一名参领。与所有其他营一样，水师在行政上和财政上均受驻防将军的领导。

绿营兵和八旗兵两支军队的关系表现出了极大的灵活性。绿营兵可以其他方式与八旗兵合作。例如，乾隆二十四年（1759）公嵩椿将军奏明皇上，请求在每年秋季绿营水师操练完毕后，酌派八旗官兵至水师营，在战船上演放枪炮，以使全体官兵能习水战。准奏后，操练前备一令船和八条战船，每船派1官员、7名弓弩手、7各鸟枪兵、3名炮手各撑船只进行海上演练。此时水师营只提供警戒任务。而京口和福州驻防的绿营兵和八旗兵干脆就是住在一起的。尤其是福州绿营水师和当地驻防旗营的关系更为密切。雍正六年（1728），京城本旗调集总督、巡抚、海宁总兵、闽安副将手下的绿营兵、驻防旗营和闲散旗人中的精壮者600名组成了福州水师营，并调来绿营兵中的3名千总、3名把总、6名工匠对他们进行训练。雍正八年（1730）又从绿营兵调出6名木匠和6名修船工。雍正十二年（1734）减去了原来的3名千总，又从绿营教习兵中选拔了三名外委把总去训练水师。由以上例子可以看出，清朝驻防旗营和水师营的关系是十分密切的。

乾隆十一年（1746）广州建立水师后，广州将军从绿营兵方面接收了2名千总、4名把总、100名副工兵、6名木工以及11名修船工，帮助操作和修理战船。

再如乍浦驻防，当杭州驻防的水师分别于雍正七年（1729）组建时，它已从雍正二年（1724）起就吸收了400名来自绿营的水兵，这些水兵过去一直在该地负责巡海。在满洲和蒙古旗兵水手接受训练时，汉人水兵执行巡防海域的任务。

（8）虎枪营

虎枪营是扈从皇帝围猎的禁卫军。康熙二十三年（1684），黑龙江将军选送精骑善射的满兵40人，分隶上三旗，组为虎枪营。每旗设虎枪兵120人，三旗共360

人。于侍卫、参领、亲军校、亲军、前锋校、前锋、护军校、护军、骁骑校、骁骑、领催及闲散人内选用。以内大臣或侍卫1人为总统，每旗以大臣、侍卫、参领等官1人为总领。乾隆三年（1738）颁给虎枪营关防。到嘉庆十七年（1812），对于虎枪营的职官员额、任用办法及职掌等，都作了详细规定。以后职官名称又有改定，员额也有所增减。据《光绪会典》（卷八八）载：虎枪营总领无定员，由王公或御前大臣、领侍卫内大臣内特简。总领6人（上三旗每旗二人）由一品至五品大臣、官员内特简，或由总统选拟"引见"（带领见皇帝）补用。虎枪校21人，委虎枪校21人。虎枪兵每旗160人，三旗共480人。每旗并有学习虎枪兵40人，三旗共120人。虎枪兵的总数是600人。

皇帝行围时，虎枪营总统及总领派虎枪兵300人随从，以10人列于前导，遇虎则列枪以备，得皇帝命即射击，或追踪、或巡山，得虎则献于皇帝，并奏报首先杀虎之人（限一二人）。"御营"驻扎后，虎枪兵伏设地弩，以防虎豹。遇皇帝"巡幸"近畿（京郊）及各处，则派虎枪兵100人随扈。如至热河（今河北承德），则派虎枪兵40人，协同直隶（今河北省）绿营兵分巡"御道"，以防虎豹出没。待皇帝"谒陵"（上坟祭祖），令营官兵担任巡哨、搜山及随扈等项差务。

虎枪营内部设有印务处、档案库及帐房库。印务处看护军校、骁骑校6人、值班护军校6人及笔帖式6人（内有掌稿二人），办理章奏文移事务。档案库、帐房库则分掌收藏档案与帐簿等项。有拜唐阿108人（由前锋、护军挑补）分在以上三处轮流值班。此项拜唐阿能识字者，可报补班长，任班长的如能写满汉字又能当差谨慎的，可拨补笔帖式。可见虎枪营的拜唐阿，是任杂差的，仅能拨补笔帖式，是不同于尚虞备用处的侍卫拜唐阿的。

(9) 善扑营

善扑营为承应演习掼跤、射箭、骗马等技艺的军营。《清会典事例》无专载，设置年月不可考。《光绪会典事例》卷一〇〇六《侍卫处例》载："顺治初年定……善射鹄、善强弓、善扑等侍卫，各有专管，统在三旗额内，均无定额"。顺治初年即有善扑等专官。又，同书中健锐营（卷一一六八）训练条载："乾隆十七年（1752）定……慢三七日演相扑、过马、骗马、三枪、舞鞭、舞刀、射箭。""道光二十一年（1841）奏准，健锐营裁撤掼跤八十名。"是善扑、射箭等技艺原由健锐营演习，盖在道光二十一年以后始专设置善扑营。又《清史稿·本纪》康熙八年（1669）有如下一段记载:"上(指康熙)久悉鳌拜专横乱政,特虑其多力难制,乃选侍卫拜唐阿(候补侍卫)年少有力者为扑击之戏。是日,鳌拜入见,即令侍卫等掊而絷之,于是有善扑营之制,以近臣领之。"此可为善扑营沿革之参考。

善扑营设总统大臣,由都统、前锋统领、护军统领及副都统内特简,无定员。下有翼长6人(左、右翼各3人)统辖营众。其中有2人协助总统大臣办理事务,名为"协理事务"。并有笔帖式6人,掌章奏文移事务。

善扑营演习的技艺,分善扑、勇射、骗马三项。善扑是两人相扑为戏,以摔倒其对手为优,额设善扑人200名。勇射是以弓力多者为优,额设勇射人50名。骗马是以矫(jiǎo)捷为优(并有骗驼者),额设骑马人50名。三项技艺共为300人。并额设蓝翎侍卫3人,以优等善扑人充补,亦参加演艺。

三项技艺,共设教习24人,分任训练。此外,另设"档子人"8名,管组织善扑人演艺,开写名单,名为"拉对档子"。又设拜唐阿54人,协助笔帖式办理各项事务。全营共为400余人。

清代为承应皇帝渔猎与演艺而律制善扑营。善扑营内有都统、统领、翼长、协理事务、笔帖式等职务。善扑营演习的技艺有善扑、勇射、骗马三项。"善扑"就是两人相扑为戏,以摔倒其对手为优。勇射以弓力强,命中率高为优。骗马则是以

《塞宴四事图》 清乾隆年间张文翰所绘,现藏故宫博物院。描绘了清乾隆皇帝在承德避暑山庄设宴时举行的四项活动:"诈马"(幼童赛马)、"相扑"(摔跤比赛)、"教驳"(套马训马)和"什榜"(蒙古族音乐演奏)。在众侍卫的环卫下,乾隆皇帝坐在御座上,乐师们在方毯上坐奏蒙古族音乐《笳吹》;相扑四人两两相对在方毯上表演。

矫捷为优。三项技艺共有300人，其中，善扑200人，勇射50人，骗马50人。清末京师善扑营设左右两翼，京人俗称"东西营"。东营在今东城宽街大佛寺宪政处，西营在今西四北旃檀寺禁卫军营内。负责具体善扑技艺的总教头称为"格尔鞑"，而跤手官称"布库"，俗称"扑户"。"扑户"依据自己的跤艺技术优劣，被格尔鞑分为头、二、三等，按月领取俸薪。善扑营每年冬季检阅一次，遇到筵宴蒙古王公时，善扑营人都要表演技艺。如遇"御试"（皇帝亲试）武进士于紫光阁，善扑营派勇射人30名，善扑人10名，预备较射、较弓力与移石（举重者）。如遇皇帝出巡，则与护军一体随班护卫。当时东西二营著名的"扑户"有：神腿闪德宝、宛永顺、苏殿起。东营"扑户"因今存有照片，留下的人名较多，有：担任"格尔鞑"一职的关文连、活动张、奎三、智海、谭七把、瑞五、多隆阿、姚秀、庆六等二十余家。他们师承鱼鹰子惠五、神跤小李八及东营妥扑户的跤技，把摔跤这项活动加以总结，发扬改进，形成了一套完整的民族跤术并著有跤谱传世，这是我们今日研究中国式摔跤这门国粹不可多得的材料。

民国初年，善扑营随着清朝的灭亡而自行解体，这些依靠吃皇粮俸薪的"扑户"为了摆脱生活上的困境不得不摆地卖艺。因为他们技艺精湛，所以极受广大民众的欢迎。自此清廷宫中原为贵族欣赏的摔跤传到了社会，逐渐成了广大民众喜闻乐见的一种体育项目，形成了独特的民族风格。与此同时，东西营众"扑户"也相继培养了许多技高一筹的跤手。如：宝善林、沈友三、满宝珍、金宝生、宋振甫、单士俊、于俊才、段顺禄等。这些跤手多次与天津、山西、内蒙古等地的跤友切磋跤技。相比之下，因北京的跤手深得善扑营内"格尔鞑"和众"扑户"的亲传，所以他们的跤摔的巧、潇洒、漂亮。"活"多而脆，与兄弟地区的跤法大不相同，故国内同行称北京的跤技为"京跤"。一时学习跤风大起，山东马青松、山西崔福海等名将具有"京跤"的典型风格。

（10）圆明园护军营

京城西北郊海淀区，驻扎大量的满洲军队。它们是圆明园护军营、健锐营和外火器营，人们习称之为"外三营"。"外三营"所保卫地域是人杰地灵、物阜民丰、山湖秀丽的"三山五园"（即，万寿山、香山、玉泉山、圆明园、清漪园、畅春园、静明园、静宜园）等皇家园林，这些皇家园林不但建筑繁多，规模宏大，汇江南名胜之特点，集造园艺术之精华，而且还是大清数代皇帝"避喧听政"的离宫式的宫廷区。圆明园内的"正大光明"殿是皇帝朝会听政的大殿。在"正大光明"殿的东面是"勤政亲贤"殿，皇帝在这里批阅各地奏章，召见群臣。正是这样一方极为重要的区域，所以清政府在"三山五园"地域上驻扎了三大旗营，所驻扎兵丁达10余万人。

圆明园废墟（1875年）

雍正二年（1724）钦定，圆明园专设八旗护军守卫，选在京八旗官军，前往驻扎，设营总8人，分别统领各方护军。府三旗护军营（雍正十年始设营总一人）与八旗护军营合称为"圆明园八旗内务府三旗护军营（简称为'圆明园护军营'）"，简选主公大臣统辖营务。皇帝驻园来往，自城至园沿途，派本园护军保卫。

圆明园护军营的组成，一部分是由京城八旗护军抽调的，一部分是由八旗养育兵及闲散内挑补的。八旗护军额为5700多人（包括护军、马甲及养育兵），内务府三旗护军营（或称"包衣营"）为300余人，八旗营及包衣营共为6000余人。

圆明园护军营的统领官，为掌印总统大臣1人（乾隆十六年定），总统大臣若干人（由王公大臣内兼充，无定员），下面八旗营设有营总8人，护军参领8人，副护军参领16人，署护军参领32人，护军校、署护军校各128人（以上各职人数，都是八旗合起来的人数，各旗人数同）。另有笔帖式31人，随八旗营总办理文移事务。

包衣营有营总1人，护军参领、副护军参领、署护军参领各3人，护军校8人，副护军校3人（参领以下各级人数是三旗合起来的人数，三旗人数同）。并有笔帖式4人，随本营营总办理文移事务。

圆明园护军营的章奏、文移事务，由八旗营与包衣营简选官员办理。计总管2人，参领2人，护军校4人，笔帖式8人。以上人员职衔之前都冠有"协旗事务"四字。

圆明园护军营在外三营中最大，保卫面积最广，北达马连洼、黑山扈，西至玉泉山静明园，南达长河边的东冉村、蓝靛厂，东至中关村、五道口一线。八旗驻防区域分配的极为合理。北部侧重设四旗驻防，西北部设两旗，东南两向因靠京城，仅各设一旗。

左翼四旗：镶黄旗营房在圆明园北，树村村庄西，今存遗址。正白旗营房在北京体育大学西侧，旧时营中宽街已通公共汽车。镶白旗主营房在圆明园东北隅，今圆明园东路北部西侧，镶白旗设有小营房，今为清华附中。正蓝旗营房在清华大学南侧，今成府路东段即为昔日正蓝旗营房南侧头条和虎皮墙。

镶白旗小营旧址，现为清华附中。

右翼四旗：正黄旗营房在圆明园西北肖家河处，今362路公共汽车穿营而过。随着时代的延续，正黄旗又在清河南北两侧兴建了正黄旗河南新营、河北新营。正红旗在安河桥北，西临今京密引水渠，北靠龙背村。镶红旗旗营在青龙桥西边的下道府和功德寺之间，今有公共汽车从昔日营房十字街穿过。镶蓝旗营房在颐和园南的长河西畔，现遗址的地名称为"老营房"。名称是与后置的外火器营建置年代比较而言。镶蓝旗营房与外火器营的建置为蓝靛厂的繁荣、兴隆起了很大的作用。

由于圆明园政治、军事上的重要性，圆明园护军营又设内务府三旗护军营辅佐。内务府是清代掌管"宫禁"的事务机关，凡皇帝家的衣、食、住、行，包括起居、夜宿，都由内务府承办，

镶红旗旗营旧址，现为民房。

汉语"家"的意思在满语中称"包衣"，故内务府三旗护军营又称"包衣营"，其作用职责是掌守圆明园各宫门门禁。三旗为镶黄、正黄、正白上三旗。包衣营有营总1名，每旗有护军参领1名、副护军参领1名、署护军参领1名、护军校3名、副军校3名，全营有笔帖式4名，随本营营总办理文移事务。包衣营共有兵丁300名，起着警卫宫苑的作用。

圆明园护军营曾称"圆明园八旗内务府三旗护军营"，两营兵丁达6000余人。试想，这么多名兵丁每户有3至4名家属。那么，圆明园护军营将有3万多人。

圆明园护军营为了培养后代，在所属旗营内设学校，以教八旗子弟。由于北部四旗较为集中，正黄、镶黄、正白、镶白四旗合办官学一所，而正红、镶红两旗合办一所。正蓝、镶蓝因地势与其他营房相距甚远，故每旗各设官学一所，每所均有

旗营总管指定的教习掌教学生学习事务。共设教习6人。

与圆明园护卫有关的还有一哨子营。哨子营属正黄旗旗营管辖,哨子营全部由蒙古籍骑兵组成,昼夜巡视圆明园墙垣。其马圈在今国际关系学院处。由于蒙古八旗的食宿、所居地域与当时的汉人有一定的差别,时居大有庄、坡上村的汉人习称这些哨子营骑兵为"鞑子",所以此营汉人称之为:"鞑子营"。对于在昔日飞扬跋

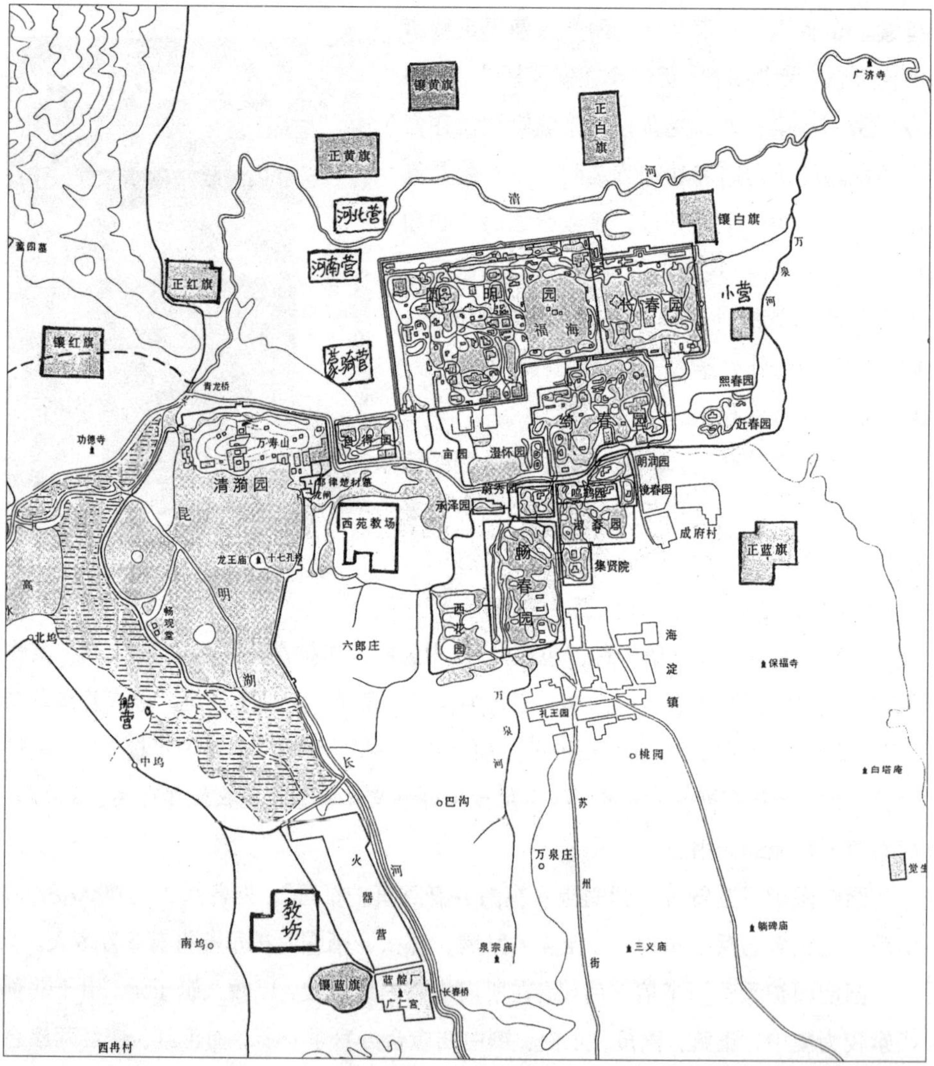

圆明园护军营分布示意图

扈的朝廷兵丁，平民对其恶感仍不得发泄而称之为"骚鞑子"。今日仍有地图、标志牌及世间口语称"哨子营"为"骚子营"或"鞑子营"，在民族团结的今天，这都是不合适的。现藏于第一历史档案馆中的清兵部左侍郎禧恩的奏折，就说明了哨子营的性质和维持当地治安的作用。

圆明园护军营昔日遗存很多，给人们留下的资料和文物当属昔日八国联军入侵

铜版画中的圆明园远瀛观正面和花园门

现在民房门牌上的"厢（镶）红旗""正红旗"门牌号

京城焚烧圆明园时，护军营的将士们曾进行了顽强的抵抗。

圆明园八旗印房，在北京大学西校门北，红桥西侧河的南岸，为一处三合院，其中正厅5间，坐北朝南，东西配房各3间，院前有屏风门一座。笔者认为这是圆明园八旗印房的一部分，仅存的后院而已。因为圆明园共有护军房舍11808间，内务府包衣营96间，护军参领廨舍520间，可见圆明园护军营是一个庞大的军政机构。

圆明园八旗护军营建筑在平原田野上，营内的建筑大多相同，旗营房、关帝庙、档子房、官道、宽街、院落均按清廷建制而设。正黄旗营房建在圆明园西北方向，扼守西北门户，旗营兵丁是满洲、蒙古兵组成。营区呈正方形，每面长均一里，营区有三合土夯实，外皮由砖砌的泥鳅背罩面和封顶的营墙，营墙外有排水壕沟，更显得营墙的高大和营区的森严。营区内有"田"字形大道，正中的"十"字宽街通向东、西、南、北四向营门。宽街两侧种植高大国槐，每至春夏季，槐花泛香，叶茂如伞。大道主体上又分出多条东西向的小路，满人习称为"条"，多称头条、二条、三条……每条胡同宽约六尺，可容马车通过。胡同北侧即为旗营兵丁院落。

旗营房屋、院落有一定的规制，不可超越、造次，否则将受到处罚。旗丁的院落由起脊道士帽门楼、弯影壁和正北歇山灰色合瓦的正房构成。正房多少按旗丁等级来分配。营中最高领导为参领，住房为13间，配有马厩，标准的四合院，以下副参领、署参领，护军校为8至4间不等，旗丁则为2至3间。跨入旗家小院，迎面有砖砌影壁，右侧不通，只能从左侧绕过。绕过影壁，小院一览无余，尽收眼底，只是影壁右侧不通的方向立有祭祖的索伦杆子一根，上置斗盒，内放食物，供天鸟来吃。

营房内有档子房、钱粮房，是存放营中公文、旗案和发放俸米、俸银的办公地点。钱粮房外的木架上悬挂有铜板一块，形似满洲妇女头上戴的大拉翅（扁方），满营称之为锛，起到敲钟的作用。每逢营中有事需要召集旗丁开会时，蓝翎长便敲锛相呼，不一会儿，全营的老小都会集中到营中的十字街口上来。八旗旗营均有教场，以供旗丁练习骑马、射箭、马步之用。

1983年，在清华大学南部出土一块墓志碑，墓主为"圆明园技勇八品首领讳亮字明亭任公"。碑铭全文如后：

咸丰十年八月二十二日，明亭公在出入贤良门内，遇敌人接仗，殉难身故。技勇三学，公中之人念其平生飞直，当差谨慎，一遇此大节，实堪景慕。因建立碑文，记其名氏，以期永垂不朽云：

勇哉明亭，遇难不恐。
念食厚禄，必要作忠。
奋力直前，寡弗敌众。
殉难身故，忠勇可风。

咸丰辛酉四月河间王云翔撰并书技勇三学。

碑主属圆明园护军营中的内务府包衣营中的善扑户。清政府时，朝中专设有承应皇帝渔猎与演艺的尚虞备用处和虎枪营及善扑营。

善扑营主要演习摔跤、射箭、骑马、较弓力、移石等项，遇筵宴蒙古王公，善扑营的兵丁的艺丁都要预备表演技艺，遇皇帝出巡，则与护军营一体，随班护卫。所以，任亮能够出入圆明园贤良门处。

任亮墓志的出土，无疑证明了圆明园在被英法联军抢掠时，曾遭到八旗军士的抵抗，军士们忠勇为国，壮烈殉难，为中华民族谱写了一曲反抗侵略、保卫祖国的壮歌。

反之，我们也看到了这样的文字：

总营者，满旗世仆、钮钴禄氏文丰是也。先世职管园大臣，自其高曾祖文，即掌园多一切措注。至咸丰时，文丰继之，故园中掌故极熟。

先是京中大猾曰李三者，常与内务府宫监等结纳，亦居间行贿，出入宫庭如履闺闼。豪商巧宦争趋之，积资巨万，号召徒党数千人，视满汉王公大臣蔑如也。文丰尝与论行贿事不合，遂成嫌隙。既而李某与文丰直接周旋，三益大恨，欲甘心于文丰。盖李某本以三为东道主，粤中宦迹，几无不逡巡于三之门下。三以同姓故，与某极意交欢，如家人昆季。及文丰招某往，某喜文丰之简捷，可不绕从三之居间也，于是舍三不复往，三使人劫之。文丰白于上，令五城御史收三，将置之法，而联军祸适至。时上已仓猝北狩，恭王主留守事，亟议和。事且定，李三党人破司坊狱纵三出。三即引英兵至圆明园宫门。将入，文丰当门说之曰："禁内非驻兵之所。两国和议且定，幸勿徒伤感情。且万一引奸人入园，贵国乃为傀儡，必于和议前途大有阻碍。祈三思之！"英兵闻其言直，遂退去。三闻之。率党驰至，汹汹名索文丰。丰知不可理喻，使主事惠丰等遍召守卫禁兵，良久不至。及报反，则羽林诸营，除扈驾北行外，已逃散藏匿。无一存者，而三众已破门入。文丰知不可免，亟令小黄门持所爱珍器，乘马还宫内，遍告所委嫔御诸姬，令自为计。遥见宫门火起，知三党纵烽劫掠，园且糜烂。驰至福海边，下骑向北拜曰："奴才负恩，锦绣河山，送于奸徒之手，心力已竭，惟有一死而已！"拜毕，一跃入海中。主事惠丰亦从之，其他小黄门从死者三五人。李三众遂大掠，二春及诸姬被掳，园中宫殿悉毁，火三日夜不绝。珍宝珠玉尽出，取其尤者以献英法军帅，余皆捆载南去。李三竟据海棠，而斥卖其余姬，或入勾栏，或为妾滕。时粤商李某方在都中，函以数千金赎其从子，且毕力媚李三，仍修旧好。会恭亲王与英法订约于礼部堂，英人许于赔偿军费项下扣还偿圆明园费银二十万两。复奏至热河行在，但言兵燹所及，园屋被灾，未尝揭李三引狼之罪，投鼠忌器故也。于是文李之殉，未蒙恤典。而李三亦逍遥法外矣。

引自指严著《圆明园营管世家》

上述节选，真是让人们身临其境，即李三的汉奸形象令人唾弃，文丰的义正词严虽暂时让强盗退去，但说不退侵略者的本质。我们更要痛斥粤商李某、汉奸李三

之流的卖国行径。

(11) 外火器营

火器营是专门操演火器的军队，有内火器营与外火器营之分。操演的火器，有鸟枪和子母炮。

最早设火器营在康熙三十年（1691）。选八旗满洲、蒙古习火器之兵，另组为营。营兵有鸟枪护军与炮甲两种，额定满洲、蒙古佐领下鸟枪护军6人，炮甲1人，分内外二营操演，在城内感为内火器营，分枪、炮两营。在城外的为外火器营，专习鸟枪。内外二营，共有鸟枪护军5200多人（内有护军校、蓝翎长、队长各120人，并有笔帖式16人掌文移），炮甲880人，养育兵1650人（备补充鸟枪护军），三种兵总数是7800多人。

统领火器营的为掌印总统大臣1人，总统大臣若干人（由王公、领侍卫内大臣、都统、前锋统领、护军统领、副都统内派充）。所辖内外二营，有翼长各一人，署翼长营总各1人，营总各3人，鸟枪护军参领各4人，副鸟枪护军参领各8人，署鸟枪护军参领各16人，分掌内外火器营训练之事。

内外火器营分别定时训练，除操演枪、炮之外，并操演步射、骑射及各项技艺。

此外，由内营人员内选派协理事务翼长1人，署翼长营总1人，营总3人，鸟枪护军参领4人及额设笔帖式8人，办理章奏文移事务。

外火器营在京西，东挽清水河（今京密引水渠），北倚万寿山，西望西山诸峰，南俯京西重镇兰靛厂。

外火器营建于清乾隆三十五年（1770），有各种营房、官房1700多间，建成后命本营八旗满洲弁兵移驻，稗群聚环居，便于演习。营房西

神机营所属内火器营马厂，在今安定门内的方家胡同内。

清水河（今京密引水渠）

53

门外,辟有大教场,为八旗火器营兵合练之地。内有演武厅、抱厦、配殿、看守房、月台、门楼等高大建筑。事实证明,在以后的历史上,我们看到外火器营的设立为清统一国家,平准噶尔、定回部、扫金川、降缅甸、镇安南、屏卫关陇,巩固边疆,维护祖国统一和安定起了重要作用。

  300年后,当我们受海外友人之托再寻故地时,营房内早已旧貌变新颜。营房北部正红旗、正白旗已改建为空军指挥学院,营房南部已为一片现代化小区所取代。今昔变化虽大,我们还是依据营中高大的槐树,有规则的房舍,重绘出了外火器营昔日八旗分布情况。然而,当我们把这份充满几何图形的图纸展示在专家的面前时,我们不得不佩服先人因地制宜的超人智慧。

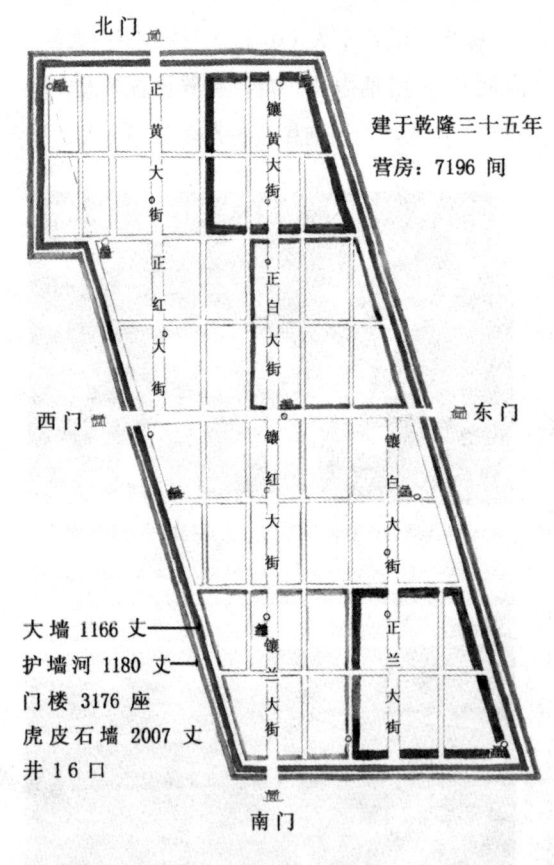

火器营八旗营房示意图

  因为外火器营是沿清水河流向而建,故营区轮廓极不规则。外火器营建成后,给我们留下的是这样一张图形:整座营房的平面似一艘扬帆启程的航船,自西北向东南方驶去,北部正黄旗和八旗档房的突出地如船舵,南部正蓝旗的关帝庙内的那根旗杆犹如高大的船桅。

  要把这不规则的菱形划分出八等份确实不是一件容易的事。今天当我们把平面图展开后,方知外火器营众多营房是由八块大小、尺寸完全相同的梯形块所组成。这样的划分,加上统一的建筑施工,在不规则的地形上,使得八旗的房屋分配、使用、附属设施极为合理,各旗的房屋数目完全相等。

  外火器营除八旗营房外,连

外火器营关帝庙

右翼正蓝旗校场遗址

通八旗之间的还有南北走向的三条宽6米的大街和八条中街、这三条大街分布的也十分合理,每旗所辖的大街长度完全一样。除上述街道外,营内自南往北还有八条横胡同,每条横胡同之间再分有七条小胡同,这样,整屋营房自南往北有大小街巷65条之多。外火器营的内外由环营大墙区分,大墙又称"老墙",长4公里,由三合土垒成。营墙外有护营河,起着排水的作用,外火器营的布局不同于圆明园护军营和香山脚下的健锐营,后两营地域广大,八旗营房设置极为分散。而外火器营的八旗全部设置一个高大的围墙里面,犹如一个小小的独立王国。

外火器营的西门和南门外各有教军场一座,西门颇大,为八旗合练的地方,有检阅大殿,称"演武厅"。在西门与演武厅之间路北,有北房五大楹,进门则是极大的院落,有各种房屋三十间,此处为外火器营档案房,负责全营军事训练,火器制造和发放俸米、俸银的办公地点。

火器营中养育了许多的英勇将士,最为出名的是乌兰泰和塔齐布。

乌兰泰,满洲索佳氏,火器营正红旗人,道光六年为鸟枪普通的护军,后平息张格尔有功而升蓝翎长,再后升护军校、副鸟枪护军参领、参领、营总翼长,死后谥"武壮"。

塔齐布,满洲陶佳氏,由普通护军升全蓝翎卫、三等侍卫。后作战有功,经曾国藩保奏:塔齐布短衣草履,日督麾下士卒演鸳鸯连环阵,对放枪炮,数伏数起,临敌无畏心,悉成劲旅,观其奋往耐劳、深得兵心,后升副将。又因塔齐布"胆识俱壮,训练认真"赏总兵衔。塔齐布左臂刺有"精忠报国"四字,每战必匹马当先、忠勇绝伦、屡濒危险,常有奇缘,得免于难。同治帝曾赐三等轻车都尉,入祀昭忠祠。

火器营中的显赫人物,多是以军功起家的,满族著名学者金启孮先生著述:"辛亥革命以后，南方来了很多议员、督军到北京开会。其中有人到外火器营寻找塔齐布的后人，并给塔齐布修了坟。据说该大员上辈受过塔齐布的提拔。"

火器营在清一代究竟起着多大作用和有关火器在军事上的威力呢？清人陈徽言所著的《武昌纪事》中说："古今军中利器，异时殊宜，近惟火炮最擅制胜。我朝开国及平定西域，征两金川前后大小战功，皆赖其猛烈之力。钦定皇朝礼器图式，详载诸炮名式。如天聪五年造红夷大炮，名曰天佑助威大将军。其后复造神威大将军、神威无敌大将军、武成永固大将军皆是。此次贼寇武昌，城上置大炮自七八百斤至千斤者，轰击皆不能逾江，约计炮子所及，仅三五里而止，令人愤懑。佥咎铸法不精。弗如登舟之炮，可击四十里。东粤之炮，可穿土寻丈，为能得力。窃谓此乃火药未尽，善炮不任过也"《武备志》详载造火药法，似研极细，置手心燃之，不爇手为佳。近又见劳司马光泰所著《炮药说》，亦权明白精当，爰节录之。以备采择。其说云：炼硝煎至二三次，白糖以去尽其泥，萝葡以去尽其盐，雪水以去尽其矾，然后取面上之牙入，用其底清水漂之，尽如雪体而止。其次炼磺，茶油煎之以去其面，牛油煎之以去其底。尤重选炭，洋人用藤炭，俄罗斯用布花炭。中国无藤，麻杆代之布花，则纮线绞把，煅以良工，自能成炭。又参用葫芦壳炭，摩犀公角炭。大梅片面制法，柳炭照常麻秆去头尾，火候宜细煅，葫芦壳亦同摩犀公角打碎，以铁锅煅之，使烧透烟尽而止。再以芭蕉树取汁多煎之，次日澄清，去其水，加大梅片，共人锅内。锅外用滚水泡之，使溶化成糊，收存待用。每药100斤，用净硝76斤，净磺11斤，麻杆炭4斤，柳炭4斤，布花炭4斤，葫芦壳炭半斤。公犀角2两，梅片2两，煅炼成糊。入汾酒20斤。合春为药，春力愈多愈好，研炼有光。然后罗筛成细粒，以少许置掌中，火试之不烧手，此为上药。先时须较准各炮食药分量，一一记明，某炮食药若干，用红布袋盛之，配合药缸大小装入。再用引门铁锥探入，刺破布袋，然后下烘药点放，乃可得用。至放炮之法，迟速疾徐，更宜讲求。凡大炮装药甚难，不可轻放，必待贼将近，可以一放成功。否则贼未至，炮先鸣后无以续，即抬炮鸟铳亦然。五放则炮身通红，不能入药，故点放不可不慎，惟子母铁炮，自朝至暮，可连环接放，最为得用。苟能多制此炮，配用此药，何贼不可克，何敌不可攻。孔子曰："工欲善其事，必先利其器。"此炮此药，即利器之谓。

火器营中在清末民初期间也曾发生过类似梁山伯与祝英台的爱情悲剧。营兵奚小六与邻家的姑娘松大莲之间产生了爱情，由于封建礼教的迫害，最后双双投入到外火器营东侧的清水河中。奚小六与松大莲的爱情悲剧，使我们想到了封建制度、封建礼教对人们的束缚和吞噬。后来这个悲剧被卖唱艺人编成了小岔曲，配上"唐伯虎点秋香"的曲调唱了出来。最初流行的小曲还很正派，让人们感到同情和惋惜。谁知后来这曲子竟被好事者添上了"风流"词句，而传遍了大江南北。长篇小说《林海雪原》中的土匪都会哼哼这首《探清水河》的调子。无疑，这给旗营中的人们带来了极坏的影响。民国二十五年的北平俗曲竟将这首改编后、新填词的曲子列为窑调。笔者认为，这种评论是错误的，即使改了词的《探清水河》的曲子也比"南词"、"苏州十支花"、"夯歌"要文明正派的多。《苏武牧羊》这首古曲在民国年间不是也被改的面目全非了吗？

《探清水河》

桃叶尖上尖，柳叶青满天，在其位的明公，细听我来言：此事出在京西蓝靛厂。蓝靛厂火器营，住着一个长青万字松老三，两口子卖大烟，一辈子无儿，所生一个女婵娟。女儿年长一十六岁，起了个乳名，荷花万字叫大莲，俊俏好容颜。二老爹娘去逛庙，抛下奴家把家看。眼看黑了天，太阳落西山，奴好比一朵鲜花无人采，琵琶断弦无人弹。奴好比貂蝉思吕布，又好比婆惜想张三。六儿好比花蝴蝶，飞过来飞过去把奴家来缠。一更鼓里天，大莲泪涟涟，埋怨二老好抽鸦片烟，耽误小奴婚姻事，不与奴家配姻缘。二更鼓儿冬，外边嗷一声，要命鬼的六哥哥，来在我家中，恐怕爹娘知道了，二老知道定打不能容。三更鼓儿发，小六把墙扒。惊动了上房女姣娃，急忙开开门两扇，伸手拉进小冤家。四更鼓儿忙，二人上牙床，一夜晚景大概入睡乡，露水夫妻不久长。五更天快明，二老知其情，无脸耻的丫头败坏我门庭，今天非要你的命，你要想活万也万不能。逼的无话说，荷花万字跳了河。双三道儿闻听一心要探清水河，手拿纸钱河边绕，叫一声干妹妹等等我。再把小六明，逃走回家中，跑回家去坐卧不安宁，茶不喝来饭不用，心中好似滚油烹，忽笑忽悲痛，好像中了疯，丢魂失魄迷迷又瞪瞪。情人投河因为我，不由两眼泪盈盈。冥衣铺内行，烧活说分明，一楼二库两对女童，老妈厨子糊一对，余外再糊加细八抬轿一乘。河边走一程，答报恩爱情，银锭烧纸前走祭亡灵。用手划开千张纸，双膝跪在地流平，点着千张纸，不住冒火星，三跪九叩又把礼来行。口中不住情人叫，好似晚辈祭奠先灵。祭完回家中，不住暗伤情，单思病儿得的也不轻，躺在炕上竟喘气，虽然没死皮也脱一层。

外火器营最大的变化是在"七七事变"后，日本兵占领了北平，也闯进了这座160多年的营房，他们推倒了北面的营垣，将北边的四旗地界全部划入他们征地的范围，抓旗营的人去为他们做劳工，修建西郊飞机场，在日本侵略统治的年代里，旗营里的人们背井离乡，四处逃亡，北四营的营房变成了废墟，变成了侵略的军营。饱经沧桑的火器营向世人哭诉着这段悲壮的历史。

现在外火器旧址，营区四周边界，主体街道，极少部分的老营房遗址尚存，最为显赫的是永山宅院，今为小学校。整位宅院由两部分组成，进大宅门，迎面为砖雕影壁。路分左右，达东西两院。进屏风门，西院有北房正厅五间，南房七间，房间建筑前廊后厦，院中宽阔。东院前半部南北各有正房，倒座五间，独西墙外有胡同一条，通宅第后院，院之北郊有房十五间，多为仆人、库房作用。整个宅院有人物园林彩绘近30幅，其色调鲜艳，形象逼真。

由于在外火器营内生活的旗兵及家眷达万余人，加之旗人有俸禄（俗称铁杆庄稼）待遇，强大的购买力使不少山东、山西和附近十余村的商人、小贩云集营房内门外，使兰靛厂集市更加红火，成为西部的一个重要农产品集散地。

1985年，在各级政府的支持下，外火器营满族文化站成立，每逢年节引得不少满、蒙、苗、锡伯、回族后裔云集。文化站负责人关慧英女士告诉笔者：在党的政策关怀下，有各界民族朋友的支持，我们外火器营这座北京城近郊区唯一的一座满族文化站一定会越办越好。

外火器营旧址上的永山宅院，现为兰靛厂小学。

二、飞虎云梯健锐营

  健锐营，初建时是云梯兵，乾隆十四年（1749）建立。原是出前锋营与护军营内选择年壮勇健者1000人，操演云梯，经过几个月的训练，即参加了征金川的战争，得胜回来之后，即另组为营，名为"健锐营"，营分左右二翼，各设翼领1人，并选王公大臣兼任总统，常日驻静宜园（香山）担任守卫。

  健锐营的兵额，曾有几次增加。到光绪间，规定满洲、蒙古前锋2000人，前锋1000人，养育兵833人（至此已没有护军之额）。又征金川带回嘉绒藏人，编为"番子佐领",计领催 4 人,马甲 54 人,健锐营的总兵额是 2800 人。

统率健锐营的总统,改为总统大臣,无定员,由总统大臣内选派 1 人,为掌印总统大臣。左右两翼,各设翼长 1 人(原来翼领的改称),署翼长前锋参领各 1 人,前锋参领各 4 人,副前锋参领各 8 人,署前锋参领各 16 人,前锋校各 50 人,所统前锋额内,尚有副前锋校 40 人,蓝翎长 100 人及笔帖式 8 人。

统领"番子佐领"的,有佐领 1 人,防御 1 人,骁骑校 1 人。此外,并有协理事务章京若干人(由本营参领内委派,无定员),笔帖式 8 人(内有印务二人),掌管本营的章奏、文移事务。

健锐营除演习云梯外,也演飞马步射、鸟枪、驰马、跃马、舞鞭、舞刀等技艺。据《光绪会典事例》卷一一六八记载,健锐营也演习水操,选前锋 1000 人,在昆明湖演习,用汉侍卫 10 人,教习把总 10 人,水手 110 人(由天津、福建水师选送),担任教练与驾船(陆续造战船 32 只)。其事例仅记到嘉庆年间,到光绪间建立新军,健锐营的水师可能是被裁撤了。健锐营也设有官学,专管教训本营八旗幼丁,设清语教习 8 人,骑射教习 8 人,管理教学事务。

(一)组建健锐营

清乾隆年间,两次征讨大、小金川,第一次只讨大金川,始于乾隆十二年(1747),第二次讨大、小金川,始于乾隆十六年(1751)。

乾隆十二年(1747),大金川土司莎罗奔"恃强凌弱、不安住牧、屡侵邻封"。清高宗谕称:"苗蛮易动难训,自其天性,如但小小攻杀,事出偶然,即当任其自行消释。"不料大金川继续攻打鲁密、章谷等地,直逼渡河口。清高宗弘历认为:大金川番兵骚动边境。逼近内地,其势既甚猖獗,非仅以番攻番之策可以了事。川省番蛮,种类繁多,历年多生事端,横肆劫夺,自相攻杀,屡经发兵弹压,始得宁贴。大金川既受朝廷封号,给与印信,竟敢不遵约束,连年侵扰邻封,必须大加征伐,以靖边氛。

乾隆十二年(1747)三月,弘历以大金川民人与苗性相近,云贵总督张广泗熟悉苗情,故命其补授川陕总督,即以治苗法治蛮。

张广泗虽身为总督之职,习于军旅,办理云贵苗疆,甚为妥协,不料在征讨大金川战役上尽吃败仗,张广泗奏折大金川碉楼难攻打,时云:

《哈萨克贡马图》中的乾隆皇帝像。

"臣自入番境,经由各地,尺寸皆山,陡峻无比,隘口处所,则设有碉楼,累石如小城,中峙一最高者,状如浮图。或八九丈十余丈,甚至有十五六丈者,四周高下皆有小孔,以资了望,以施枪炮。险要尤甚之处,设碉倍加坚固,名曰"战碉"。此凡属番境皆然,而金川地势尤险,碉楼更多。至于攻碉之法,或穴地道,以轰地雷,或挖墙孔,以施火炮,或围绝水道,以坐困之,种种设法,本皆易于防范,可一用而不可再施。且上年进攻瞻对,已尽为番夷所悉,逆酋皆早为准备,或于碉外掘壕,或于碉内积水,或护碉加筑护墙,地势本居至险,防御又极周密。营中向有子母、劈山等炮,仅可御敌,不足攻碉。抚臣纪山制有九节劈山大炮二十余位,每位重300余斤,马骡不能驮载,雇觅长夫抬运,以之攻碉,若击中碉墙腰腹,仍屹立不动,惟击中碉顶,则可去石数块,或竟有击穿者,贼虽颇怀震怯,然却依然如故。"

张广泗的奏折是对金川碉楼的最好写照。张广泗兵败后,奉旨处斩。

乾隆十三年(1748),弘历命大学士傅恒为将,派东北三省及京兵5000名,陕甘两省汉兵15000名、云贵官兵4000名、两湖官兵4000名、西安官兵2000名、四川官兵1000名，十多路人马再讨大金川。此次傅恒略施小计，先破小金川，再密令大将岳钟琪宣谕招降。在恩威并施下，大金川莎罗奔顶经立誓，愿意遵依六事：永不再犯邻封；尽返所夺各土司侵地；捕献马帮凶犯；照数呈交枪炮军器；送还内地民人马匹；与众土司一体当差。

乾隆十四年（1749）正月初三，弘历降旨班师。

在这第一次征剿大金川战役中，傅恒从京带去了5000名精兵。其中有2000名是从香山脚下临时组建的云梯兵中选拔的。原来在云贵总督张广泗第一次征剿失败后，弘历得知失利的原因在于山地中的石碉楼，易守难攻，达到了"半月旬日攻一碉，攻一碉难于克一城"的程度，于是弘历命工部着手在北京西山脚下的方圆十多里的山地上修筑了和大小金川相似的碉楼，以达到以碉攻碉的目的。乾隆十四年实胜寺碑记中："去岁夏，视师金川者久而弗告其功，且苦酋之恃其碉也，则创为以碉攻碉之说，将筑碉焉。……开国之初，我旗人蹑云梯肉搏而登城者不可屈指数，以此攻碉，何碉弗克？今之人犹昔之人也，则命于西山之麓设为石碉也者，而简？飞之士以习之，未逾月，得精兵其技者二千人，更命大学士忠勇公傅恒为经略，统之以行。……夫已习之艺不可废，已奏之绩不可忘。于是合成功之旅立为健锐云梯营。"

香山脚下健锐营八旗营房中60多所碉楼中，最先在旗营中的几个碉楼是由金川工匠亲手建砌成的，有文字为记。乾隆十五年（1750）御制诗序中记："朕于实胜寺旁造室为庐，以居云梯军士，命之曰健锐云梯营，室

实胜寺碑记

碧云寺与西山

成居定。兹临香山之便,因赐以食。是营皆去岁金川成功之旅,适金川降虏及临阵俘番习工筑者数人,令附居营侧,是日并列众末,俾予惠焉。"御制《番筑碉诗》:"番筑碉,筑碉不在桃关之外,乃在实胜寺侧西山椒。……俘来丑虏习故业,邛笼令筑拔地高,昔也御我护其命,今也归我效其劳。"

傅恒率兵得胜回来后,昔日从京城防八旗中选派的战士并没有回到原来在京城内的营房里,而是全部留在了香山脚下新建的8个旗营营房里,这些得胜之兵从城中接出了家属,开始了健锐营的新生活。

(二)营区布局

健锐营八旗营房分左右两翼。香山静宜园为龙蟠凤翔的中心,香山北侧向东的

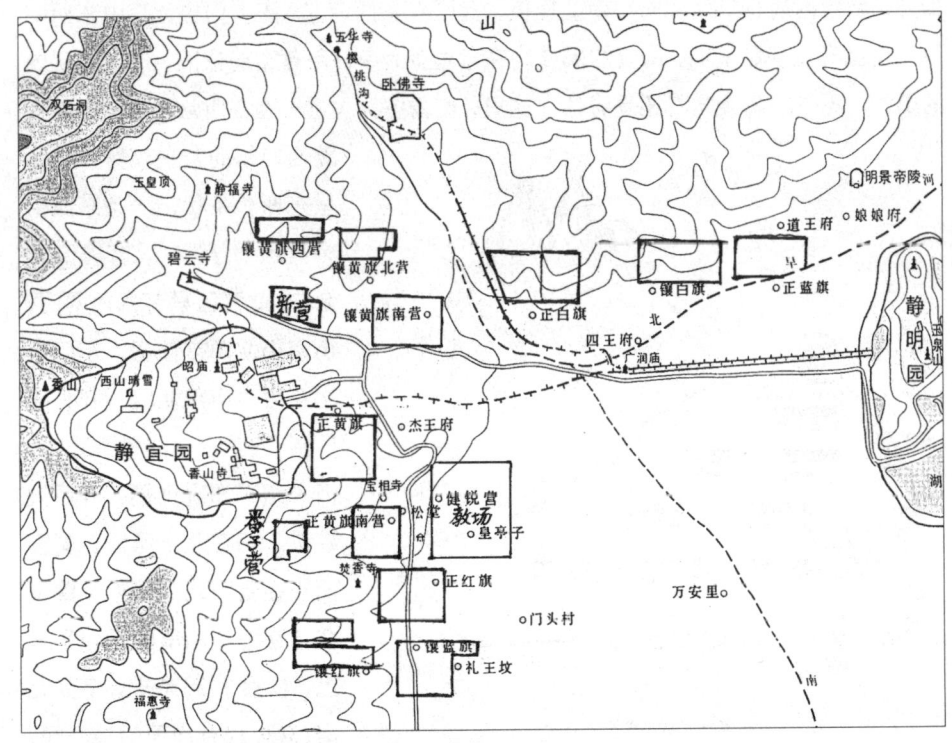

健锐营八旗营房布局示意图

63

山麓犹如左翼，而香山南侧的山峦向南右翼。香山健锐营的八旗就如同这只凤凰的双翼，左边四旗、右边四旗则建在依据山冈起伏的自然地貌身躯上。

左翼四旗：最西边的为镶黄旗，旗分三部。往东隔着樱桃沟流下的溪水，河东岸为正白旗，旗分两部。再东为四王府，过四王府为镶白旗，再东过小府村则为正蓝旗。正蓝旗距香山约七八里路，与圆明园护军营的镶红旗却很近。左翼四旗以双石岭、二昭山、大昭山诸峰一字排开，构成了自清漪园（今颐和园）、玉泉山静宜园的一组军事屏障。

右翼四旗：最北面的旗营为正黄旗，由五部分组成，越过旗营关帝庙，则为正红旗。过松堂，梵香寺本应为镶红旗，由于风水所致，改设镶蓝旗，而本应设在此地的镶红旗反而设在了最南端——南河滩沟的南北侧，再南便是黄土坡和魏家村了。笔者结合实地列述一下健锐营八旗各旗营房的布局。

镶黄旗营：镶黄旗营分南营、西营、北营三部分。南营在煤厂街东，旗营呈正方形，有南北、东西宽街各一条，营中房屋除几套四合院外，均为北房，除两条宽街外，南营内尚有东西胡同和南北横街，营区有东西南北4座大门楼，其中东西两门外均砌有八字影壁墙，南营的碉楼均在营垣外，今日南营布局依旧，形似城区内的街道，不少的满族同胞还是居住在这里，南营多为关姓。镶黄西营：镶黄西营在乾仙岭东的公主坟旁，营区呈东西长条状，一条东西街将营区一分为二，有房仅30余户，此营区只有东西两门，街南街北两排住房。东门有小路可达南营北门、西门、煤厂街。西营有一显赫人物，为清末绍兴知府贵福。其后人姓樊，仍在北京居住。碉楼两座在营区北侧墙外。镶黄北营在万花山前的一块平坡上，住兵丁20余户，多为北房，3排。仅有南面门楼一间，

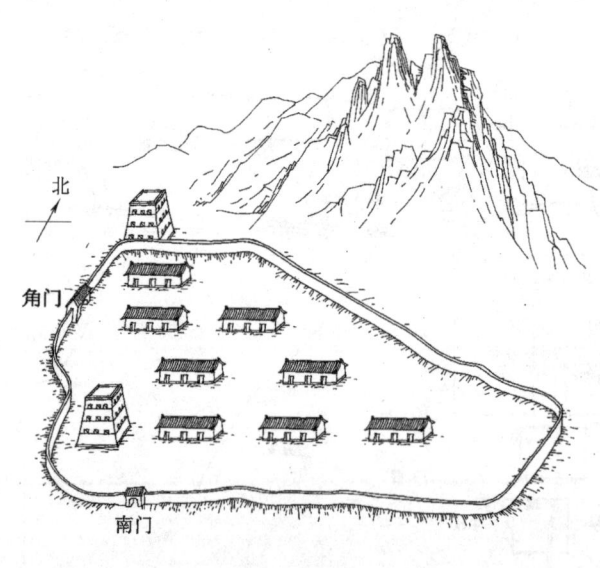

镶黄旗北营示意图

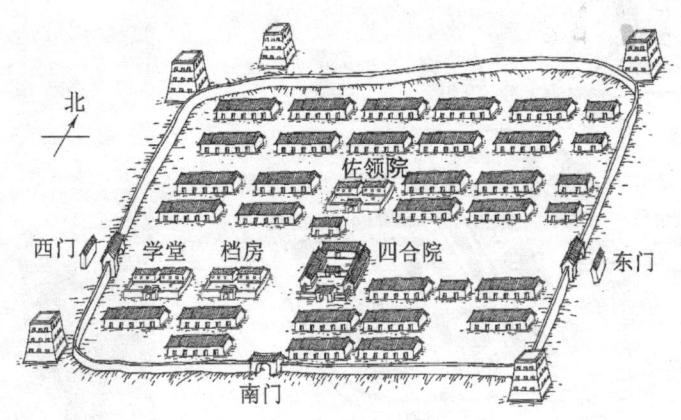

镶黄旗南营示意图

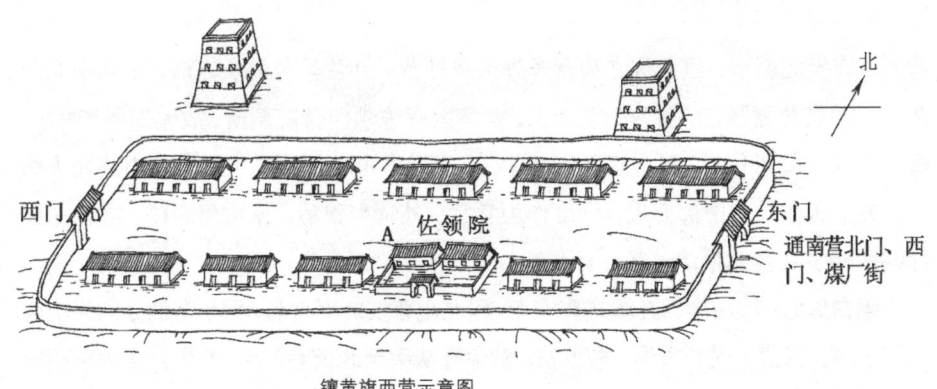

镶黄旗西营示意图

北面有角门一,可通碧霞元君娘娘庙。再往东为佟峪村,营区有角楼两座。镶黄小营为后建,又称新营,在煤厂街北,北辛村后街西,布置与镶黄西营相同。镶黄旗西营以傅姓、赵姓、李姓、关姓、郭姓居多,多为郭罗罗氏、郭尔佳氏、图色里氏后裔。图中 A 处为贵福宅院。著名京剧表演艺术家梅兰芳、马连良、王少楼、周和桐葬在北营与西营之间的万花山上。

正白旗营:正白旗营为健锐营左翼,由于营区的发展分为里营和外营,旗丁称为营子里、营子外。外营颇大,均为北房,所有公共机构均设在外营,营建在旱河东畔,再东为四王府。20世纪70年代外营后人舒成勋在他居住的旗下小屋墙上发现墨迹诗钞,引起红学家的关注,现已辟为"曹雪芹纪念馆",图中 A 处。

嘉庆年间,旗营由于西侧的水渠所限,开始扩营,自原营区向东发展,得10排

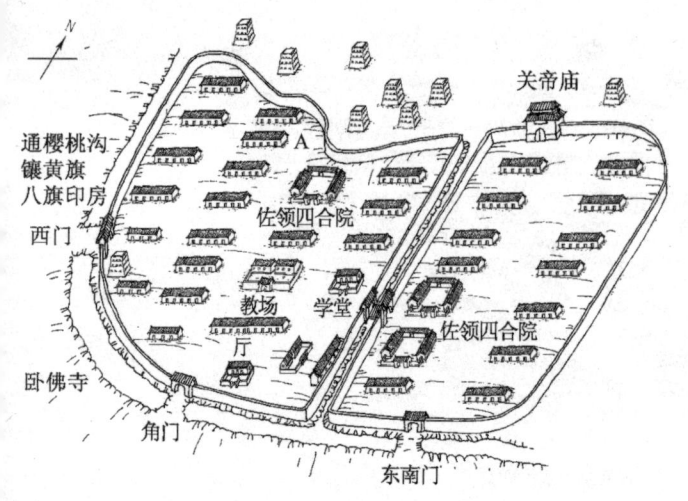

正白旗示意图　　　　　　　　　正白旗碉楼

营房，均坐北朝南，旗人称之为营子外头或外营。外营呈竖的长方形，中间南北向宽街一条贯穿营区，东侧为一至十条，西侧因有佐领四合院两所，故无三条、四条，每排十座小院可住近200户旗丁，该营内有笔者本家白纪庸先生居外营中路北头路东。关帝庙在外营中部北端，一度作为学堂。外营兴建后，未增建碉楼，故正白旗营的碉楼多在营北垣墙一带，计8座。

镶白旗营： 镶白旗营在藏式普安寺，因北山普安岭而得名，营至东西分别为小府与四王府。旗营呈横长方形，极工整，营中有从南至北街巷8条，其中六条为东西向营中宽街，通东西两侧营门。该营营门别致，由3个门洞组成。由于营房占地广大，又有南北向宽街两条便于旗民行走。南端顺势开营西南门、东南门。北墙垣有一东北小门，顺路上铁塔寺。佐领房屋在东西宽街中的路北。四合院西为档子房。关帝庙在西门内路北。该营有碉楼7座，除一座在营内东南角外，

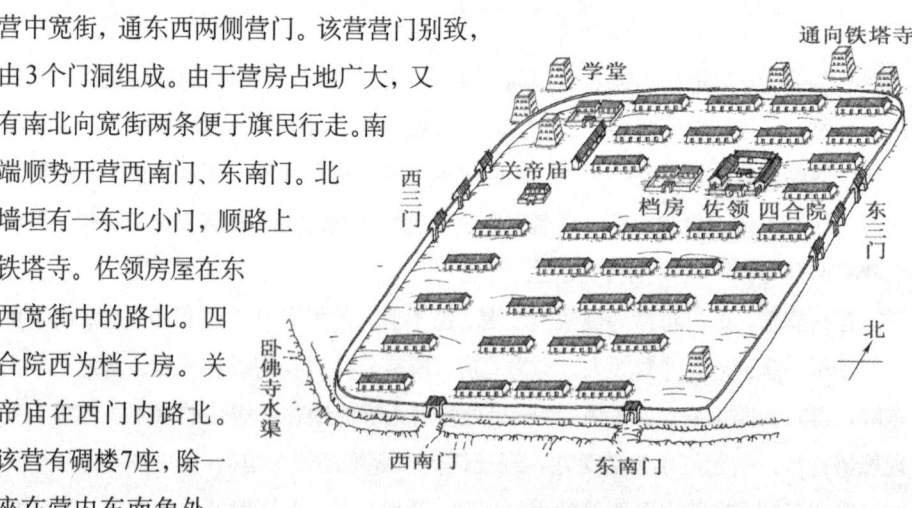

镶白旗示意图

66

其余6座在营房西北角、东北角外矗立。营中多为吴姓、金姓、郭姓、鄂姓。营南墙下即为卧佛寺水渠。

正蓝旗营：正蓝旗营呈横长方形，与西邻的镶白旗占地大小相同。由于该旗营在整座健锐营的最东处，故该营门数量设置极少，仅有东南和西南两门，营内有南北向宽街三条，因佐领四合院和公用厅房设在中西部，故东侧有南北宽街两条，关帝庙和学堂在东南角，有碉楼7座，营中多为李姓。

正黄旗营：正黄旗营占地面积较广，由于红山头、学堂、大库、铁塔寺所隔，营区分为4处。北营在红山头北，八旗印房前。营房原有东西胡同3条，均为北房。嘉庆年间又向南扩建3条，现存的两间旗下老屋由宁海先生居住。该营多为佟姓、那姓、宁姓、白姓、罗姓、图姓、傅姓、张姓。此外，铁塔寺北营房20院，均为南房；八旗学堂西侧有小院九套，均为西房。碉楼两座在营区内，两座在营南垣外侧。正黄旗南营在红山头南侧，占地广大，状为西高东低，上圆下方，房屋由于地势所限，极不规模，有北房、西房两种。健锐营关帝庙在东北角。正黄旗营房西上方即为番子营，俗称寨子。

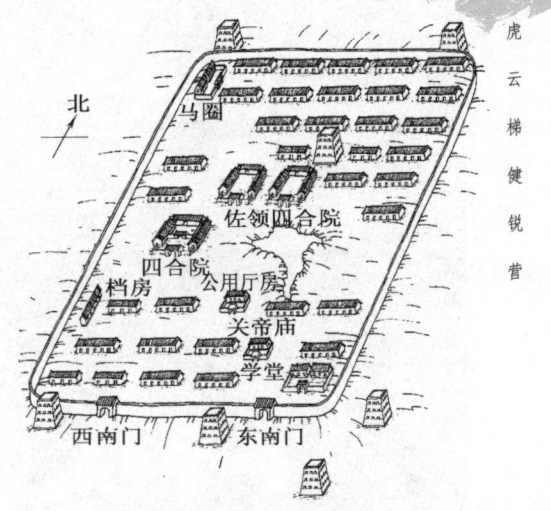

正蓝旗示意图

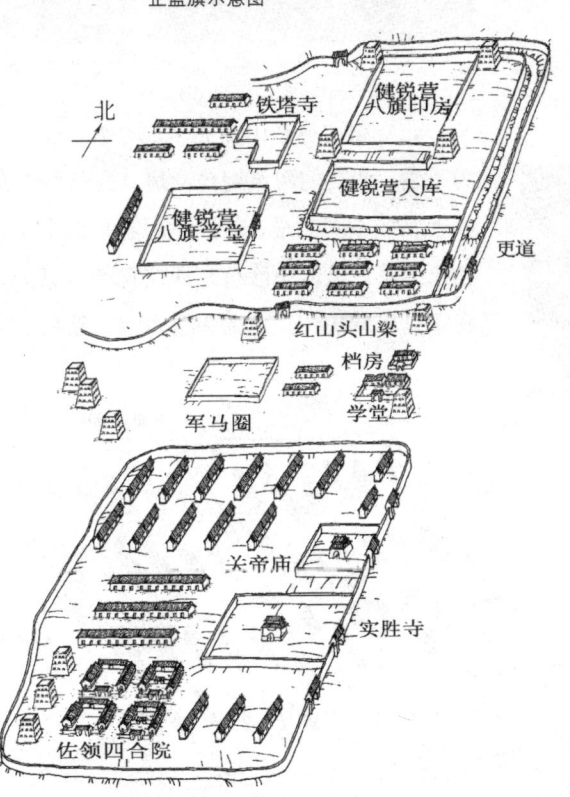

正黄旗南营、北小营及八旗印房示意图

67

正黄旗碉楼

正红旗营房在山神庙下,一条官道将正红旗营房一分为二,西部为上营,东部为下营,两营的建筑均是西房。西营房内有西门、东门,参领住房在营区正中。与其他营区不同的是,5座碉楼均在营区内,档房在西南角的碉楼南侧。正红旗下营呈正方形;营区中除有东西向宽街一条外,两侧尚有小巷6条,有房6排,关帝庙在下营东营垣内。本营多为罗姓、鄂姓、白姓、郭姓。

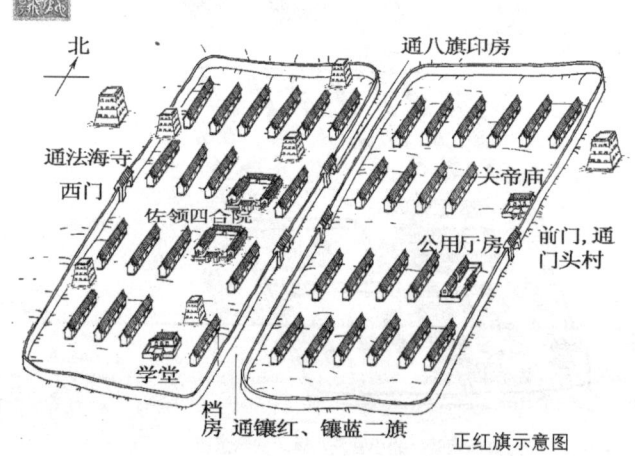

正红旗示意图

正红旗遗址(今为红旗村六号院)

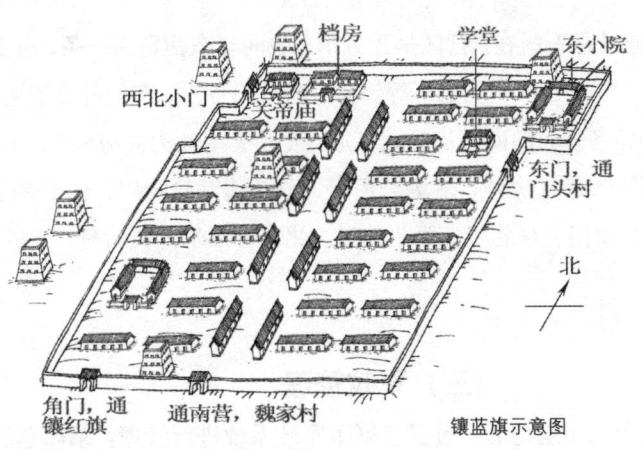

镶蓝旗示意图

镶蓝旗营房：镶蓝旗营房在梵香寺、松堂南侧，营区内房舍西房、北房参半，参领房在西小院和东小院。营区呈长方形，但缺左上角而多出右上角，状似刀把形，刀把之处主要是为了挡住其南侧的胆家坟和礼王坟。营区内有南北向宽街一条，今日正是360路等公共汽车行驶路线，此外营房还有东小门、西北小门，供兵丁出入。此营房区域内的部分碉楼和南大门门垣、旧墙一直持续到80年代中期。在本营安置此地时，镶蓝旗的"蓝"字，借用谐音当"阻拦"讲，我曾在此营旧址住过多年，今家人仍在此营居住。该营以赵姓伊尔根觉罗家族为多。

镶红旗：镶红旗本应安置在镶蓝旗处，因风水所致，却安置在南河滩山沟的南北两侧。营子里的人习称为沟南沟北。镶红旗北营在半山腰上，营上面有一高大建

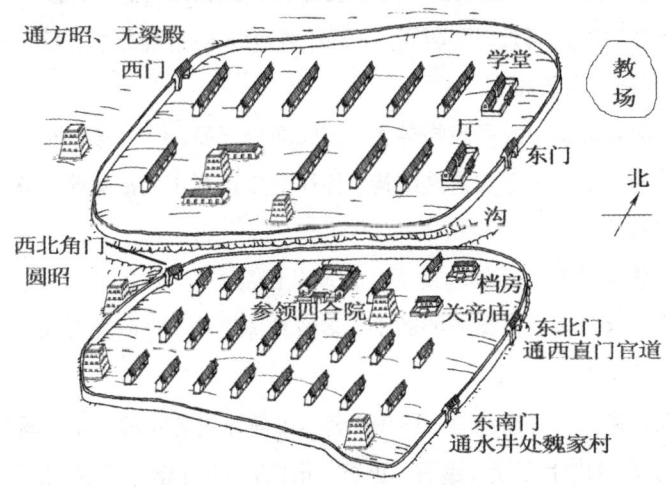

镶红旗示意图

筑，称为方昭，现遗址基石尚在。营区呈正方形，中间有东西宽街一条，自上而下。两侧各有6排营房，每排五六个院子不等。有东西营门各一。东门外有通沟南小路和通镶蓝旗营房小路各一。沟南营房颇大，呈刀把形，南侧为营房9排，中间夹建两座碉楼，西半部除参领住房外，多为公用房，仅西边两排营房，约十多个院子。此营房有门3座，东南门、东北门、西北角门。此营有瓜尔佳氏后裔，关姓至今仍住在此地。

（三）军政管理

健锐营于乾隆十四年组建后，设置了以下军政系统进行管理：掌印总统大臣，翼长，署翼长前锋参领，前锋参领，副前锋参领，委署前锋参领，前锋校，副前锋校，蓝翎长，笔帖式，前锋，委前锋，养育兵。

掌印大臣无一定定员，是由朝廷通过兵部任命的，多为王公大臣，官职一品，不住营内。

翼长：健锐营分左右两翼，各有翼长一名，分管东西四旗，官职三品，住在八旗印房前面的大四合院内，约16间，配有马号。平时衣着为蓝色战袍，头顶帽有蓝顶、红顶或红花顶，主要依据平时征战的胜绩而定。待进城议事时，身着袍褂，胸佩朝珠，足蹬薄底缎靴，在他们身上可以看出健锐营军士敢死队的身影，大小金川的平定是健锐营军士常说的话题。

署翼长前锋参领：这个职务只有健锐营才给予设置，其他旗营虽也有类似职务，但不是这个名称，如火器营称为翼长，官职同为三品，配给大四合院一所，带有马号，房屋14间。衣冠服饰与翼长相同。

前锋参领：前锋参领为每旗中的最高指导者，官职同为三品，但住房12间，房舍一般建在本旗正中位置。房舍因是四合院结构，往往造成该营布局缺某某"条"，使营区内旗丁街巷不对称。

副前锋参领：是本旗中辅助正参领的助手，官职从四品，住房10间。

委署前锋参领：是本旗中辅助正参领的助手，多做具体工作，官职从五品，住房8间。

前锋校：相当于现在排级，每旗约有10—13名。每前锋校各管理一甲，每甲28人至30人不等。甲丁多少由上三旗（镶黄、正黄、正白）、下五旗（镶白、正红、镶红、正蓝、镶蓝）来决定的。官职六品，每人住房6间。

副前锋校：是前锋校的助手，每旗5人，官职从八品，住房3间。

蓝翎长：是前锋校的助手，相当管理日常旗务的副排级，每甲一人，每旗约11位蓝翎长，官职九品，住房3间。这个职务，在其他旗营中称"领催"。

前锋：也叫正前锋，是正式旗兵，每旗约345人，属下11甲，每甲约28—30旗兵。无官衔，住房3间、2间不等，视家属多少，功绩大小决定。前锋是旗营中的基本力量。

委前锋：委前锋在旗营中属于二等兵，每旗约有百余人，每兵住房两间。

养育兵：养育兵又叫养余兵，是未成年的兵，实际上是八旗前锋的后备力量，应为预备兵，每旗名额为125名。养育兵也定时出操训练，每月有一定的饷银，但无住房。

除了上述军事官职阶位外，营中还有一定数量的"苏拉"，也就是营中的闲散人员。

健锐营军政系统图

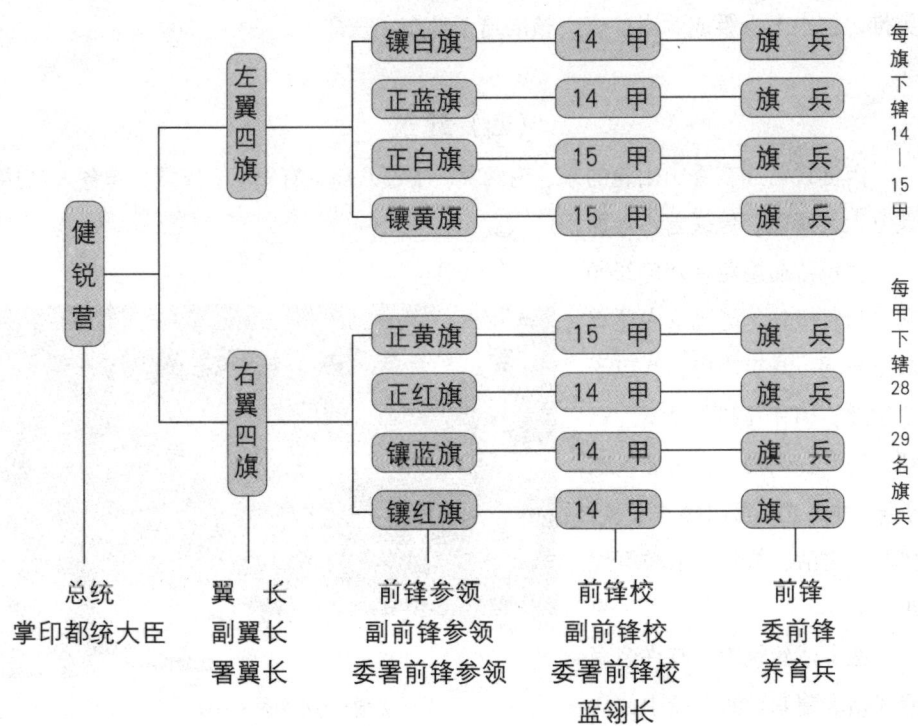

营房里的男人是世世代代当兵的,可是要想当兵也不是一件容易的事。当孩子长到10周岁时就到了当养育兵的年龄了,也就是说,这孩子开始可以去挣自己应得的那份俸银了。不过这要经过艰苦的努力和一定的外因条件。当本旗验考养育兵时,家庭都会将孩子打扮得十分利落,因为录取名额少,验考的孩童多。因此,除孩子的自身条件外,还要结合这个孩子的家庭的人口、收入、兵丁人数,一般说来,最要强和最困难孩子的家庭会得到本族参领的同情和录用。养育兵是有一定的年龄段的,即10岁至17岁,如果这孩子已经超过了17岁,仍未成为养育兵,那就只好越过养育兵这一级直接考委前锋了。

如果旗营内有委前锋的空缺,应考人员是本旗的养育兵或未考过养育兵一段而又超过17岁的苏拉了。这时,因为考生已列为二等兵委前锋的"旗兵"位置上,所以,射箭、举石、摔跤三项也是比赛的内容。

旗营内如有前锋空缺时,则由本旗中的委前锋中比试武艺和口才及文化知识等,其中比射箭有步射和马射等多种花样,健锐营自设攀云梯、攻占石碉等特有内容。

旗营中的蓝翎长、副前锋校、前锋校、委参领、副参领、正参领等军职也依此类推,均由上一级或两级备查,核准给予颁布和任命。

(四)建筑

因健锐营建在香山山麓的东、南两翼,下设八旗,有军队、家属、营务人员达数万人。所以,健锐营占地面积广大。

健锐营初期建有营房3500间。除营房外,健锐营内还有八旗教场、八旗印房、八旗子弟学堂、方昭、圆昭、大昭、二昭、三昭、碉楼、关帝庙、档子房、水井房、营门楼等军事、民政、生活、教育、宗教等建筑。

在上述建筑中,有许多藏族风格的建制,如山麓中的众

八旗高等小学院内一角

多昭庙、68座碉楼、梯子楼、跑马城碉，占据半个山腰的大小金川嘉绒藏族60多户居住的番寨房屋。这些建筑多为四川西部大小金川的嘉绒藏族的工匠主持修建的。

这些建筑的建筑材料多为就地取材，形成西山地区特有的"旗营文化"。如房屋、营墙、碉楼多是用少量的砖和大量的当地山石所垒成，人们称之为虎皮墙。而所用的砖土又是在清淤南北旱河的新土而烧制的，至今附近仍有前后窑村等地名。至于房顶上的瓦，是用西山山上的一种石片铺成。"片"字在当地人读第三声，儿化。

今天，这些古建筑经历250多年的风雨，仍多有遗存。如高大的团城和阅武楼、梯子楼、朝房、实胜寺碑亭、松堂、来远斋、旭华之阁无梁殿、八旗小学以及少数碉楼，修复后的曹雪芹旗下老屋，香山昭庙，九座存一的关帝庙，印房和方昭、圆昭遗址等。

八旗印房

健锐营营区内除所辖八个旗营近万间兵房外，还有许多其他建筑和附属的公共设施。八旗印房是全营的最高军政部门，在左右两翼的结合部，在香山静宜园东南里许，坐北朝南，为方形，有房22间。围墙高大，四角均有碉楼，极威武庄严。印房前东侧为八旗大库，库西侧为正黄旗北小营，原先3排旗营房，为头条、二条、三条。道光

八旗印房大门（今存）

年间向南增四条、五条、六条，所住旗丁均为正黄旗。

印房西上坡，为香山健锐营宗室觉罗八旗高等小学，有房90多间。其实健锐八旗中不曾有太多的宗室觉罗，只是八旗兵丁子女而已。

健锐营八旗大教场在红山头东南，与正黄旗南大营东西遥遥相对。八旗教场由阅武楼、教场、炮场、将台、马城、梯子楼组成。阅武楼北为正门，门前有汉白玉石桥。阅武楼内部似北京城内城诸城门的瓮城，多为空地，东西各有一条马道直达南北门楼，门楼为两檐歇山顶。

营房

乾隆十三年，清高宗下令在香山静宜园东南两侧筑碉建房，练习登碉技艺，得云梯兵2000人，由妻弟傅恒统军，出征大金川。这是清廷第一次在健锐营处建房、筑碉。不过这时还没有健锐营一词，只称"云梯兵"。云梯兵赴金川前，乾隆于十三年十月亲到香山观看云梯兵操练，甚为满意。随后，又在香山一带盖建营房3510间，其中翼长一级两所，每所14间。前锋参领8所，每所12间，副前锋参领8所，每所10间。前锋校50所，每所6间，正兵住房1000所，每所2至3间不等，同时盖印房衙门等官房41间。

旗营老屋

乾隆十四年，傅恒迫使金川头领莎罗奔投降、得胜返回京城。此时征战的云梯兵开始从京城内接出家属，居住在去年兴建的营房中。乾隆皇帝开始将此"凯旋之旅设为健锐营"。也就是说：乾隆皇帝两次打金川，第一次不是健锐营打的，而是云梯兵打的，第一次打金川后，才成立的健锐营。

由于健锐营的正式设立，下属兵种、管理人员的增加，乾隆十九年，健锐营第二次大规模建房达2128间，其中专为委前锋一职的兵丁建房1000所，每所2间。增设委前锋参领一职，新建房16所。

乾隆二十九年，健锐营再次大规模建房。其中，前锋参领8所，副前锋参领8所，前锋校50所，前锋1000所，这些房屋最为工整，不少营中的将领从旧房调入到新居，健锐营将领的住房得到正式的确定。此次盖房多达3484间。

乾隆五十六年，健锐营加盖了官署房屋90间，多为委署翼长、委前锋参领而用。与此同时，隶属健锐营的水师营房开始扩建，地点在昆明湖南端、金河畔西侧明代中坞旧址，建官房126间。"健锐营八旗水师"是这座营房的正式名称，而后称昆明湖八旗水师，但仍隶属于健锐营。乾隆十五年在初建健锐营八旗水师时，缯船仅八只，把总4人，总习1人，官职千总（正八品），水军兵丁30余人。营房不足30间。

团城演武场

团城演武场作为健锐营的练武之地，建设之初便具有一定的规模。乾隆皇帝先后亲临这里检阅训练将士，体现了清统治者对健锐营的重视。它集城池、亭台、碉楼、校场为一体，布局别具特色，建筑宏伟壮观。从北向南依次为团城、演武厅、西城门楼、校场、放马黄城、实胜寺碑亭、松堂。分布在周围的还有八旗营房、印房、官学、石碉楼等。

团城及南北城楼

团城，又称"看城"，为平面椭圆形的城堡建筑。东西直径50.2米，南北径40米，墙体内外皆为青色大城砖砌筑，高9.8米，厚近5米。城的南北各有拱形门洞出入。南门汉白玉匾曰"威宣壁垒"，北城门额曰"志喻金汤"，均为清高宗御书。城内东西各设厢房三间，供士兵值班之用。东北、西北各有马道盘绕直达城上。

城上建有南北城楼。南城楼面阔五间，四周围廊，重檐绿琉璃瓦剪边歇山顶。北城楼面阔三间，其它规格与南城楼同。其内有一长方形巨大卧碑，用汉、满、蒙、藏四种文字镌刻"御制实胜寺后记"，表彰健锐营在平定准噶尔回部叛乱中立下的赫赫战功。

团城城门上匾额

团城北门楼及石桥

至"文化大革命"时，团城已经残破不堪。1992年开始，北京市文物局投资对其碑亭、演武厅、城墙皮进行较彻底的修缮。北城门外有一单孔石板古桥，亦得到妥善保护。南城楼内，先后举办过"晋南婚俗"、"清代皮影"、"西山风景名胜"等展览。

演武厅及东西朝房

据《(光绪)顺天府志》载："御驾阅兵演武厅一座，后有看城及东西朝房。"演武厅位于整组建筑的中轴线上，坐北朝南。面阔五间，宽21米，进深二间，深10米。两侧有廊，前三间出轩。单檐歇山顶，黄琉璃筒瓦，绿琉璃瓦剪边。厅前为一宽敞的月台。演武厅两侧各有五间朝房。

演武厅作为主体建筑，内设皇帝宝座，两侧悬挂乾隆帝御书对联："选士励无前远宣伟绩；练军垂有久永视成规。"历代皇帝多次在此检阅健锐营将士。仅《日下旧闻考》就记载了御制阅武诗15首。

香山团城演武厅及东西朝房

东西朝房则是大臣陪同皇帝检阅健锐营操练表演的地方。西朝房在20世纪50年代时被拆毁，1996年文物局投资复建。而东朝房早在20世纪初被八国联军焚毁，2000年后得到恢复。

1989年，演武厅修葺一新后，作为基本陈列的《团城演武厅历史沿革展》一直在此展出。《健锐营地理全图》、《健锐营演武图》等丰富详实的展品，是游人和文物爱好者了解那段历史的一扇窗口。2004年4月，团城演武厅再一次整修完成，并布置了有关键锐营的展览。

西城门楼

位于演武厅西南，因立面呈梯形，故又称"梯子楼"。此楼原为健锐营八旗会操指操官操演兵丁的号令台。健锐营平日在各营内凭借石碉演练技艺，每逢八旗会操，便在此演练云梯攻城攻碉。号令台面宽24米，高4.2米。楼身用西山所产毛石砌筑，自然质朴。正中为一横券门洞，两侧有台阶通到顶部。

演武场西门碉楼

校场和放马黄城

演武厅南面,是占地三百余亩的平坦场地,当年健锐营数千将士在此会操,演练马步射等技艺。这片地方现在为农场所占,辟为桃园。春天花红香浓,风光如画。于团城下眺,令人心襟开阔,遐思无限。在校场东南角为放马黄城,"其土城门五,内设碉楼七处。"这是一段弧形的城墙,高6米,厚1米,全长150米、两端起点各

放马黄城图 一段弧形城墙,开有五门,石碉城墙相连,是检阅前骑兵队所伏之地,一声令下,骑兵队从五个城门飞奔而出,直奔校场进行表演。

放马黄城旧址今貌

放马黄城门楼旧影

筑一碉，其间开有五个城门，紧邻城门又有石碉与城墙相连。会操检阅前，骑兵队埋伏在放马黄城内，待到令下，骑兵由此飞马而出，在校场内道行各种骑射表演。

放马黄城在解放初尚保存完好，遗憾的是，大跃进年代当地群众拆除了放马黄城的城砖盖了猪场，这座充满了神秘色彩和种种传说的古建筑，仅剩下一点残垣断壁。

实胜寺和碑亭

在校场的西北，原有一座规模宏大的实胜寺。史书记载："实胜寺，乾隆十四年敕建也，在静宜园演武厅西北。寺即鲍家寺遗址，旧称表忠寺，明刹。乾隆己巳，大学士忠勇公傅恒金川功成，因命就旧有寺葺新之，名曰实胜。"殿额匾题"显大雄力"。寺内有一通巨碑，用汉、满、蒙、藏四种文字镌刻《御制实胜寺碑记》，碑文记

实胜寺碑亭

述了实胜寺沿革和健锐营平定金川的经过。碑侧亦有乾隆御制并书的碑文，表彰了健锐营在乾隆五十二年平定台湾林爽文暴乱中的战功。后来，此庙被八国联军放火烧毁，只有寺内的石碑保留下来。

在寺的门前，是一座重檐黄琉璃瓦歇山顶的建筑，即实胜寺碑亭。"实胜寺殿前恭悬御书颁曰显大雄力，并恭立乾隆十四年御制实胜寺记文碑，碑高5.5米，方广0.9米，四面如一，刻国书、蒙古、汉字、梵书四体。"碑文内容与实胜寺内的巨碑完全一样，在相距不足百米的地方立两块内容完全一样的石碑，这在乾隆朝是非

常罕见的，表明了清高宗对健锐营的器重。1981年，市文物局投资对碑亭进行了修缮。这座具有皇家建筑规格的碑亭独立于果园中，常招来游人好奇的目光。

松堂

松堂在团城西南一公里处。主体建筑为一石质厅堂，名"来远斋"，简朴敞亮，内立屏风状石碑一通，上镌《乾隆十五年御制赐健锐云梯营军士食即席得句》，序文记述了赐食的原由和参加人员，"朕于实胜寺旁造室庐，以居云梯军士，命之曰'健锐云梯营'，室成居定。兹临香山之便，因赐以食。是营皆去岁金川成功之旅，适金川降虏及临阵俘番习工筑者数人，令附居营侧。……"全诗为：

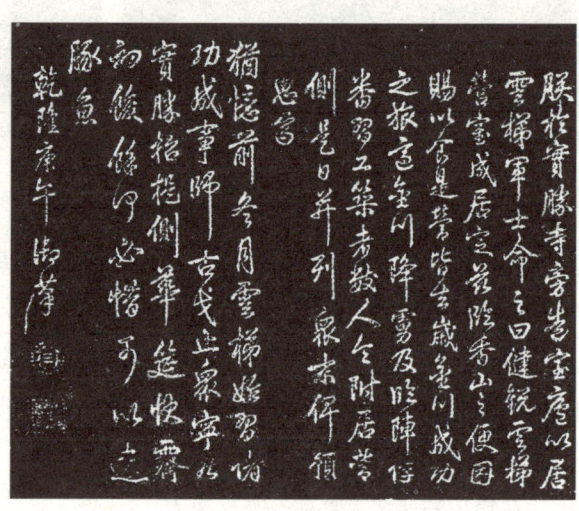

松堂乾隆御笔碑局部

　　犹忆前冬月，云梯始习诸。功成事师古，戈止众宁居。
　　实胜招提侧，华筵快霁初。馋余何必惜？可以逮豚鱼。

石碑两侧有乾隆御书联曰："指云际千峰兴怀蜀道；听松间万籁顿入梵天。"石敞厅后是风格粗犷的叠石假山。四周遍植白皮松，浓荫蔽日，清幽绝尘。清高宗屡屡于此犒赏有功将士。

松堂现为园林局的苗圃，但游人仍可入内参观。盛夏之

松堂

日呆在这里，松涛阵阵，清凉无汗，是一处消夏休闲，寻幽访古的好去处。

今人对教场遗存建筑著述甚多，故不赘述。因为谁写都是这点事，张三抄李四，李四抄王五，总离不开《日下旧闻考》、《光绪顺天府志》那点老祖宗留下的文字，笔者所知，正黄旗南营董鄂氏后裔席振瀛及张家鼎二先生所著别有新意，多为亲身所见，史料翔实。

嘉庆年间，健锐营尤为朝廷重视，为了扫除不安定的暴动，每到城池之处，不再用火炮齐轰，目的是保存城池，避免虚糜火药，故全国各地驻防八旗也须配备健锐云梯兵，加强攀登训练。每年春秋两季，健锐营八旗教场中，战鼓紧擂，海螺长鸣，骑兵威武，炮兵排轰，演习科目形式繁多，时而列队，时而前进，时而交叉，时而撤回原位。最引人注视的是新式武器的表演，鸟枪、抬枪交相放发。时而排枪，时而连环枪，时而点放，给旗兵们一种新鲜感。

今日看，昔日在八旗教场上操练的全是俸禄低微的前锋、委前锋，这些清廷军队中的敢死将士比起京城内的诸王爷府中的贵族，也似奴隶一般，尽管每日俸银，每季禄米，这些铁杆庄稼能将照常收获，但生活还是清苦的。当民国时期断了银饷，旗营里的人贫穷潦倒，香山脚的八个旗营尤如八个活地狱，使数以万计的旗民在水深火热的死亡线上挣扎。

辛亥革命后，清帝逊位，国务总理轮坐，军阀各地混战，政府更迭频繁。在兵荒马乱的年代里，团城这座阅武盛名的皇廷军队的武场被荒废于京郊一隅，无人问津。国民政府之后，日本兵占领了北平，火器营北部被侵用作西郊飞机场，西部香山脚下一带被建为华北农事试验场，昔日偌大的校军场变成了农田。解放后，团城由市农场局管理，其南北属地成为西山农场的一部分，此地遍栽果木、尽为桃园。后城垣之内，曾养过大量的鸽子，供人食用。

1979年，北京市人民政府将团城演武厅列入市级文物保护单位。1988年，市政府研究决定，由农场局将团城演武厅及其南北辖地移交北京市文物局，文物局遂成立团城演武厅管理处。至此团城演武厅获得新生。

今四川省阿坝藏族羌族自治州的金川县县委书记潘玉城（羌族）、常务副县长扎西（藏族），小金县等领导和有关人员多次参观团城演武厅，访寻昔日由家乡来的金川嘉绒藏族，笔者曾带过两批，计十二人次，受到管理处时任主任谢小敏先生的热情接待。

碉楼

在健锐营诸旗营中均有碉楼,其形式是仿昔日四川大小金川石砌藏式碉楼而建成,碉楼的作用是用来练习攀登和防御。攻者利用云梯进行强攻,而守者则居高临下投以矢石、滚木、张弛利箭,以逸待劳。健锐营计有多少座碉楼,众说不一,就是同在《日下旧闻考》中,前说67座,后说68座。简述如下:镶黄旗碉楼9座,正白旗碉楼9座,镶白旗碉楼7座,正蓝旗碉楼7座。正黄旗碉楼9座,正红旗碉楼7座,镶红旗碉楼7座,镶蓝旗碉楼7座,合计为63座。再加上八旗印房4座,阅武楼教场的梯子楼一共计68座。这68座是这样分布的:左翼建4层碉楼14座,3层碉楼18座。右翼(含八旗印房,阅武楼教场)5层碉楼2座,四层碉楼10座,3层碉楼24座。碉楼有实心、空心两种,有"七死八活"讲法,但教场梯子楼正面朝东,中有门洞,人可沿梯而上。

健锐营正蓝旗碉楼

关帝庙

因为清廷要旗丁当忠臣,爱国、爱民族,打仗是英勇善战,所以每个旗营里都有关帝庙。关帝庙多设本旗的正北或东南角,有大有小,占地不一,大的有东西配殿,外火器营的关帝庙仅一大间。因旗营内的家属多不出门,而丈夫又要出兵打仗,所以旗营关帝庙依然香火鼎旺,以祝亲人平安。

营门楼

各旗营军士、家属出入旗营的地方叫营门。门楼为歇山顶,门楼形式不一,最好的营门楼当属香山静宜园东门外,往正黄旗北小营的营门建筑最为辉煌:拱形的高大门洞,出檐的门楼,南北两座相互辉映组,这建筑在1980年时尚在。此外镶黄南营的东西两营门外各有大影壁一座。其余各营门大同小异。番子营营门别具一格,为塔形,营中出入须走塔下,人称"塔门"。营门楼内,设有岗屋一间,类似今日传达人员、警卫兵士的休息办公室,记录平时外出的人员。

档子房

每旗都设有档子房，地点建在本旗较为中心、距本旗正参领宅院较为方便的地方。档子房内分参领办公处、俸饷处、派差处、仓库、笔帖行文处等，多为一个小院，有房6至8间。档子房负责全旗每户的俸银和口粮，负责全旗兵丁的军事训练，执行旗丁应遵守的各项纪律，全旗的人口的档案、册籍、来往公文都存在这里。最早，公文有满汉两种文字，自道光起只用汉文。档子房除了白日办公外，一到晚间，这里特别热闹，旗营中的办事人员多在旗属学堂、档房、官厅内聊天，互通各人知道的最新信息。

健锐营档子房

旗属学堂

这是本旗稚童启蒙学习的地方，老师仅一人，学生年龄7至13岁不等。只有旗属小学的优秀生才能报考翼属小学和香山八旗官学。旗属学堂用房两间，外屋明间为教室，里间为老师备课和晚上睡觉的地方。晚上，营中许多大人和孩子爱来学堂，喜欢听老师说书。老师说书时，连说带比划，说到精彩处，大伙齐叫好。学堂除冬季用的柴禾经官方批报外，其余日常用品都是大家各自送的。

官厅

多建在旗营内宽街一侧，隶属于蓝翎长、领催领导。负责本旗公共的后勤工作，如夜间本旗营内治安，打更巡逻，开启营门，打扫街巷、教场、关帝庙、档子房、碉楼空场等处，如遇有旗营家属纠纷，也予以解决。总之，除了军政事务，其余杂事官厅都负责。官厅有房3间，含库房。相比较，昔日旗营官厅如似今日居民委员会或家属委员会。官厅在旗营的军政和日常生活中起着很大作用。

官厕

旗营内的旗家小院安排十分合理，静谧而洁净，但小院内无厕房，旗营内为此设置厕所，营中人称其为"官茅房"。官厕的打扫工作由官厅负责。由于旗营人不得务工务农，官厕内的粪便多售与营外粪户。粪户雇人掏走后经过清理，作出一等粪片，不少粪户为此发财，购置房产。营房内官厕是个"肥缺"，一年能换好几家粪户，可见油水之大。

排水沟

由于旗营占地广大，房屋较多，夏日到来，雨水成河，为此，营内宽街，大道两侧都有排水沟，让雨水迅速从营区内排出。这项工作由官厅负责，冬季清扫，夏季实用。

营旗围墙

健锐营的围墙以地形而建，虽一样高，但由于地势不同，故围墙似蛇一样，营墙用虎皮石砌成，宽约底部3尺，顶部1尺5寸，亦称虎皮墙。围墙下面外侧为护墙沟，也称护营沟。沟两侧均有青草，夏季，护墙沟内也有小鱼和青蛙，秋日，雨水泄去，一种叫油葫芦的草昆虫叫个不停。

水井

外火器营位于南长河西南，水位极高，打井取水很方便。夏日井水不足一丈深，故营内有井16眼。健锐营在西山香山脚下，故每旗营内有水井，数目不一，少则两眼，多则4眼。夏日水深约两丈多一些，不论井深水浅，井口上都有辘轳。水井在营房内还有一特殊作用，就是翼长陪大臣来视察时，需要黄土垫道，清水泼街以示对朝廷命官的欢迎和自己营房的洁净。为了保证井水水质干净，每眼井都有专人负责，在井口的上方盖有井房。早年间水房由官厅负责，清末，水房包给了山东来京的穷人。这些山东人极豪爽，每日给老弱病残的旗户送水，近处肩挑，远处车推，独轮上载有长圆水箱，下侧有两孔，木塞堵住，用时拔塞放水，营房内经常响着吱扭吱扭的水车声。

正白旗古井

（五）营区生活

1.经济

由于清政府对旗营有明确的管束制约，营中的旗民只能从事军政公职，当兵是旗人祖祖辈辈的职业，旗人不得务农，不得与民争掠工地，不能经商，不得与民争得社会经济利益，旗人不得从艺，更不得沾染汉人的不良民俗和习惯，如缠足、蓬发。旗营中的经济来源有以下几种：银饷、俸米、节赏、红白赏。

银饷：也称俸银，领此钱时，旗人称之为"官饷"。这笔银饷直接从本营内的档子房处领取，负责此项旗务事情的为本旗蓝翎长。旗营内银饷发放以每月阴历初二为准，先由本旗参领签字盖章，再由本旗领催们乘轿车与伙计数人至健锐营档子房办理登记手续，一经通过，便可持牌到大库里去将本旗的旗饷全部领出。银饷领出后，当日不能发放，先由各领催做好统计和银两的分配，所以每月初二的夜晚，各旗的档子房内灯火通明，银元、铜子互映，更有领催亲信在帮忙分理，通宵达旦，工作不息。这些"工作人员"先将银两按花名册上的银数点好，装入用高丽纸做的小袋之中，封面写上姓名及钱数，以求第二天发放顺利。

初三，旗营人皆到本旗营内挡子房领取俸银，营子里亦称"官饷"。每月阴历初三，营里人自嘲道，就是天下刀子、顶铁锅，也要去领俸银。每当初三，旗营内发俸银之时，营外的街市，商贾也大涨行情。平日时价仅一吊，到初三、四、五等日会涨到一吊三，各路小贩也趁火打劫，真是旗营一关饷，凉水都贵三分。

光绪年间，旗营内关饷如下：前锋正兵：应发4两，实发2两；委前锋二等兵：应发3两，实发1.3两；养育兵：应发1.5两，实发9钱；前锋校：应发5两，实发4两。

旗营中的俸银发放还有一个规定，将军下的官职每年只发两次，即二月、八月各发一次，不似旗丁一样月月关饷，其中：翼长的俸银每半年为130两，实发80两；委参领每半年为40两，实发16两；副参领每半年应发52两，实发21两；正参领每半年应发65两，实发26两。

俸米：除每月领俸银外，旗营尚有领米的制度。当初康雍乾盛世时，国库充实，朝阳门内建有禄米仓，南方进贡之粮米极多。初入仓时，米为白色，待入仓后，过了伏天，则因地气侵蚀，米变得深黄，俗称"老米"。做饭时，米粒膨胀，显得颗粒大而饱满，且发奇香，所以，市人皆将老米称为上品。旗营人领米则称为领"季米",因为每季发一次。健锐营内发米日期不同,旧时运输不便,粮量太多所致。左翼四旗领米为"二五八冬",即二月、五月、八月、十一月。右翼四旗为"三六九腊",腊月就是十二月份。领米不同领饷,是日蓝翎长们派伙计分路装车,按条巷胡同给送到家中,故营内外一片繁忙。按道理讲,营内发粮与营外无关,实则不然。有的旗丁家老米存放过多,便想法换成钱或其他物件,让营外百姓买去,而旗丁得到一季米则胜过月饷,故营内领米之日,旗营大小家庭,万民欢腾,营外小贩云集,好不热闹。光绪年间官米数目如下:副前锋校、蓝翎长、前锋、委前锋官米数量是一样的,月均发1.1石,半年则为6.6石。正参领官米与官饷时间是一样的,每半年发一次。光绪年间为51石,副参领为41石,委参领31石,冀长发米最多,发61石。米的质量官兵有别,官员的米质量好,细白、长大,而旗丁的米,黑乌无光泽并有发霉的味道。这是由于康雍乾盛世遗存下来的一种惯例:有米当年也不发,非得等新米储在仓内,陈米大量积压,颜色由白变红方可发米,给旗丁们一种国库充盈,米仓充实的升平祥和的景象。旗营下层人家自出生时就享有官俸、禄米的特殊待遇,旗营人吃惯了这种老米,反觉得比一般的白米要好吃得多,所以,有的旗人应邀到汉人家去时,便用黄布缝个小口袋,装上一些老米,请主人与他一起共吃这些皇粮。

清末风俗照片

节赏：旗营里的小孩兵（养育兵）每月虽有极少钱饷，但因朝廷有满人不许与民相争经商与做工，所以旗营人家虽无受冻挨饿之忧，但因没有其它经济来源，所以也不十分富裕。营中人多为亲戚，每到年节，开销骤增。有时不到官饷之日，家里便没银子了，这时家中恐慌，旗丁开始有顾家之忧。每到年节时，各旗营中的蓝翎长便开始填写花名册，经参领于年前呈给翼长、都统大臣，禀述营中兵士苦状，请朝廷给发节赏。但呈文中绝对不敢讲此节赏是为旗丁们过年的经费，只能说：天气寒冷，购买过冬之物。至于端午节、中秋节，呈文也有说辞。节赏的数目与旗丁官饷的多少有直接的关系，为月俸银的二分之一。节赏核发领物日期多在节前两天，如端午节于五月初三领当月俸银，初四便可以领端午节赏，以度"五月五"。中秋节于八月初三领当月俸银，初十便可以领中秋节赏。新年那时就是春节，虽一年仅一度，但旗营内发钱甚多，旗营人喜称为"过关费"，言过年如过"年关"，盼喜事待来年。至于，现在又有元旦，又有春节，这是辛亥以后的事了。

除了俸银、禄米、节赏外，营房内还在冬季供应配给一定劈（读pī）柴。在劈柴不足时，发放购买劈柴的资金。春秋两季，每户可得到两包食盐。理由是冬季来临，食盐可以用来腌泡蔬菜，保存鱼肉和作酱油、黄酱、豆腐等这些旗营人们日常生活不可缺少的食品。

清代马匹在行军打仗、日常生活中起着极为重要的作用，所以清政府对养马人员也给予特别注重，提供马匹草料金、养马金。

节赏之时，也有弊病产生，如吃空额，有的旗丁明明已死数年，然花名册上依然存在，但在关饷时，其妻只能领到守节银两，营子里的人们称之为"寡妇钱粮"。反之，如儿子结婚，女儿出嫁，营房内也发"红事银子"祝贺，以示皇恩浩荡。

朝廷对抚恤金也有详细规定，数目依据死者生前的官职决定。若祖父病故，抚恤金赏给其孀妇，孀妇病故，赏其子孙。如子孙年纪尚小，也可照顾，颁给养育兵级别，得到少许终身俸银、禄米，享受旗丁的正式待遇。

2.住房

在康雍乾盛世时，旗丁的生活不但丰裕而且可靠，甚至可以不花分文就得到房屋、墓地。只要这户旗人家庭的人口不是无限制的增加，花钱不似流水，尤其是家中不只一个人领取俸银和禄米，那么这户旗人家庭可以过得相当舒适。健锐营并不是每年都要外出打仗，自乾隆年后，一般的平定国内动乱多由"绿营"去办。所以，清代在道光前,许多旗营中的旗丁整日穿着上等纱绸衫,喝得醉醺醺的,有的闲逛,有的赏花养鸟,有的在自家小院内享受闲情逸致。总之,在很长的一段时间里,旗营里的人们过着一种懒散怠慢、无所事事的生活。由于久无战事,加上旗人特有的"铁杆庄稼",到了道光年间后期,八旗子弟完全失去了在关外的尚武精神,除了吃喝,便是玩乐,成了"不仕、不农、不工、不商、不民、不兵"的纨绔子弟。

各旗营官兵住房待遇是有严格的规定的,参领与前锋正兵住房面积相差很大。试想10间的住房相当于两套小四合院,等于5名前锋住宅的总和。

健锐营最初的旗营房是沿袭满洲入关前而建的。一家一户都是以"三分三"为基准,三分三是指着小院的宽度乘以长度的面积,一家小院约占地55平方米,除去前面胡同的宽街,每户实占地为48-50平方米。

旗营建造十分讲究,尤其是在整体布局及统建规划时,旗营院落无论大小,有门楼,都有影壁,其目的唯恐跑了风水,同时也使人们不能一下看到小院内的情景,给住户一种封闭感。旗营内的门楼十分雅致,为道士帽型,进门后的影壁正中多有福字。因为满族尊西为上,

健锐营营房

绕过影壁多左行,脚下一条石砖甬道,正对屋门。在两间房的旗丁家中,装饰多一样,外屋极为宽敞,进门北墙为土炕,左侧有灶台和水缸。里屋为南北大炕。西炕也有,但很窄,无法睡人,其目的是将外屋灶内的火温沿里屋南炕,通过西炕,再绕到里屋北炕,达外屋北炕,顺东房山山墙排出。

里屋一般是女儿、祖母睡觉和全家人吃饭的地方。外客多不进里屋,只在外屋炕桌盘腿而坐,吃饭、喝酒均在炕上。满洲人家很有礼貌,子女给长辈请礼后,便会自动退到里屋去。里屋西墙上挂有祖宗板,上供祖宗牌位和家谱、谱单,在木板的外侧,粘贴着红色的挂钱儿,这是因为我家属于镶红旗,看惯了这种颜色。正白、镶白旗的挂钱则是白色,挂钱是用剪纸做的,极富有民族的个性。里屋的西南、西北墙角有炕柜,装些衣物和贵重物品。

旗营小院虽小,却十分别致,布局合理。健锐营内家家都有葡萄架,夏日,甬路两侧的葡萄叶遮天蔽日,窗下种植花木盆景,有的还养几缸金鱼。

引人注意的小院东南方的索罗神杆儿,原为祭神供喜鹊、麻雀等天禽来吃。清末,旗营里的人都吃不饱,哪里还有食物喂这些飞鸟,但人们又无暇拆掉。于是,这些祭神的索罗杆儿就成了年节挂灯笼的地方,以求来年过得火红、吉祥如意。

旗营里的人对自己住房有着明确的认识:咱们是个兵,世世代代都是兵,咱们人都是皇上的,何况房子了。今天你是参领,住10间房、两个院子,明天你不是了,还不是得搬出来?营房里的房是官房,除有居住权外,还有维护的责任。

辛亥年宣统逊位,旗饷时有时无。1925年,冯玉祥逼宫,旗饷皆无,各营房先后出现拆毁官房事情。1930年前后,拆砖卖瓦成了京西各旗营的高潮,健锐营营区内到处都是墙砖石砾。

健锐营旗家小院是值得留恋的,那洁净的院子,锃亮的玻璃,雪白的高丽纸,芬芳的花草,爬蔓的丝瓜,硕红的石榴。小院的秋天是最美的,也是主人最为得意的时候。镶蓝旗东小院关家与众不同,挺大的一所院子,什么都不种,连院中的甬道都刨了,为什么呢?原来关大爷祖上是摔跤世家,到关大爷这辈没撂下,还招了不少徒弟,院子变成了跤场。陪着遍地松软黄土的只有那石锁、石杠和那刀枪剑戟的兵器架。

满族人传统居室内布局

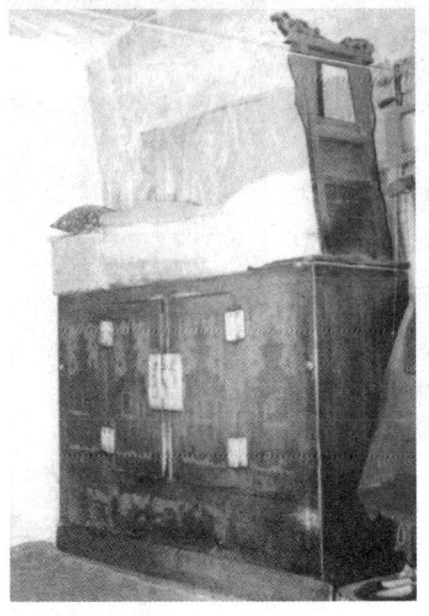

满族家庭中的大炕柜

3.饮食

旗营里的家庭最重视吃喝。早晨起床漱口后,先沏上小叶茶或高碎、高末,然后吃早点。一般的家庭干的(主食)为烧饼,稀的为大米粥、玉米面粥。旗营里的重吃重喝,引得营子外面的饽饽铺师傅们备加照顾,经常定时定点的送糕点上门。这种买卖很奇怪,当时买者不付钱也可以,因为卖方深深知道,营子里有"铁杆庄稼",不会赖着不还。另外,旗营人都守信用,更好面子,一般都借三还四。不过,这些营外商贩是断断不敢赊与其他村人的。

旗营里家家户户都有点心盒,闲时便吃,图个方便。吃饭之际,必有酒肉和适当的小菜,为的是吃"顺口"。吃完晚饭要上时令瓜果,差不多的人家都存有红果酱。当然,这情景是清盛时之景,到了民国,旗营支离破碎,哪里还提得到吃。

旗营家十分重视岁时。"头伏饺子二伏面,三伏烙饼摊鸡蛋",应时节令,必吃必喝。每当来客时,除自备酒饭外,多到营外饭铺叫"盒子菜"。其实吃是一方面,二是有礼貌,同样一件事,有人说满族人是"穷摆谱"。比如清晨一起,旧时人们没有刷牙的习惯,一般人起来就吃。旗营人则不同,总要在清口(洗漱)后喝一壶茶,再吃东西。理由是一夜了,肚子里存不少秽气,喝茶先湿一下食道,吃时觉得香、顺溜,一天都精神。营里人为喝早茶起了一个好听的名字"冲龙沟"。

营子里的老人在喝茶方面都是一样,不来客人时,一把小瓷壶,续两回茶叶,喝上一天。就连营子与营子串亲戚送的礼品再多,也少不了半斤好茶叶。营子里人爱喝茉莉花茶,酽、香、色浓,顶时候,不似绿茶,喝两碗又没味,又没色。

银蒙镶烟壶

道光粉彩大吉烟壶

内画人物的烟壶

营子里的男人有吸鼻烟的习惯。鼻烟是外国传来的。虽在明末，但用着甚少，而且来货极微。到了康熙年间，欧洲各国给中国皇帝送的礼物里就有了大量鼻烟，当时叫"士那乎"。到了雍正年，才正式有了鼻烟这个名字。

嘉庆、道光年间，王爷、大臣们闻鼻烟的特别多，皇上举行的千叟宴上专有赏赐。到了咸丰、同治年间，北京城闻鼻烟的特别多，上至皇帝，下至天桥打把式的、卖艺的、摔跤的、赶大车的都吸鼻烟。营子里的老人讲，吸鼻烟能明目、祛疾、防止伤风感冒，可谓："玉瓶内装闻烟粉，馨香内脏提精神。"老人讲："吸鼻烟，又叫'大蝴蝶'，实际是抹鼻烟，将鼻烟壶中的鼻烟末倒在手上，用大姆指、食指拈一点，一左、一右，抹在鼻孔内，一吸气眼睛发亮、脑门清凉，那股痛快劲就甭提了。"

清末及至民国，营子里吸鼻烟的人特别多，类似今天抽烟卷的。镶红旗鄂家的大小子把吸鼻烟看的比米面、吃喝还重。他可以一日没有米面，却不可一日没有鼻烟。鼻烟讲究品味，说白了就是一种臭味，鼻烟和北京的臭豆腐有异曲同工之妙，都是在无意中发明，都是原料因时间过长发酵而成，都是鼻闻着臭，品味时香。当然鼻烟要比臭豆腐发明的早，品味又有膻、糊、酸、糗、苦五味。鼻烟既是外国货，只有皇上大臣们可吸得到。营子里吸鼻烟与社会上的贩卒吸的一样，全是国产货。系用烟叶晒干，碾制成面，做成烟坯子，再用茉莉花熏。好鼻烟熏的次数多，烟性柔和，花香味浓，但刺激性小。反之，熏的次数少的，花香味淡，刺激性强。

岔曲小调中单有《禁鸦片烟》一首在健锐营中传唱。

潮烟当令，大概通行，外来的鼻烟格外清，时下颇兴在京城（过板）。关东烟叶避邪气，各种的熏烟全（卧牛）全怕干冲（四声），那大烟必然倾家产，萎靡不振容易受穷。

由于营房过的是兵的生活，注重了吃喝，所以营子里的人都十分健壮，就是到老了也很少闹病。营中人禀承着祖先在关外狩猎的习惯多爱吃粘食，比如：春季有豆面饽饽，夏天的酥皮饽饽，秋时的粘豆饽饽，冬天的冻粘糕饽饽。"饽饽"一词在满洲人中用途广泛，只要是面食做的食品，都要称之为"饽饽"，就连煮包饺子，也称为"煮饽饽"。生活好的时候，营里人爱吃白煮肉。做法很简单，就是将猪肉洗净，切成大块在白水中煮。待熟后，切成薄片，沾酱油、蒜末吃。这种白煮肉原料都比较肥,煮后切成片放在盘中如汉白玉一般,只有胶性的肉皮和瘦肉部分有些淡红的颜色。白肉吃完,切肉片剩下的肉渣可以做肉末烫饭,煮白肉的汤放些盐可以做"白水熬白菜"。即使是在过节的时候,一般老百姓拿出这几件菜,也不寒碜吧?

盒子菜多是由山东人开的肉铺、饭馆供应的。营外的饭馆掌柜很能掌握旗丁们的心理,做买卖十分精明。他们特制一种铜盒子,打开盒盖,里面又分成许多小盒,一般为7盒或5盒,5盒的拼成图案,所以又叫梅花盒。掌柜的将六七种菜分别装在大铜盒里,有酱肉、炒菠菜、粉丝、猪头肉、豆芽等,吃时用大饼做皮,每样菜都夹上一点点卷起来,吃时特别香。

涮羊肉也是营中人爱吃的,不过营中人不叫涮羊肉而称之为"涮锅子"。20世纪70年代中期,我曾回家吃过一次,仅白醋、酱油、豆腐、韭菜花、糖蒜、冻豆腐等佐料就达29样,比我们今天看到的麻辣火锅、鸳鸯火锅实惠多了。

旗营里的妇女由于吃穿不愁,所以注意力都放在服侍男人、教育孩子、孝顺老人身上,管家理财是一把好手,营里男人是不管这些杂事的。妇女们做饭是营中老人们传下来的,俗话说:"千年的媳妇熬成婆",她们的做饭、做菜技艺很高,而且十分符合农历的岁时节令。开春时吃豆芽菜卷饼,初夏时是"糊眷子",酷热时吃过水凉面,秋天吃猪肉小碗炸酱,面码非有七八种不可。冬天是旗营人最爱讲吃的季节,一是天凉,二是军事训练不紧,三是两节(春节、元旦)前后过,四是朝廷连续发钱,五是婚娶嫁接连不断,即使外面天降大雪,旗营内的饭桌上也是春意融融。"打春的抻面,夏至的凉面,秋天的炸酱,冬天的打卤",是旗营中的面食四季的吃法。至于"打春的春饼,夏天的'井拔凉',立秋的肉包,冬天的馄饨",也是营中人的一种吃法。

旗营里的前锋正兵、委前锋在营内地位最低,除了吃喝,别的都不想。室内没有什么家具,就连最简单的八仙桌、座椅都没有,吃饭就用炕桌,客人来了,就请客人上炕。因为满洲人都长于盘腿坐,这样能收腹挺胸。不过盘腿坐也是整天练习,舒筋松弛的结果,一般人还真不习惯,小孩们一开始就是将脚伸到炕桌底下去。

营里人不能老过舒坦日子,辛亥革命后,宣统逊位,营子里的人断了俸银、禄米,只好卖力气、当东西、教书或做小买卖。人们能吃上窝头就不错了。民国年间通常吃的是拌三样:将芝麻酱和切碎的韭菜花、辣青椒拌好,加上一点黄酱,更多的是将玉米面和硬一些,切小块,用盆摇匀,做煮球,拌韭菜花吃,连汤带水,充饥肚皮。营里人管这种食品叫"盆里碰"。

窝头是北京特有的食物，是用廉价的玉米面或麸子做的，上面有尖，下面有洞，出锅后状似坟头。而北京的片汤，薄而透亮，浮在汤里，犹如薄纸一般。每当看到这里，旗里老人总是说："过去咱吃两指在上，八指在下（指吃水饺时的挤饺子的动作），现在可好，吃一指在里九指在外（指做窝头的动作），吃的是：看着坟头带烧纸。"坟头指的是窝头，烧纸指的是薄面片。在旧社会，很多的人家连窝头、片汤都吃不上，营里人吃惯了嘴，差一点都觉得委屈，这就是大多数人很难看到的旗营人的内心世界。

4.服饰

旗营里的衣着由于官阶不同，着装也多样。近代的军装，为民国期间政府所发，这是宣统逊位的条件之一，营房里的兵是民国的军队之一。从一张光绪年间健锐营镶蓝旗南营门卫岗冬装时的照片看，旗兵上着棉军装，明扣，腰系宽皮带。下身棉军裤，均为灰色。脚下高腰军靴，手持新式马枪，头顶大檐帽，帽中部有一圈绣带。除了军装外，旗营男人在家中总是穿大褂，冬天穿棉袄，春秋两季穿夹袄，颜色多是灰色，夏季穿着白布裤褂，脚下多穿"双脸鞋"。这种鞋的前面有两皮脸直向鞋尖，旗家习武者多爱穿，这种鞋在营房称为"南琴"。另外还有两种：一为青缎或青布鞋，鞋脸圆而底尖，皮跟，缎口，脸部有一皮尖，弯曲而上，样子很像鹰嘴。皮作纯绿色，人称"鹦哥嘴"；二是鞋脸处有绿皮镶嵌，配以云头花样，成一圆盖式，人称"乌拉盖"。

营中男人的靴子名字叫"螳螂肚"。这种靴帮、靴底较肥，至上端筒处，前后隆凸，直起成兜肚状，恰似螳螂腹部的样子，所以此样靴子称为"螳螂肚"。此靴的上皮脸除青色外，也有用绿色的，多为旗营中练习武艺的人穿，走路一步三摇，给人一种痞气之感。其实穿者要的是螳螂肚在靴子上的作用，其意在护脚。如摔跤之际，对方以足踢腿，必先以螳螂肚迎去，则对方踢于虚空之际，腿部不致受伤。由于玩票者喜欢在靴子上加缝各种皮质花样，因此就有许多皮匠聚集在各营门口等待生意。

营中男人的袜子也很讲究。普通的袜子为漂白色布、鱼白色布、紫花色布及青布数种，穿袜以瘦小为佳，须袜脸对鞋脸，不能有斜向。袜脸为彩线所缝，颜色搭配也很严格，如鱼白色袜用青袜脸，紫花色袜用玫瑰紫色袜脸，青色袜用白色袜脸，务必要求配匹漂亮。

夏天，男人着紫花布裤子。其裤腿细长，下部以窄布条扎腿，配上上身青洋绉汗衫，青白互照，着实时髦。

营房中男人的头辫与明朝不同。明代，世人皆留发，然后用布包住，谓之"拢发包巾"，如同道士发式一样。到了清朝，发式大变，将发辫散落，四周剃去，仅留存辫顶之一部分，名字极好听，叫"剃四外，留中原"，是爱国的象征。至于发辫的编法，有"三股柳"、"三编六花"之分。此外尚有"松辫"，"紧辫"两种。"松辫"多为文人，如笔帖式、教谕等。"松辫"的形式是在发际之首先不扎，须留出一部分再开始扎第一个发花。通常第一个发花始于脖子之处，以此排列而下，至适中的部分为齐，再以下部分称为"辫梢"。当然也有头发短的，这也有办法，在编发时，加续假头发，顺序而往下编，营人称之为编帘子。编发是一门手艺，续辫绝不能露出半点痕迹，尽可乱真。除文人的"松辫"之外，营中的大部分男人，多喜外观雄壮，威风八面的"紧辫子"。"紧辫子"产生于少数无事之徒对发辫标新立异，作出的种种滑稽不伦不类的怪模样。"紧辫"一出现，营房中的男子摹仿者不断，其样自发顶以下便开始紧挽辫花。越往上，越紧才最为美观，其中部辫花紧无间隙，下部辫紧小之极，发辫编成后，或直或曲，毫不自然，但旗营中尚武者崇之为美。

旗营中小孩留发仅一种，即在辫顶的四围另留短发，长约寸许，形同一蓬凉伞，不倚不倒，直生头边，与后面紧辫紧紧连在一起，这种样式叫"孩儿发"。

常常有人把男人梳辫子和女人裹小脚作为落后中国的象征，其实男"梳辫子"并不是从满洲开始的，北方许多民族在打猎，打仗时将头发编成辫子往脖子上一围。决无头发散乱的现象，在策马驰骋和搭弓射箭时，也不防碍做各种射出的动作。冷时，辫围脖颈，还可挡寒。相对比起"拢发包巾"的传统发式，辫子还是进步的多。至于缠小脚，这是汉民族多年来的陋习，而清政府与之相反，不许缠足，所以，满族女人都是天足，被世人称为"大脚片"，事实证明，满族所实行的女子裹足禁止之法是正确的。

清末有一首放足歌，揭露裹足之弊端。可见满洲并不是盲目的吸取汉人文化和习俗。

照得女子缠脚，最为中华恶俗；幼女甫离提携，即与紧紧缚束；

身体因之羸弱，筋骨竟至断缩；血气既未充盈，疾病随之暗伏；
轻者时呼痛苦，重者直成废笃；举动极为不便，行走尤形踯躅；
懿旨①屡经诫谕，士民尚不觉悟；人孰不爱儿女？微疾亦甚忧郁；
惟当缠足之时，任其日夜号哭；对面置若罔闻，女亦甘受其酷；
为之推原其故，不过扭于世俗；意谓非此不美，且将为人怨渎；
不知德言容工，女诫所最称述；娶妻惟求淑女，岂可视同玩物；
父母于女何人，男子于妻何苦；皆是愿其贤孝，岂忍摧伤肉骨；
美恶况由天赋，何必如此斫吾；现当振兴实业，男女事各有属；
各省业已风行，纷纷会谈天足；省垣识时绅首，意思迫本还朴；
联名禀请示禁，堪为女子造福；应准通行晓谕，从此亨衢同步；
岂惟感召天和，富强于焉拭目；务各互相劝解，切勿再事拘囿。

因为缠足矫揉造作，违反生理科学，所以遭到众多社会进步人士的反对。清光绪二十四年，上海成立"天足会"，劝导妇女不要缠足。其实，在我国不少民族的妇女都是天足，如蒙古族、藏族、维族、回族、朝鲜族、苗族等，也就是说妇女裹足主要是体现在汉族妇女上。脚小如笋，行动不便，这种陋习始于宫廷选美，更盛于世间的男人大丈夫的封建思想。正是：

三寸弓鞋自古无，观音大士亦双趺，
陋习裹足从何起，源自世间贱丈夫。

营房中的妇女以天足自豪，自然会对其脚下的鞋袜装饰一番。旗营中的女人手工极巧，所缝制的袜子多用青、白、竹布、月白四色，出门时以白色袜为上选，平时则随其喜好而穿用。以其手工之精巧，大小之合适，样式之美观，营外人家不能相比。旗营女人的袜子穿时讲究"抱脚面"，不肥不瘦，恰到好处，与鞋大小合适。即使是袜底，他人看不见的地方也"扎花"或"万字不到头"。袜口之处则有"荷叶边"、"锁狗牙"、"扎袜花"等数种，其花样色彩鲜明，营房里的女孩子多喜欢穿用。

满族花盆底鞋

影视中多见女性旗人穿旗装，脚下蹬花盆底鞋，实际上，营房内女人多不穿花盆底鞋。其原因是旗营中女人打扮讲究"四趁"（即平衡的意思，也作衬）。如果穿花盆底鞋而不梳两把头，则不成体统，让人家笑话。旗营中的女人多梳大辫子，所以不穿花盘底鞋，况且穿花盆底鞋要有相当的工夫和较为平整的路面。初穿时，两脚容易踏空，偶不注意，失去平衡。故营中的女孩子于家邻之间练习之时方穿用，日久成熟，留备出阁时方有用场。平日在旗营内多穿薄底缎鞋，鞋面多为青色，鞋帮处扎蝴蝶或花草，配以白袜，既美观又实用。

旗袍为满洲人首创。旗袍高领，身长，由肥变瘦，紧腰身，两侧开叉穿在身是潇洒，抱身，轻便好看。满洲妇女身穿旗袍，头顶旗头（大拉翅），脚踏花盆底鞋，显得典雅庄重，落落大方，投足手摆，婀娜多姿。如旗袍要求："领有高低软硬，掐腰尺寸有度，针脚密齐清晰，成治平整如板。"

旗营妇女在着旗装时还附有几件佩饰，否则，营中人称之"没有礼教"，"不正规"。一是手绢。手绢为营中妇女出门必携之物。旗营妇女之手绢，特别讲究，尤以"花绢"为上品，有花草、水鸟、动物，都锁狗牙，而"素绢"则多为营中老年妇女用之。二是烟袋荷包。旗营里的旗下、妇女多吸烟，这是从关外带来的旧习。旗营妇女出门配带烟荷包的颜色以青缎、蓝缎居多，缀以"三蓝"穗子，烟袋杆儿尤长。我见过的达3尺，烟袋嘴为绿色翡翠，堪称营中烟袋珍品。三是挂镜。为一小长方镜子，随时取镜自照，营中有谚语："照照嘴唇红不红，照照头发乱不乱，照照粉脸匀不匀……"，多挂在大襟的蒜头疙瘩上，极有趣味。四是对子荷包。内装

满族妇女的服饰

满族贵妇的夏季服装

飞虎云梯健锐营

旗袍 流行于少数民族地区或游牧民族的袍服，一般都较为紧窄合体，以利于骑射或其他激烈活动，这种服式多采用左衽、窄袖，袍身比较适体。历史上，汉族人民也曾多次采纳这种窄身合体的袍服样式，赵武灵王所推行的胡服骑射就是比较典型的事例。唐代的胡服也风行一时，胡服在唐开元、天宝年间与胡妆、胡骑、胡乐同为时人趋鹜，可算异域文化一次大面积的流行范例，属于长安街头当年的"舶来品"。在辽、金、元及清朝等少数民族政权统治时期，合身的袍服都曾一度扮演着服饰的主角，虽然又都经历或表现出变得宽博的过程或趋势。清代由于历时最长且较稳定，故袍服可视为典型服饰。

顺治元年(1644)，清世祖率兵入关，定都北京，继而统一全国。随着政权的初步稳固，开始强制实行服制改革，掀起了一场声势浩大的剃发易服浪潮，律令之严峻非似关，有"留头不留发，留发不留头"之说。至此传统的冠戴衣裳几乎全被禁止穿戴，相传千年的上衣下裳的服饰形制只被保留在汉族女子家居时的着装中。庆典场合不分男女都要着袍，各类袍服名目繁多，有朝袍、龙袍、蟒袍及常服袍等之分。

从字义解，旗袍泛指旗人(无论男女)所穿的长袍，不过只有八旗妇女日常所穿的长袍才与后世的旗袍有着血缘关系，用作礼服的朝袍、蟒袍等习惯上已不归为"旗袍"的范畴。清朝统治者强调满语骑射，力图保持其固有的生活习俗和穿着方式，一方面要用满族的服饰来同化汉人，同时又严禁满族及蒙古妇女仿效汉族装束，从顺治、嘉庆年间屡次颁布的禁令中，满族女子违禁仿效汉族妇女装束的风气之盛，可见一斑。至清后期，亦有汉族女子效仿满族装束的。满汉妇女服饰风格的互相交融，使双方服饰的差别日益减小，遂成为旗袍流行全国的前奏。

1911年辛亥革命风暴骤起，解除了服制上等级森严的种种桎梏。服装走向平民化已经水到渠成，旗袍由此却去了传统沉重的负担。由于满族统治政权的消亡，旗袍此时穿着者甚少。西式中式装扮熙熙攘攘纷繁并处，新式旗袍则在乱世妆扮中开始酝成。

旗袍最初是以马甲的形式出现，马甲长及足背，加在短袄上。后将长马甲改成有袖的式样，也就成了新式旗袍的雏形。20世纪30~40年代是旗袍的全盛期，其基本廓形已臻于成熟。产生于辛亥革命后，北伐战争时期始新流行的新式旗袍，有别于旗女的长袍。30年代后期出现的改良旗袍又在结构上吸收西式裁剪方法，使袍身更为称身合体。旗袍虽然脱胎于满族女长袍，但已不同于旧制，成为兼收并蓄着中西服饰特色的近代中国女子的标准服装了。

槟榔，以图香气。五是三饰儿：即三种饰物，有剔牙针、挖耳勺、小镊子，多为银制，携带于身，以求用时方便。

旗营中的衣着打扮还有：马甲、旗儿装、大坎肩、跟头褡裢（银袋）、扇络、表绢、搬指、鼻烟壶等。

驴车　　　　　　　　　　　　　骡马大轿

5.出行

八旗各营的旗兵有旗规、军纪的规定。兵丁外出营区，必须请假，外出不得20华里，在外不得留宿，到点便归。傍晚关营门前迟到者，受杖罚。打人的用具叫"军棍"，是一根上黑下红的扁形木棍，旗丁们称之为"黑红棍"，再有恶劣的处罚是插箭游营。因八旗兵丁是世袭制，父亲年老病残后可以"出甲"（相当于今天的"退休"），这时，其在享受养育兵待遇或闲散无业的子弟，可以提前"披甲"（今天叫顶退），反正每家每户最少要有一人当兵。由于旗规较严，兵丁们基本上不随便串旗，不无故外出营区，而妇女们也不倚门观街。当逢年过节需要走亲访友时，兵丁必须请假，其家属必须有人接送。健锐营八旗都在香山附近，相互串门基本上都是步行。至于有的姑娘外嫁给了圆明园护军营、火器营或城里，营门外有经官批准设立的大骡车。有的因为途中会路过其他旗营的亲戚，索性步行去，途中住上一宿。

除步行外，健锐营男女老少都能骑马。各旗都有自己的马圈，有些旗丁家还分配了战马。在春秋两季八旗会操时有跑马一项,其目的是表示当朝帝王不忘祖先创业时的尚武遗风。与此同时,清廷还规定:"满族官员出门不论文武,均需乘马,只有文大臣年过六旬,实不能乘马者,可以坐轿。其余者禁止。"正因如此,仆人中有"领马"、"跟骡"之称呼。

镶蓝旗南营门外有一种拉人的趟子车,定时将乘车人拉往西顶、老营房、外火器营、西直门。另有一线经镶红、正红、正黄、镶黄、镶白、正白、正蓝、圆明园护军营的镶红旗、正红旗,趟子车到这儿,就能与圆明园护军营的趟子车碰头了。坐这种车,先来的坐前面,双脚可以垂下,较为舒服,中部的多为妇女,后来的只能坐在车的尾部,旗营人称之为"跨车尾儿"。当人多时,连车轴上都能站两个人,使赶车人多挣俩钱。虽然途中路不平和尘土飞扬,却可览乡村野景,乘车人多相识,一路说来,却也觉得时间很快。赶车人为了多揽客人,在车内铺好蓝棉垫或家用被褥,以使客人在路上少受颠簸。

现在的人们都说满族人或旗人礼多,其实礼多并不是坏事。在旗营人串门时常有途中换鞋现象。旧时由于交通不便,小路上泥泞或尘土飞扬,满族人串门多备一双新鞋,这双鞋一直要到亲戚家门口方换上,不了解情况的人常常提起这种事来讽刺旗人的好面子。后来,我问过奶奶,80岁高龄的奶奶讲:"那时候全是土马路,马路就是马和马车走的路,全是泥土,鞋上全是泥土,怎么进人家的门,穿着脏鞋进人家的门是最不礼貌的。今天你去串门,有地毯的人家不是还要你在门厅换拖鞋吗?"奶奶说:"旧鞋穿在脚上,走着舒服,省劲,新鞋走长路特别'板脚',还会磨破了脚,人还要讲究实际一点。"

另外营子里的人,无论男女的长裤下面都用腿带子绑上,腿带子不但干净,而且漂亮,两头有穗,一是美观,二是便于掖进裹的较紧的腿带子里面。那时候,人们认为散着裤腿是放纵,不礼貌的表现。

6.信仰

满族人的先祖崇奉"萨满教"。"萨满教"也和其他宗教一样,有自然沿袭崇拜的基础,认为万物有灵,其中也包括让人们不能理解的解释。"萨满教"认为世间分3层,上层为天,是光明、美、善最能表现的神界,下层为丑与恶的地方,而中层则是我们人类、动物、植物等一切有生命力的生存空间。人们在困惑时,请报有神通的萨满,用自己特殊的神法,恭请善神,安抚恶神,为人类祈福消灾,永世平安,达到人们所求的目的。除满洲外,北方的许多少数民族也同样信仰萨满教,如解放后的鄂伦春族、鄂温克族、锡伯族、达斡尔族、赫哲族以及一部分长期生活在东北地区的蒙古族、汉族人。

满族入关后,由于长期和兄弟民族文化、民俗的接触,形成了一个信奉多神教的民族,这里面包括道教、儒教、佛教等。在健锐营的营房内,所供神灵多达二十多种,如王奶奶、王三奶奶、灶王爷、土地爷、山神、龙王爷、孙子、如来佛、观世音、财神爷等。这当中,最为崇奉的是三国时期的关云长。在京西外三营中,每一营、每一旗中都有自己的关帝庙,有的庙里有两位关帝,有的关帝塑像是坐着,手持长髯,目观《春秋》像,有的骑在马上,此庙得名为"立马关帝庙"。

关云长是三国时期蜀国刘备的结义兄弟,在小说《三国演义》中有桃园三结义,斩华雄、走单骑、斩颜良、诛文丑、捉放曹、战长沙等历史故事,有意思的是,关云长怎么从一名武将成为佛道两教中的显赫神祇呢?关云长败走麦城后,仅封"壮缪侯",生前最高爵位是"汉寿亭侯"。自魏至唐,关云长影响并不大。到了宋朝,赵家江山不稳,战祸连年,统治者要树立一位历史上的英雄人物来做臣民崇拜的偶像,兴振国威。而关云长在小说中的仁义勇猛的传说不仅得到了平民老百姓的崇敬和传颂,同时也受到了上层统治阶级的赏识。忠君报国,尚侠气,英勇善战的传闻也是统治者用来教育臣民的最好教材,于是,自宋朝以来,关云长先后被历代朝廷封为"忠惠公"、"武安王"、"显灵威勇英济王"。到了清朝,顺治皇帝对关云长敕封多过二十六个字。

健锐营正黄旗大营中的关老爷庙是最大的,可以作为全营共奉的关圣帝庙宇,额楣上写着"忠义神武灵佑佐通威显护国保民精诚绥靖赞宣德关圣大帝"几个大字。在旗营里,关云长是万能之神。在旗兵心目中,关云长是"武圣人"。关云长的武艺高强鼓舞着旗营兵士的士气,起着激励官兵英勇作战的作用,旗营中有这样的话:"扫灭世间妖千万,英雄胜比刘关张。"忠君、爱国、遵纪是旗营教育的三大宗旨,旗营人在领俸银、禄米、节赏时,都会想到自己应效忠于国家,效忠于大清皇帝,对清廷的忠君训谕绝对信从,忠实不渝。这种封建的忠君思想一直持续到了辛亥革命的前夕。

旗营内每家还有家祭的活动,一是祭祖,二是祭天。满族人祭天与其他民族不同。旗营每户小院中都有一根索伦杆子,这种祭天专用的杆子是由健锐营各旗蓝翎长统计后，统一制作的。营中人称这支索伦杆子为"祖杆"或"通天杆"。索伦杆子立在院内东北角的一个石墩的孔中，上有锡斗，祭时，供物摆上，锡斗里放着食物，让神鸦和喜鹊、仙雀来享用。祭时每家都有一人唱歌众人和，热烈而又严肃。营中有祭天歌：

一进院门抬头看，影壁后面有神杆。这是满族摇钱树，喜鹊飞来神仙住。

旗营人在供奉各路神仙的过程中，供品的摆设和供品大多是"老三样"。佛龛之前设置香案，陈列香炉、蜡扦儿、香筒、"五供"等物。供品有三列，离佛龛最近的供品是蜜供。蜜供为白面、蛋、油、糖、蜜等原料合制而成，以小细条为单位，经糖、蜜粘结后，组成体透中空，形式美观，状似小楼，食之有味的高档食品。旧时，圆明园北边的树村、外火器营南侧的蓝靛厂，香山脚下的门头村，四王府的数家饽饽店都会做。供桌前的蜜供多为特制，矮则半尺，高则2尺余，每供5盘，称为一堂，其蜜不化，谓有神意。到上元撤供时，除自家吃用外，常以蜜供送与亲友。至今老北京人还常常点名吃蜜供，只是现在的蜜供不如旧时的好，不是太硬，就是太软，没有咬劲，要不就是颜色特别黑，缺少上面的红线。在第二排的是月饼，分为红月饼和白月饼。红月饼皮色较红，原料有白糖、香油、红色素，是一种素食品，

满族祭神场所——堂子

紫禁城坤宁宫前祭神用的杆子

白月饼为荤馅。前者为供品,后者为平时食用。红月饼也是每排供5碗、每碗5个,这5个月饼大小不一,故卖月饼的掌柜管这种月饼称为"套饼"。最大者在下部,叠落如宝塔型。最外面的供品为"面鲜",同样每排5碗,每碗有面鲜5个,面鲜实为用面做的食品,与石榴、桃等水果一模一样,只是由面制作的。上述三种供品自面鲜起,一层比一层高,最高的为蜜供。旗营内置各种供品数量极大,有的便统一购买,当时不用付款,等俸银下来,一块交与饽饽铺。

7. 谱牒

姓氏,满语称之为"哈拉"。清代是满族鼎盛时期,所以姓氏也是最多的一个时期。满洲姓氏主要来自部落、居住地及金代女真旧姓。清廷入关后,一部分的满洲人将满姓改为汉姓,多是在原满语言的首字上作文章。首字音如董鄂氏,汉姓即为董;乌雅氏,汉姓为乌或吴;那木都鲁氏,汉姓为那或南。

除满洲八旗有自己的老姓外,许多少数民族编入旗籍后,如南方的苗、瑶、壮,北方的锡伯、朝鲜、蒙古等族,也把自己民族的姓融进了满姓之中。

满洲最早的姓氏称之为"老姓",多是由部落构成,逐渐形成本族支别,一姓中辈数最大的称为"老祖",但"老祖"辈大并不

八旗宗谱图

一定岁数就大。至于姓氏到了每一小支、每一家,这个姓氏就发生了变化,这在东北地区,在满洲人没入关之前最为明显。所居之处方圆百里都是这一个姓,所以,这个部落的家家户户便不在自己名前冠以姓氏,反正都是一个始祖,一个姓氏。于

是便出现了人们提到的满人指名为姓的问题。"一辈一姓,辈辈有姓"也开始应运而生。其实若问他们老姓,他们也会知道的。满洲老姓有多少,说法不一,多以679个基准。如赫舍里、撒克达、尼玛、纽祜禄、觉尔查、马佳、伊尔根、喜塔拉、舒穆禄、辉发、纳兰、布尼等。在同宗面前,老姓舍在一边,那么名字的第一字,往往就成了下一辈人在同宗中的新姓,如荣、多、闪、德、禄、修、顺等都是吉祥喜庆之字。

满洲人原没有字、号、台甫等进一步解释自己身世、爱好、才能的符号。进关以后,官场之风也吹入了满人的姓氏之中,一些汉官中的文化人会主动送上为您准备的字、号,使您听着舒服,于是满洲姓名中又吸收了许多汉族中的文化。比如,先人老姓富察,名玉山。在一般称呼时则姓玉名山,于是有友送字曰"宝石",玉山必有宝石,两者相得,一生无穷,送名者遂索银十两。先人听了,十分高兴,赶快给人钱,与坐同仁听了,齐呼请客。

旗营里男孩子的名字以"子"为多,如顺子、德子、六子、福子等,等到长大了,"子"字就变成了"格",内含"哥"的意思。

满洲人在家祭

祖宗板

旗营中的姓氏，必然涉及到家谱。满洲最初并无家谱，进关以后，受到汉族文化习俗的影响，为了表明自己家世的高贵和渊源，为了宏扬祖先和启迪后人，也采取了"明世系，列支派，定尊卑，正人伦"的系统整理家世的方法——续家谱。

旗营里的家谱多是从京城里带来的。我见过的多为康熙年间后期立的。真正在健锐营的家谱多是续，由于健锐营二扫金川，声誉大增，为祖上争得光辉，为后人立了样板，做了表率，这样的后代续家谱时，当仁不让。于是健锐营内续家谱风气大盛，重视谱牒程度甚至超出了汉族。

旗营续家谱一般选择龙年或虎年。有钱的、富余的家庭所续的家谱为谱书，贫困的家庭则多为谱单。比较完整的满族家谱中应有以下几项内容：谱序、族源、世系表、移驻、家训、恩绩录、官绩表、祠宇、墓图、先世考、轶文、先人遗著名篇、列传等。而谱单为图表式家谱则很简单，多用柔软、耐折的宣纸、高丽纸甚至是用黄绸、白布，其目的就是易于保存，易于收藏，并经常请出祭祖。

每逢祭日，旗营中属于同一支的家族便将家谱从祖宗匣中请出来放在供桌上，全家族人前后跪拜，以示不忘祖宗恩德，孝敬祖宗，祈求祖宗保佑。据老人讲，祭祖对孩子们也是教育。

满族家族管理甚严，键锐营内的制度更为严格，如：不孝顺父母，不养活妻女及本人长期流浪外地而不归家者，要受到严惩及除名处理。同为兄弟而相互不和，发生争吵，家族有权开会，给予处理。妯娌之间不能和睦，经常争吵，也将会在家族会上给予处理，理亏者甚至当着众人面自己打自己，称之"掌脸"。同宗之亲属必经参加氏族内的红白喜事，给予祝贺与帮助，不去则被认为怠慢宗族。甚至在街上等公共公场所处，子媳子辈见到长辈必须下车，下马，停步问候，让道行礼。满洲人礼多，这是传统北方人嘴上的口头禅。

在祭祖与修订家谱时，各家族都有不成文的家族规矩，凡本家之人，不论老少，官职高低，必须遵守。如：

敬祖先，睦宗族，以孝悌为本。子弟对本家尊长，均须恭顺，不可有远近、亲疏之分。同样，本家老者见到子弟中有不善之子弟也应尽到训诲之责，其目的是维护家族的良好声誉。

家谱必备宗谱一份，以溯远源，分居者则另备，全家族每25年通修谱一次。

健锐营中的姓氏较为单一，不似汉族姓氏那样众多。健锐营中的姓氏多有老姓的依据，借谐音来对汉族中的姓氏。如：

温都尔氏：温、文　　　　　　奇德里氏：祁、齐

果乐齐氏：郭、高、果　　　　纳喇氏：那、南

华西哈尔氏：华　　　　　　　那拉氏：那、南

瓜尔佳氏：关、管　　　　　　钮祜禄氏：郎

郭罗罗氏：郭、顾、国　　　　尼玛哈氏：于

哈斯胡里氏：韩、哈　　　　　赫舍里氏：何、赫、高

图克色里氏：屠、图、涂、佟　他塔拉氏：唐、汤

鄂尔克拉氏：鄂　　　　　　　伊尔根觉罗氏：赵

伊拉里氏：伊　　　　　　　　爱新觉罗氏：金、赵、肇、德、

永妥里氏：于　　　　　　　　　　　　　　　洪、常、罗

吴扎拉氏：吴　　　　　　　　宁古塔氏：宁

富察拉氏：傅、富　　　　　　库穆图氏：库

佟佳氏：佟、董　　　　　　　穆尔察氏：穆

（1）何姓家系（正白旗赫舍里家）：何姓原为金代女真姓氏，为满族八大老姓之一：关（瓜尔佳）、马（费莫）、富、傅（富察）、那（那拉）、郎（钮祜禄）、赫、何（赫舍里）、索（索绰罗）、佟（佟佳）。有的学者认为八大姓中有赵（伊尔根）姓无那姓。赫舍里原为河名，因其仕而得姓，《八旗满洲氏族通谱》中有记。

何姓属正白旗，本谱因为后续，始祖为何广瑞，下有何桂元、何存溥、何其巩、何满川、何清华等数辈。此外，尚有赫舍里一支从京城拨往辽宁凤城。

何氏（赫舍里）家族简况如下：何广瑞生四子一女，子桂祥、桂和、桂元、桂昌。第三辈为存溥、存善、存续、存仪、存斌。第四辈人数最多，有其敬、其振、其正、其英、其庸、其莹、其珣、其慎、其良、其显、其祥、其巩、其贤、其纲等14兄妹。第五辈应为"宗"字，有宗生、满汉、满川、满莹、宗仁、宗义、宗礼、宗智、宗信、宗陆等，女辈有瑞珍、瑞瑛、瑞琛、瑞琪、瑞琬、瑞琼等。

第六辈所联系上的仅有清华、若梅、思葳、思蕃、思敬、铁生、福生、玉华、和平、泮生、健生、宁生、祥生、燕生、芸生、获生等十余人。

（2）李氏家系（镶黄旗驻防李佳氏）：李姓始祖世居长白山北麓安士瓜尔佳城，

飞虎云梯健锐营

后迁入盛京锦州府广宁县二十里堡，1644年随龙入关，老姓有李佳氏、瓜尔佳氏，属镶黄旗。本谱为李佳氏后裔，同治年驻守湖北荆州防卫。谱主自始祖勒额起至守字辈止，共十二代。

李氏宗至七世始，以汉字李为姓并列"成"字辈，有会成、兴成、安成、恩成、喜成、柬成。八世祖为"发"字辈，有发魁、俊发、有发、重发、忠发、桂发、绵发。九世以"文"字，有文琳、文炳、文焕、文耀、文辉、文奎、文辉。十世祖为"定"字，定丰、定济、定颐、定升、定恒、定相、定谦、定萃。十一世为"安"字，有安格、安权、安恒、安朴、安椿、安模、安桢、安栋、安棣、安株、安彬。十二世为"守"字，有守宁、守东、守昌、守明、守晶、守懿、守穆、守彦、守彤、守雍、守彧等人。其中九辈文焕为乙亥举人，庚辰三甲进士，任四川叙州知府。

（3）**屠氏家系（正黄旗南营图克色里氏）**：屠氏为满洲老氏古姓之一，老姓为图克色里氏，后又分出图木尔齐氏。现在许多满族的屠姓、涂姓、多姓和少数佟姓多数于此支。

笔者所记述的正黄旗南营的屠家虽在正黄旗营中为官，实则为蒙古族。谱记五代如后：

佐领屠忠孝生四子一女，为屠永旺、永盛、永福、汉林，女儿嫁与同旗耿家。第三代有屠世昌、世良、世刚、世琪、世芳、振武及屠淑芳、屠淑媛、屠淑红等姐妹。第四代有屠大宝、二宝、秀丁、秀玲、秀珍、佑钵、秀琴、佑珊、福海、福顺、兰英、福永、佑水等兄弟姐妹。最小辈有屠燕、屠宁、屠冬云、屠玲等人。

（4）**董鄂氏家系（正黄旗普安殿董鄂氏）**：正黄旗董家原在正黄旗南、北二营居住，民国期间曾一度为香山静宜园芙蓉馆馆主、天津金城银行周作民看守房屋，现有石刻"退龛"为记。谱主董殿禄以下有寿谦、贵谦、福谦三子，再下有董振钰、振钵、静宜、静白等兄妹四人，这四人均为香山慈幼院的学生。再下有董思源、伟源、晓源及董蕊、董荣、董菁、董龙、董勇、董雪、董婷等两辈人。

董家的老姓为董鄂氏。正黄旗南营著名学者席振瀛、席长庚也为董鄂氏一族，其上辈席保叔、席桂森正是董家"谦"字辈的人。解放后董振钰一支迁西安，董振钵一支迁甘肃兰州，董静宜迁天津，董静白迁至山东威海。

（5）**白氏家系（镶红旗北营巴雅拉家）**：镶红旗白氏家族大致有两个家系，一是蒙古族王爷的公主与明代居庸关守军白尚德后裔联姻的后代。另一家系为清室巴雅拉觉罗的后代。

白尚德，又名白应和，其后人因在明末据守居庸关，阻止蒙八旗进京，蒙军久攻不下，双方互峙。多尔衮进京后，蒙军王爷念守将白鉴忠诚，用联姻的方式，将自己的两位公主嫁给了居庸关守军白鉴的两个公子，此后，白氏多在蒙八旗之下，其后人驻守京东通州和京西香山等地。此白氏家系按：世、仁、广、促、迪、国、文、学、汉、标、景、坦等金、木、水、火、土偏旁排辈。

巴雅拉氏一支按胤、弘、永、绵、载、溥、毓、恒、启、焘、浴闾、祺排辈。因其始祖巴雅拉是清显祖塔克什第五子，是清太祖努尔哈赤的五弟。后因其子巩阿岱"不实心效力，藐视君上"，于顺治九年黜宗室、子孙黜为庶人。康熙五十二年附入"玉牒之末"。清末，满人纷纷改姓，巴与白谐音，故巴雅拉觉罗氏，汉姓为白。镶红旗和正白旗营外的白家即为此支。

其家系如下：一世巴雅拉，二世锡珊，三世伊图·巴哈喇。四世萨保柱、昌兴、玛世塔。五世官德、德宝，六世巴克唐阿、巴明阿、巴扬阿、德胜、德福、德麟、德祥。七世巴岱、巴忠、巴庆、兴桂、兴普、兴常、兴亮、兴贵、兴禄。八世僧额布。九世巴四十六、巴布颜、巴明颜。十世白克教、白克敏、白克敷。十一世白大禄、白二禄、白三禄。十二世白永龙、白永金、白永品、白永凯、白永玉、白永富、白永兰、白吉升、白玉升、白永贵。十三世有白兆俊、白兆良、白哑姑、白淑敏、白云章，十四世有白立文、白立新、白立冬、白立方。十五世有白玉山、白玉梁、白静、白雪。十六世有嘉霖。

在上述家系中，绝无满汉之间"过枝子"之嫌。由于满洲八旗先人随龙入关立下战功，使大清进入中原，所以取得俸禄，居住条件高于汉人。但营子里也有极少数人性极贪，于是与营外汉人联系，使出了"过枝子"手段。

"过枝子"，汉族称为"过继儿子"。普通人家是因无儿而抱养或由兄弟之子过继于自己名下继续香火。但满汉之间"过枝子"则不是，其目的是专为得钱粮为目的。如满洲旗人家庭某氏，家中本有亲生儿子，后经中介人说和，举荐营外汉人家子弟，认为义子。入门后，实行改姓。与亲生儿子同辈排列得名，如自己的亲生儿子叫德瑞，那么这位过继之子（过枝子）即可得名德俊，尽管比较起来过继儿子比亲生儿子岁数还大，过继儿子也得称做弟弟，这样便于呈报，以用满洲后人而挑取钱粮。如再要往上提拔，则需要拍本旗领马屁，冒名顶替做假账了。只要手续办好

(俗称钱粮缺），每月关饷，每季领粮，"过枝子"与义父、义母实行"见面分一半"的合同。这样，两家各有所图，如果"过枝子"每次获马甲前锋钱粮三两，"过枝子"自己留一两五作为自己的报酬，剩下的交给义父、义母。至于季米，也同样对半分成，以后"过枝子"再有提拔，粮银增多，也须履行前面约定，不得借口反悔。只有义父、义母去逝后，此项银两才能由"过枝子"独吞，"过枝子"风盛于清代中叶，到清末光绪年间"过枝子"之风已弱。反之，辛亥之后，大批的满人为了生命，纷纷改写汉姓，二者相比，天上地下。

8.联姻

旗营中的婚丧嫁娶与旗营外居民截然不同，由于朝廷明文所限，所以旗营内的联姻面极窄，多为蒙族及同族人，最远的姻亲也不会超过京城，姻亲多在本营或外火器营及圆明园护军营范围内。

旗营内结婚的说媒分两种，一为双方各自托媒人为自己子女找，一则为大媒主动为某男或某女撮合，认为二人是天生的一对。所谓"大媒"这一角色多为能说会道，营中热情公益的中年妇女，男子极少见。为什么妇女做大媒的多呢？营中有"凡说成三家美满婚姻者，大媒死后，阎王爷对其免罪，不受苦"的说法。

大媒说亲，多以门当户对为主。第一步要双方向大媒交索"过门帖"。"过门帖"上写的很清楚：本家某营某旗何甲，在某某佐领领导下，任何职务、住址、条、门牌等。第二步双方各自"打听"有否其人，此步最为容易，因为都在旗营生活、训练，即使是在其他营旗，也同样在很短时间内得知。第三步为相看，相看时不是由婚男婚女本人看，而是由父母、姑姨相看。相看分"明相"与"暗相"。明相是在约定日期，由女家带女子上街或串门，男方则由大媒陪同看一看。暗相则是由大媒带男方装作串门，察看女子相貌、举止。说是暗相，也得通过女方家长方可相看，旗家女儿很聪明，每当来了亲戚，自知怎么回事，权当不知。

双方看后满意，便可过"小帖"，小帖为红笺上书婚男婚女年龄、生日、生时，营中人称"生辰八字"。"小帖"在家佛龛前放三天，如双方家中无拌嘴或意外之事，大媒便可到双方家议定合婚之事。

合婚有五个因素：(1) 年龄。(2) 五行中两命是否"相克"。(3) 女子命中是否有福。(4) 十二属相是否"相克"，如"白马怕青牛、羊鼠一旦休、金鸡怕玉犬、兔龙泪交流、蛇虎如刀锉、猪猴不到头。"(5) 男女婚后是否有妨家人征兆。以上五条只要不发生大冲突，便可合婚。而五条均好，条条都合适的称为"上等婚"，普通的称"平等婚"。其后，亲友、本支宗族多向男女二方道喜，共商吉日"放小定"。"小定"实际上就是男方给女家的一些小礼物，如耳环、手镯等。

"放大定"，需有大量的食品、衣服。至此"姑娘"称呼变成"新妇"，闺中好友此时也来帮忙或添乱，笑语常出。

吉期将至，男方打扫厅堂、置物、搭大喜棚，旗家小院基本上遮严了。随后男方先期发出红封红笺通知宗亲、密友，而近支的亲属多要本家亲自告之，"请"字不离口。

吉日前一天营中称为"响房"。厨师开始"落作"，新房点缀单式"喜"字，旗人不许贴"囍"，认为"囍"为"奸"字的异写，不吉利。被褥——叠整齐，谓之"铺床"。其实旗营家中根本无床，全为土炕。一时帮忙人满屋满院一片欢喜。随后，全家人宣布新房封门，除新郎外任何人不得入内。

一到女方过嫁妆，男方便可选吉时迎娶。迎娶有"红官轿"、"牛角灯"、"开道锣"等术语。有"满天星"、"上头"、"盖头"、"扶轿杆"、"子孙碗"等名词。进了男方家有"抓盖头"、"见礼"、"见双礼"、"交杯盏"、"拜亲"等程序。随后一顿吃喝，席间男方嫂子带新娘见亲戚，分大小，大则一跪三叩礼，小则请安，但不白叩，

满族结婚时的合影

"总得给姑娘买枝花钱"。旗营中没有"闹喜房"这一习俗。

第二天拂晓,男方于大门及新房门"挂彩子",由轿子铺备办,只要彩子一挂,女方便身价倍增,认为"姑娘给娘家做脸"了。至于以后"倒宝瓶"、"张兜"、"回门"便是小俩口的事了。

旗营中的参领、前锋对自己部下的子女婚嫁十分重视,因为这是给本氏族繁衍后代,除官方发"红事银子"外。还按男方官职大小,发借办事银子,并亲到喜堂上祝贺。

9. 妇女

古代满洲家家户户都供奉佛拉格托,这是满洲人心中的女神。入关以后,满洲人吸取了大量的中原文化,出现了佛、道、儒及民间众教皆奉的现象,妇女三从四德的约束对满洲妇女也有影响。然由于多年来的本民族固有传统,满洲人,尤其是旗营中的妇女,依然在家庭中起着主导的作用,而不似《北京名胜古迹》一书说的"清代一般妇女是不许读书的,连读小学的权利也没有,只能在家料理家务"的那样。殊不知,相貌、文化、家系是选宫女的主要条件。

旗营中的女子,在称呼、习俗、地位等方面都有她们的特殊地方。

在旗人的称呼上,旗营家中没出门的姑娘通称"姑奶奶",家中的侄子管姑姑通称"姑爸爸",管父亲的最小妹妹为"老爸"。在这里"老"是最小的意思,如管最小的孩子叫"老疙瘩"、垫窝,管新嫂子称为"姐姐"或"新姐"。

在旗营中的习俗上,关于妇女的有如下一些独特的内容:(1)家谱中可列女儿乳名,结婚出嫁者须注明男方地点、旗籍、门第、姓名。(2)允许营内知己的妇女、女孩结为异姓姐妹,也就是汉人讲的结拜兄弟。所结姐妹结拜后,多以大爷、二爷、三爷、四爷……相称。(3)营中允许女孩子穿满洲男装并可练习骑射。(4)旗营学房中的学长一律由女孩子担任,官称"大师姐"。即使有的男孩子岁数大一些,也得称呼"大师姐"。当然,在练武、摔跤时,其学长便是由男性担任,通称"大师哥"。(5)正月初六,必须接已婚的姑奶奶回娘家省亲,骨肉团圆。旧营中有"七七乞巧节",相传晚上是天上牛郎织女相会在鹊桥上,营中妇女、女孩子要在这天晚上准备清水、彩纸、绣花针等女工饰物,以求织女赐于聪明和智慧。(6)中秋节时,旗营内在官厅摆设香案,为"月光娘娘"焚香叩拜,乞求神佑,这是旗营女人的专利,男人不得拜月。(7)旗营女子必须天足,不得缠脚。(8)满族人留大辫子

认为辫子是父母的骨血,辫子愈长,发色愈乌黑,父母身体就愈好,愈健壮。辫子之所以盘上头顶,是孝顺母亲的表现,将母亲放在最高的位置。

对于旗营中的妇女,有特定的优抚措施。有特殊的物质待遇,这一点是其他民族所不能享受到的。(1)"红事银子":旗营中的人家由于满汉不通婚条框的制约,所以多在本旗、本营或其他军种的旗营人之间通婚,故有"旗营里的人——非亲即友"一说。鉴于此,旗营内婚嫁的礼俗和隆重程度都十分显耀。为此,旗营内的档子房就会上报,同时分发给男女两方"红事银子"以示祝贺。(2)禄米。旗营中未嫁女子均有禄米,每季发一次,但女子不当兵,故无俸银。(3)白事银子和寡妇钱粮:旗兵死后,取消其钱粮并再挑缺时,旗营内先发其妻白事银子,此钱不得代领,个别人家自有领佣将钱亲自或差人送至家中。如其妇"守节",则再发应得钱粮,每月须其妻亲自领取。(4)孤女钱粮:旗兵死后,若仅遗存生女一人,无兄无弟,或兄弟尚小钱粮照发给这女子。

旗营中的男人不纳妾。旗营里的男人是世袭八旗兵制度,只知道效忠朝廷,效忠国家,对家庭里的事什么都不管,家庭都是由妇女主事。时间一长,男人在家里就成了"吃凉不管酸"的"甩手掌柜子",媳妇称夫"油瓶倒了也不扶"。所以,旗营里面妇女不受歧视,而且说话很有分量。清末每当男人在谈论谁家媳妇干活不利落,办事没主意,女人比男人笨的时候,准保有一些女人站出来说:"女人怎么了,西太后、老佛爷也是女的,不是照样管理大清朝,不是照样管你们这些戴把的?"

满洲人认为顺治入关时,才6岁,如果没有母亲,没有太后,大清国岂能顺顺当当地建立?而且八旗女子中有被选入宫内,成为"秀女",最后走"选妃"、"立后"的道路,从而改变家庭、家族在旗营中的地位的例子。清末慈禧太后的"垂帘听政"是女人干预了国政,接连听政了同治、光绪两朝。女人能管得了国家,怎么就管不了咱们家,满洲人这种观念是造成旗营内妇女地位偏高的主要因素。

旗营家的女性受家教极严。对姑娘家教更严,让她们自幼养成懂礼貌、知法度、忠厚老实、办事为人不走样,虽然不能同男人从军打仗,但也不能失了规矩。由于旗家姑娘从小理财勤俭持家,所以深受父母及兄弟的尊重。即使姑娘出阁了,作为新媳妇、新姐姐,也会恪守"妇道",遇事不卑不亢,在婆家以自己的一言一行来维护娘家的尊严,自己绝不参与分家产。但由于公正、威信高,所以有时还会让族中最高长辈特请出来做婆家弟兄分家的仲裁人呢。正因如此,出阁的姑娘一回娘家,娘家人便会高呼"姑奶奶"回来了,"姑奶奶"在家有绝对权威。在娘家说话算话,可以拍板定调,比叔叔、伯父说话都管用,娘家大小事都要先征求姑奶奶的意见方可去办。

妇女在旗营中的地位与娘家也有很大关系,这一点与其他民族不同。满族小儿一出生就全都是姥姥家的事,而且是白尽义务。姥姥家的舅舅、姨在外孙、外甥身上下的心血要胜过自己本姓的孙子、侄儿(女)。满族孩子满月时"挪骚窝",就是娘家接姑娘带孩子回去住上一个月。当然,满族人也心疼女婿,满族人女婿叫"姑爷"。俗话说:"丈母娘疼姑爷——为的是女儿"。

健锐营镶白旗营子外出了最有名的京味文学家——曹雪芹。在曹雪芹的笔下,出现了象王熙凤、贾探春那样的女性主持着贾府内政,如果曹雪芹没有亲身经历过旗人生活,怎能逼真的写出王熙凤"开源节流"、"置祭产"两个振兴贾氏家族的措施呢?

"在贾探春、薛宝钗、李纨三人暂时代理家政的时候,他们就做出了所谓'共利除弊'的举动。她们除了决定裁减一些额定的花销,如取消贾环等上学的零用钱,小姐们的头油脂粉钱。此外,更重要的是决定经营大观园,做到生产图利。他们把园里养花、种竹、植稻、培植果木等项分别交给指定的仆妇去经营管理,由这些仆妇供给贾府一定数量的花、果,供给园里鸟兽食用的一定数量的粮食。多余的产物则由他们拿到市场上去出卖,卖得的钱,除一小部分分给在园里供役使的仆人以外,大部份归经营的人所有。"《红楼梦》一书文笔如此详细,可见身居香山脚下健锐营正白旗的曹雪芹是有类似这样生活的。

10. 选秀女

旗营里有一个极为热闹的日子,那就是为宫廷选送宫女。宫女的选择是相当严格的,但即使是在清代各朝中也不相同。清入关之初,八旗人口较少,顺治朝规定,凡满、蒙、汉八旗官员的女儿,年至13岁时,都要参加每三年一届的挑选秀女,到17岁以后谓之"逾岁"。嘉庆十八年(1813)规定:八旗满洲、蒙古应行挑选女子人数渐多,下届挑选时,除八旗满洲、蒙古女子,自护军领催以上女子仍照旧备选外,其他拜唐阿、马甲以下女子不必备选。

健锐营中的老年人讲,每次选中的秀女仅十余人。因为秀女必须从旗营中的官员的女儿中选出,一般旗丁的女儿即使貌美端庄也得不到这种机遇。在整个万余人

等待被选的清末内务府三旗女子

秀女名单

三排二
祥安管领下苏拉福龄之女大妞
祥安管领下苏拉春和之女大妞
广明管领下披甲人常福之女大妞
广明管领下披甲人毓兴之女大妞
全忠管领下苏拉双福之女大妞

四排
恩荣管领下苏拉恩瑞之女大妞
恩荣管领下苏拉常年之女大妞
奎昌管领下苏拉福全之女大妞
恩绩管领下闲散人庆格之女二妞
恩绩管领下闲散人连永之女大妞

五排
祥贵管领下苏拉海兴之女大妞
祥贵管领下苏拉英奎之女大妞
广定管领下闲散人广明之女二妞
共女子二十六名
五排末排二名

的健锐营里，够得选上宫女条件的仅有翼长、佐领、前锋校、蓝翎长等职务以上的百余户。

营中选秀女第一步先由营内蓝翎长将翼长、正副委署翼长、参领家的姑娘姓名、身高、特长一一登记造册。册上所列之名，逾岁之前不许私嫁于他人，违者上至都统、副都统、参领，下至族长及本人父母都要受一定处罚。

在报名登记秀女时，如果确实是残疾不堪入选者，需要由蓝翎长、前锋校、参领等层层具结，呈报到各旗都统，声明原因，由都统咨行户部方可免选。

列队待选的正黄旗秀女

健锐营内三年一次的秀女进宫集结地点，在正黄旗北小营西侧大街八旗学堂内。适时，朝廷派来接秀女的骡车堵满小营的大道上。朝廷规定：引看八旗、内务府女子，在大臣官员家中尚有车辆，兵丁、女子俱雇车乘，嗣后引看女子。无论大小官员、兵丁女子，每人赏银一两，以为雇车之需。在八旗学堂外，很多旗营中的人站在路边看这车马飞扬的场面，更有旗丁家属看着人家姑娘有此飞黄腾达的机会羡慕不已。选送的秀女骡车，每人一辆，浩浩荡荡，途经各旗营、村庄，都会引起轰动。

被选看的秀女在故宫北面的神武门下车，按次序由宫中老公（太监）领入，在门内的一块大空地集齐，再按事先排好的名单顺序，进入宫内的顺贞门，让帝后们选看。各朝选看地点不定，静怡轩、延晖阁、体元殿是同治、光绪两朝选看宫女的地方。选时，每日两旗，不分旗别，只依据各旗参选多少。初定六人一排，最后精选时减到两人一排，甚至只有一位秀女。

秀女进宫，可谓前途无量，品级之高，涉及之广，多为外人不知。其中：乾清宫设夫人一位，秩职一品。淑仪一位，秩二品。婉侍六位，秩三品。柔婉二十位、芳婉三十位，均为秩四品。尚官局隶下尚宫、司纪、司宫、司簿各二人，可闱四人、女史六人。尚服局隶下尚服一人，司仗四人，司宾、司衣、司饰、女史各二人。司仪局隶下尚仪一人，司乐二人，司籍、司宾、司赞、各四人，女史三人。尚食局隶下尚食一人，司馔四人，司宾、司酝、司药、司供、女史各二人。尚寝局尚寝一人，司设、司灯各四人，司舆、司苑、女史各二人。尚绩局隶下尚绩一人，司制四人，司珍、司彩、司计、女史各二人。宫正司隶下宫正、女史各二人。以上女官名额等级俱为秩六品。而慈宁宫贞容一人，秩二品；慎容二人，秩三品。

秀女一经选入宫中，便在宫内服侍十多年，至25岁，方可出宫。秀女出宫时，有三大"喜事"，一为该宫女即可见到自己生身父母。二是宫女们多嫁给内务府择配的皇帝的近支宗室。三是陪嫁银两甚多。即使是回旗营内自选郎君的宫女，内务府也会照数陪送嫁妆，否则一经查出，将从重从严惩办。

25岁的大姑娘，坐着大骡车，穿着宫廷盛装回营也是一件大事。好事的媒人借此机会保媒拉纤，但多不成功。健锐营的秀女出宫后，倚仗自己在宫中十多年的见识而自傲，择嫁条件极为严格，甚至出圈。追求门当户对和攀高枝是共有的特性。她们多嫁到外火器营、圆明园护军营的高官家中。

旗营里的人在选秀女上不像今日电影、电视剧中描述的那样不愿入宫，哭哭啼啼。反之，旗营里的人家都希望自己家的姑娘被选入宫内，甚至能得到皇帝和皇太后的宠爱，生上一男半女。因为只有这样，自己的家庭才能改变在旗营中的地位。自己做了皇妃，整个家族都会显赫。秀女出身的慈禧太后便是最好的一例。

秀女与老公（太监）虽然同为侍奉宫廷，但二者截然不同，有着本质的区别。秀女入宫只要满、蒙、汉八旗官吏之女，而太监则要汉人中的精悍小男孩。秀女入宫前必须是全身（处女），而太监入宫前要到小刀档子处，统一净身，强迫接受有辱人类尊严的阉割，并开出证明。待阉割完后，被阉人还要向包办太监事务交纳阉割费。宫女出宫门，广受欢迎和尊重，是个有头有脸的人物。太监出宫时已年老力衰不男不女的"老公"，他们在社会上受到歧视，家里人也认为本家出个"老公"是个家丑，不肯收留他们，即便是死了，也不准葬入祖坟，所以太监多在庙观中栖身，苦度残年。由此可见，旗营中的秀女与汉人中出的太监在宫中、宫外、入宫前、出宫后有着天壤之别。

11. 教育

清政府对八旗子弟兵的文化教育是十分重视的，一方面要秉承祖上骑射尚武遗风，一方面要不断地吸取汉族的中原文化。为此，康熙三十年，九卿议准立官学，要求"京师八旗子弟，10岁以上者，各佐领于本佐领内选优长者各一人，对幼童教习满书、满语，将此学称为'义学'"。

京西香山脚下外三营都有官办义学。圆明园护军营的镶黄、正黄、正白、镶白四旗在适中之地立官学一所，设教习二人；正红、镶红合立学舍一所，设教习一人；正蓝、镶蓝两旗因驻地较为分散，各设学舍一所，各设教习一人；外火器营官学设

香山女子学堂旧影

香山女子学堂旧影，左后立者为熊希龄。

在西门外，与官厅、校场设置在一起。

健锐营所属八旗各有各的学房，只收本旗子女来学房读书。有的文章认为满族妇女是不读书的，这是错误的。满族妇女幼时不但要读书，稍大后便要学女工，不然长大后无论是入宫或出阁进了婆家后，什么都不会，让人看不起。

各旗学堂大小、设置、室内结构、资金拨用基本是大同小异。学堂多为二间或三间。学堂外屋搭着一个自南而东、而西的三面大土炕，炕上摆放着几个长炕桌子，本旗的学生盘腿坐在桌旁，初学的课文必为《三字经》、《百家姓》、《千字文》。因为全旗的孩子都在一个学房里上课，学生年龄大小不等，学识不一。初学者启蒙的"老三篇"由大师姐来教，年纪大一些的学生才由先生亲自来教。

里屋是先生工作的地点。他一天到晚都盘坐在炕上抽着长杆大烟袋，烟袋锅是黄铜的，锃亮。

学堂里十分重视毛笔字，炕八仙桌上放着红模子和笔墨，有人在旁边给学生示范，这些帮忙者多是本旗或本营的笔帖式，字写得极漂亮。

那时候上学不用书包，因为都在旗营子里，上下学的路途用不了三五分钟，学习用具用一块方青布包着，放在胳肢窝下一夹就行了。

旗营学堂上学十分枯燥，一天到晚都是背、念、读。解手时都要排队，按顺序每次外出只能出去一个，下一个要去上厕所，要等前一个回来。先生对学生极为严厉，动不动就打手板，一天没挨过打的学生成了少数。挨了打，回到家里和爸爸奶奶说时，家里人都说先生对。

旗营学堂有"三节两寿"制度。"三节"是端午节、中秋节、春节，"两寿"是孔圣人的生日和本旗学堂老师的生日。除春节放冬假外，其余那两节、两寿只放一天。每逢过三节两寿，学生的家长都要给先生送上礼品，或糕点，或几吊钱。

孔圣人和老师生日最为重要，孔圣人寿诞时，老师亲自带领全体学生一块布置孔圣人牌位、摆供、点烛、焚香，三跪九叩。叩完头后，老师将供品拿出一部分分给众学生当场吃掉，然后一挥手，放假回家。老师是活人，所以过生日不用什么供品，每个家长都做好一种热菜，备好酒、肉、米面和各种熟食。待时间一到，老师正中坐定，受众学生三叩头，老师再讲一通好好读书的话，然后大家七手八脚将酒菜摆在炕八仙桌上，师生一顿海吃。等老师把寿面吃了，寿诞大礼便宣告结束。

旗营里的学房中的老师除教书外，还讲对联、诗词故事。最受学生们欢迎的是老师讲的《乾隆下江南》、《永庆升平》、《岳飞传》等。但《水浒传》是绝对不让营子里的人看的，《水浒传》等书中的造反精神和占山为王的做法违背忠君思想，不准旗丁们看。

在旗营里的学堂学习三四年后，老师会把学习好的学生推荐到健锐营的小学房。健锐八旗仅有两所，分别设在健锐营的左右两翼，这些学生是从八旗的学堂中选拔出来的品学兼优的好学生。左翼小学堂在镶黄旗南营，右翼小学堂在正红旗下营。在光绪年间，这两座小学堂改为左右翼知方学社，当时有学生80人，有四个班。宣统初年，各旗小学堂一律纳入正轨，正式称为某营某旗初等小学堂。原设在营中的左右翼官学堂也合并成了高等小学堂，校址在正黄旗北小营西侧的健锐营八旗高等小学。所有学生都必须经过考试。民国期间称为"京师西郊公立第三高等小学校"。而各旗的小学堂则改为"京师西郊第三至第十小学校"。以上学校，均收健锐八旗的女孩子。昔日八旗高等小学尚存，今为香山小学。

香山健锐营的八旗高等小学（现为香山小学）大门

香山健锐营的八旗高等小学内景

民国成立以后，健锐八旗中的俸银、季米断断续续，旗营里的人们生活急骤下降，出现了不少上不起学校的学生。正在此时，民国初年被袁世凯任命为国务总理的社会大慈善家熊希龄老先生在香山兴办了慈幼院。慈幼院在收养京畿受难儿童的同时，香山八旗的许多贫困子女也到慈幼院上了学，家父至今还津津乐道这段生活。

12.红事会和白带子会

旗营中有自发组织的红事会和白带子会。婚嫁虽由朝廷颁发"红事银子"，然旗营人最的大缺点就是上头发多少花多少，初期不懂得节约。况旗营家中子女成家，用度颇丰，非平素多有积蓄，否则结婚时不能应付。好在旗营里的人极为团结，于是红事会做为筹集结婚用资金的一种公益团体便产生了。

旗营"红事会"就是为了子女未曾结婚之前筹备贮存金的一种组织，所积存的资金只能作为旗下子女结婚用，其他用途概不通融。

红事会的"会首"和主要负责人多为旗营中的名望高、人品好、有地位，更重要的是热心为公的中年人，而入会者多为营中的旗家子弟。因为红事会在当时切实可行，故营外的村民也有仿效的。

红事会的入会，在当时称为"上会"。每会称为"一支"，初设为每支每月上银一两。每个红事会大者有人50余，小会也有30人。一般会期为两年，会期结束时，可得24两。急用可提前预支。如30人支会，年底会上便有60两，足以应付结婚之用。

入会人必须是未婚者，中途用资者，必须是本人结婚支用，否则，不予借支金银。如该会会员在成立会的第二月就要结婚用支，主持人（会首）经大家讨论同意后，也许他提取使用，以后每月还按月上交银两。总之，两年终结时，每位会员都能得到自己的那24两或提前为自己使用。红事会为生活不富裕的家户起到了解决困难、积攒钱财的机会。会员资金每月凑齐后，交门头村街上东头同兴成米粮店储存，并能得到米粮店掌柜的"照顾"或"回扣"。

上会会员结婚时，全会人员皆因志同道合和互相帮助，多以私人交谊前往致贺，多送喜礼、喜金。故旗营家子女结婚十分热闹。

白带子会是旗营中丧事出现后的一种自发组合的形式，形同红事会。旗家领取钱粮，多为左手取来右手花出，多无积蓄。而旗营人家丧仪讲究极多，花费自然很大，谁也不愿将抚养自己长大成人的长辈死仪了草从事，更不能让街坊邻居说三道四。为了便于解决丧仪之时缺钱的燃眉之急，管事人同样组织了白带子会。

白带子会的发起人，同样叫"会首"，多为旗营中声望较高者，能够得到各会员的信任。每支会员少时20人，多至30人，人太多反而不好管理。上会的人以本旗人为多数。上"白带子会"的人家中皆有年老之人，上会的目的就是留备不虞，而旗营中的人家虽父母均健在也同样上两份。如果家中有二老双亲，仅上会一人，上会之人必须事先声明这支会是给父亲的还是给母亲的。倘若上父亲一支，一旦母亲去世，白带子会绝不通融而为其动用会款，而是出于个人情谊，"会首"宁愿到处借钱，也不愿为此损害自己和组织的声誉。每当老人们知道自己上白带子会后，全家老少都很高兴，认为办了一件大事，减少平时的各种担忧和负担。会款由会首将全部交与门头村东头路北同兴成米粮店蓄存。

白带子会的会规也规定：若起会刚刚一个月便有会员家属去世者，会首也照样提银，绝不会耽误会员使用。如果起会刚刚一个月，恰有几家丧事，会金不够，会首会开会，临时向全体会员提前征集，以免影响死者家属的丧仪。这也算是"十年

满族人的丧仪

九不遇"的稀罕事。

由于白带子会的组成人员多为哥们或拜把子的盟兄弟,所以,不论哪一位会员家出了丧事,会首都会通知全体会员,安排丧礼上的各种应酬。即使不是盟兄弟,只要是该会会员,就必须按会首办,自备白色孝带子一条,与其他会员协议吊祭之礼,多少出点份子钱。

旗营老人对白带子会十分支持,抱着极大的希望。他们心里明白,一旦自己不在人世,既不会给儿女造成经济上的困难,而且有这么多的孝儿,肯定热闹,引得邻里的注重,自己虽然死了,面子上也好看。故白带子会一经提倡,旗人家庭中的老人便亲自出会资,让儿子去当会员给自己先挂上号。

健锐营八旗各有自家的祖坟义地,全部在与本营区相邻的荒山坡上。旧时,山上无绿化,任草木疯长,坟冢在山窝向阳处遍是。营房坟墓有两种,一为埋有真尸的坟墓,即在京去世的尸骨,二为在外战死官兵的衣物冢,冢中无人,只有死者生前所使用的衣服和平时剪下来的头发(也有从外地牺牲后剪下的头发)。旗营坟墓是个很大范围的山地,有的占据几条山沟、山坡。每个家族的坟地多集中在一起,以方便凭吊和管理。

著名的健锐营佐领出身的学者白大禄的坟墓就在松堂的无梁殿白果树西南百余米处,与其并骨的还有二禄爷、三禄爷、正黄旗南营图色木里氏屠三奶奶等家人。其后人白兆俊、白宝泉追其先人也葬在这里。白宝泉是当代北京民俗研究爱好者,号白水,字大水,精于旗俗研究,曾多次提出确定"旗族"这一名称,并为多民族团结做实事,其书法飘逸、宗王、宗赵。手稿遗存有《旗族旧俗研究》(20世纪的年代初出过铅印本,仅15部。)60年代初,集写了《北京街巷分类稿本》。其夫人刘贵卿,北城世传中医正骨郎中刘凤岐之长女。"凤出岐山"这一历史典故竟神佑其后人寿山、寿泉、少山、少泉、凤和、凤池、凤鸣、术奇、凤鬐、炳宽、炳宏、炳广等七代名医。后人立碑有以下文字:

此处安葬的是山下南河滩镶红沟南营的老旗人巴雅拉觉罗氏·宝泉先生。白氏自大清随龙入关后,南征北战,定居健锐营已十六世矣,墓前为其母正黄旗南营白三奶奶。白先生多习京味民俗,旗营典故口碑甚多。今日仙逝,书未铸成,乃一憾事。

立文、立冬、立芳立。

旭华之阁 俗称"无梁殿",位于香山南麓。乾隆二十七年,清高宗弘历下诏在西山风景区仿照山西五台山殊像寺的建筑和布局建立寺院,取名"宝相寺"。旭华之阁是宝相寺的主要建筑,为无梁殿结构,其檐下嵌有石刻横额,上书"旭华之阁",为乾隆皇帝御笔。殿内立有二块石碑,左面镌刻文殊菩萨的画像及乾隆三十二年的御笔题诗;右面是乾隆二十七年立的御制宝相寺碑。殿内正中供奉文殊菩萨塑像。旭华之阁后原建有香林室、圆庙、方庙、牌坊等诸多建筑,现均已不存,只有旭华之阁保存尚好并经重修。

13. 文体活动

香山脚下的云梯飞虎健锐营尚武精神更为突出,而旗营的文化娱乐方面也有极其显著的民族色彩。

尚武方面有摔跤,摔跤在旗营子里最为普遍。因为朝廷中有这一特殊的行业,官称"善扑"。有这种技艺的人家称为"扑户"。扑户称摔跤为掼跤。旗营内的跤场是男子汉大显身手的地方,平日大家都在这里练习,逢年过节请兄弟旗营的高手来营比赛或表演。每年在旗营中都进行选拔赛,优秀者可进宫成为御前护卫,这也是普通旗人走出平民百姓家庭,外出做官的一条出路。

单杠: 旗营中的单杠均为木制,因为旧时铁棒尚未普及。两根木桩从上至下对等的钻了三个孔,然后将木棍子插入孔中。钻三个孔的目的是为了调节木棍子与地面的高度。木桩的底部多插在废旧的磨盘上,用于坚实固定。其练习动作单调,只能做引体向上,从而锻炼胸部和两臂的力量。

举石担: 旗营中男子往往将较为坚硬的石头凿成扁圆饼状,中部有孔,插入木棍成为石担。石担重量大小不一,石担与木棍之间的固定是用木楔子嵌入孔中而成。

扔石锁: 将坚硬的石块凿成石锁状,练习腰部和臂力。其形状不是今天的挂锁,旧时的锁底部宽大,横梁平直,供两个锁鼻使用。其表演手法多样,有正扔、反扔、跨扔、背扔。至于接法,有正接、背接、肩接、头接、肘接,其目的是增加腰部的灵活性和双臂的力量。

狩猎: 因为健锐营的八个旗营都建在山坡之上,故打猎也是旗营中男子喜欢的

摔跤图 清代摔跤的形式实际上有两种：一种是布库，即"脱帽短襟"两两相角，以搏摔仆地决胜负，这是满族和蒙古族的民族式摔跤。另一种叫"厄鲁特"，即"袒褐而扑，虽蹶不释必控首屈肩至地乃为胜。"这点类似现行国际式摔跤，一定要肩背着地才分胜负。此图当为"厄鲁特"。

布库图 此画系《塞宴四事图》的局部。画面下方，四名布库两两相对，此图反映了布库这种摔跤的形式。画面上方为"什榜"乐队成员十人，头戴宽沿红缨皮帽，身穿蓝色浅花蒙古族长袍，席地跪坐演奏。所奏乐器有茄、拍板、火不思、筝、口弦、琵琶、阮、双清、二弦、四胡等。"什榜"以器乐演奏为主，有时还有歌唱者。据《清史稿·乐志》载，清宫廷所用蒙古族音乐有"茄吹"和"番部合奏"，此图所绘属"茄吹"乐。

122

活动。山上有狼、山豹、狐狸等较大的动物，还有野兔、山猫、斑鸠、山雉等较小的动物。打猎前，要经过本旗营的佐领请假，否则将以私出旗营而受到责斥。

除了上述各种体育活动外，经常举办的比赛还有掰腕子、踢石球、珍珠球等活动。

文娱方面，有票会：旗营中有一团体，专门负责本旗营的文娱活动，他隶属于档子房，后来成了官办自助形式，称之为"票会"。旗营中的佐领以上职务者多不担任会首一职，但每次活动都会作为贵客出席。其中的原因有二：一为朝廷不让七品以上官员介入旗营，更不让社会上的粗俗浸染军队；二是旗人的自尊心，人们看不起演戏、说唱的艺人，即使佐领本人自己爱，也不敢涉入说唱界。

评书：旗营中的文娱活动方面既有文又有武，而文的方面既有唱，又有说。民国以来曲艺界许多老艺人都是满族人，如评书界中的双厚坪、连阔如。

旗营中的评书表演多半是八旗小学堂中的老先生或营中的笔帖式。这些人有文化、记忆力强，表演能力精湛，以语言刻画人物细微、真实，所以能"收"得住人。

旗营说书的地方多半在本旗的档子房外屋。人们一边喝自己带来的茶水，一边听老先生们讲书。不过，所讲的内容多半都是忠孝之事，如《三国演义》、《施公案》、《三侠五义》等。有关造反的和不满统治者的内容则不许说，如《水浒传》、《瓦岗寨》等。

八角鼓：八角鼓是旗营中特有的一种表演乐器。其乐器的形状为八角，象征八旗官兵"精诚团结，威震八方"。表演者左手持鼓，右手指弹鼓面，同时手摇鼓身抖动，鼓边装饰的丝穗在摆动中上下翻飞。镶红旗关家表演八角鼓为单传，其抖、摇、颤、转、磕等技法别具一格，而击鼓的弹、捶、打、扫、溜、滑等更为一绝，加上演唱时口字清晰，声情并茂，其几代表演的形象让人们称颂和怀念。

弹弦子：今日称之为单弦。乐器以三弦为主。演唱中主要以多个曲牌子组成，常见的有太平年、云苏调、南城调、怯快书、南锣北鼓、罗江怨、焰口等，其曲调旋律悠扬变化，适合表现各种现实题材，所以自编自演的人很多。仍以镶红旗沟南老关家表演技法最佳。

为什么健锐营内弹单弦和表演八角鼓成为社会时尚的代表呢？多年来，笔者百思不得一解。

一日，偶然在菖莆河畔的欧美酒家见到了曲艺名家崔琦先生。在总经理李长兴先生的安排下，崔琦先生讲述了八角鼓与单弦的来历，并出示了多年来收藏的岔曲、弹弦等曲艺名段。

崔琦先生说："岔曲是曲艺形式的一种，与单弦属于同一范畴，是一种"你中有我，我中有你"的亲缘关系。比如，单弦、岔曲都是以三弦、八角鼓为伴奏乐器；单弦演员没有不会唱岔曲的，同样，也没有只唱岔曲而不唱单弦的演员。在所有的单弦唱段中，无不是以岔曲的前半段作为开头的，称作（曲头）；而岔曲也可一分为二，（曲头）、（曲头尾）中加个小牌子，如（南锣）、（北鼓）、（罗江怨）、（倒推船）等，被称作'腰截儿'，这是行内人的细密分类，在一般人看来，单弦与腰截儿并无大异。"

关于岔曲的形成与命名，历来有几种说法。据清满洲人崇彝所著《道咸以来朝野杂记》中说："文小搓者，外火器营人。曾从征西域及大小两金川，奏凯归途，自制马上曲，……减称为槎曲，后讹为岔曲……"；而《升平署岔曲》中说："岔曲为旧京八角鼓曲词之一种，传为清乾隆时阿桂攻金川，军中所用之歌，由宝小岔（名恒）所编，因为岔曲又称得胜歌，山中以描写景情为多，词句文雅简洁。班师后，从征军士遇亲友喜庆宴聚，辄被邀约演唱。嗣流传宫中，高宗喜其腔调，乃命张照等另编词句，由南府太监歌演。"

著名曲艺表演艺术家，从旧社会走过来的老艺人赵玉明2003年4月6日在前门外大栅栏路北广和楼举办单弦，岔曲讲座。崔琦，张蕴华，志淑燕，保定王红艳等名家莅临。赵玉明先生讲："单弦这一曲种出自北京，当时有五大流派，是荣剑尘、常澍田、谢芮芝、谭凤元、曹宝禄。这五大流派各有千秋。"

荣先生居首，他是北京西郊健锐营人，于1958年病逝，在解放前近50年的舞台生涯中，誉满南北各省，曾获单弦大王的称号。他所创造的荣派唱腔悠扬圆润，韵味醇厚。健锐营还有精写八角鼓词和岔曲的穆六田先生，他一生作品颇丰，有日本人长井裕子等中外学者研究之。

曲艺评论家王决则著文："在北京的曲艺艺人，从出身来说，可分两大类，一类是民初旗籍的票友们因钱粮停发，只好"下海"，成为自食其力的专业艺人，像赵玉明的老师谭凤元，就是由旗籍票友转为艺人的"。

八角鼓在单弦演唱中起着聚精敛神、安定情绪、配合感情和烘托气氛的作用。

八角鼓是用檀木、乌木等硬木制做的，鼓面蒙以蟒皮。每角中间安有小铜钹，下角中间安铜柱、柱端环上系着鼓穗。演员上场时，左手执鼓，鼓身要端正，左手大指、食指、中指（勾着鼓柱）在鼓内（鼓背）无名指、小指在鼓壁外夹住鼓壁使之不能滑落。执鼓应在胸前适当位置，不可过高或低。姿式要自然端庄。

八角鼓的打法，必须根据曲牌的变化，节奏的抑、扬、顿、挫、轻、重、缓、急，灵活掌握，才能与三弦伴奏紧密配合。在击鼓技巧方面有：戳、打、垫、轮儿、坐、打、摇、推等八法。对八角鼓的使用，有口诀如下：

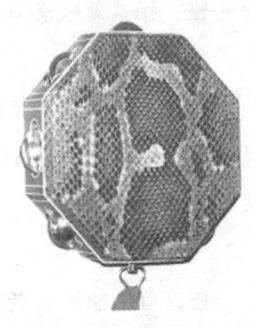

八角鼓

怀中抱月不许偏，四平八稳忌耸肩，
摇鼓腕抖臂别动，打垫轮戳应合弦。

老一代单弦演唱艺术家都曾依据"击鼓八法"，打出过灵活巧妙的鼓点。鼓音清脆，与弦音珠联璧合。

我读过一些京味艺术家和曲艺演员的回忆录，不少演员都与满洲旗人和蒙古族人有着血统关系，京剧、昆曲尤甚。评书巨匠连阔如、连丽如一家，相声界常连安、常宝坤、常贵田一家，郭启儒、侯宝林一家，单弦流派曹宝禄、北京琴书关学增、联珠快书曾振霆、相声演员苏文茂等数以百位都与满族有着一定渊源。由此可见，健锐营里文娱爱好则是十分广泛，有成就的人层出不穷也就不奇怪了。

经常在健锐营内弹唱的曲目有：

菊花名段

位列一品官，寿祝海红莲。粉屏玉扇紫罗伞，兰绫九百白玉兰（过板）。寿宴上，佛桑献彩白牡丹、大青莲，人人各把金（卧牛）金如意献，说的是玉楼春不老，金盘露正圆。不愿那，紫泥诰封方金印，愿只愿，"福寿"双全密连环。

象棋

四方棋局，内走兵车。横十竖九中有河溪，十六对兵马两相敌（过板）。只见那黑将红帅论高低，只杀得难解难分（卧牛），散而复聚，多亏人力，干戈平息。

辛亥革命后，旗人俸禄皆无，生活每况愈下，常弹唱的自编曲目有：

怕掏窟窿别借钱

怕掏窟窿别借钱,怕到三十别过年。怕走黑道把灯点,怕水淹死甭坐船(过板)。怕生闲气事少管,怕打官司(卧牛)别伸冤。怕打先攥拳,怕看先捂脸,怕费大米甭吃饭,怕沾荤腥您甭解馋。

巧嵌数字（1—10）

一铺土炕,两间营房,三下里冒风,四面无墙,五口之家住在中堂(过板)。六天吃不上七顿饭,可怜那八、九十岁的老额娘。您老人家真(卧牛)真健壮,十冬腊月光着脊梁。

在这首岔曲里的老额娘一词为满族人对父亲的特别称呼。

打灯虎：打灯虎就是今天我们说的猜谜语。旗营中的猜谜内容范围很广,通俗的谜语连旗家妇女都猜得着,而高层次的谜语要定期的到外火器营、圆明园护军营中去取。每月两次,每次编10个新灯谜,供对方猜,猜对多者为胜,自然每旗都会派高手出面,目的是为本旗营争得面子。如果本旗营中的灯谜高手仍猜不出兄弟旗营送来的谜语,佐领们须将笔帖式出谜语抄出,悬挂在档子房外屋内,供全旗营的人来猜。当然也有猜不出的,那只好在下次交流时,备些礼品登门求教了。好的谜语往往一经点拨,茅塞顿开,令人拍案叫绝,赞叹不已,犹如今日谜面"外国人洗澡",谜底(打一食品)"涮羊肉"一样。

健锐营因建在山坡上,所以旗营中的成年人有养鸽子、养鸟、养昆虫的爱好。鸽子在营中称为"气虫",往往因鸽子造成兄弟旗营不和或与附近村落中的村民发生口角,因为鸽子鸽主上房,会给旗营中的管理、维修,造成麻烦,旗营中的住房都属于官家的维修,费用均由官家出资。凡是在旗营中养鸽子的,多由佐领亲自批准。老年的旗人都安守本分,一般不让自己的孩子养鸽子,免得惹是生非造成亲友失和。

养鸟：旗营中的男子多爱养鸟,放鹰,捉兔,但要受到很多的限制。放鹰,捉兔一般都是由马甲带领,整队出发,整队回营,胜利品统一分配。旧时山上各种鸟儿极多,老西、燕雀、黄鸟是旗营中养的最多的品种。由于旗营内的人家都自成院落,所以不少人在清晨饮茶后,都将鸟笼集中在挡子房前,届时百鸟齐鸣,妙音一片,响彻云霄,甚为壮观。

养昆虫：夏末秋初，在旗营内到处可以听到蛐蛐、蝈蝈和油葫芦的叫声。营子里的蛐蛐多半都是被行家里手淘汰的，真正能参加比赛和听叫的还要到山上去捉。镶蓝旗西面的山上有两座藏式建筑，名曰：方昭、圆昭。这两个地方的蛐蛐个大、善斗，多出勇冠三军、力震三秋的极品。油葫芦多在山沟及井边泉旁，为老年旗人所喜好。油葫芦叫的时间长的其价值也就高，最好的名为"十三悠"、"十五悠"及至"十九悠"。秋后的母蝈蝈揣上了仔，也能卖个好价钱，因为旗营里不少人家都会繁养蝈蝈、油葫芦。

西山脚下产着一种昆虫，营子里的人称为"金钟儿"，其个比蛐蛐体形稍小，头小、翅宽，叫声悠悠，可半小时连续不断，很受旗营中老年妇女们的喜爱。

旗营中还热衷于放风筝。风筝在旗营中称为"扎燕"，可能以形得名，用细竹蔑子扎成燕形、罩上纸、牵线飞舞空中。健锐营中的风筝，与众不同，年年在教场上的表演中夺魁。相传在健锐营中有一位扎风筝的高手，这便是正白旗的曹雪芹。旗营中的风筝常见的有黑锅底、纱燕、肥燕、八卦、蛤蟆蛄朵、屁帘儿等。放风筝不分男女，春天时，旗营中许多女孩子在旗营外和营内宽街上放，引得不少中年妇女关注，营中人谓之"放青"。

"放青"时节，也是营子里当家女人最为忙碌的日子，因为要洗的东西太多了，全家人捂了一冬天的棉被、棉衣、棉裤、棉袍都得拆洗一番，由于洗的过多，自己一家的五、六个盆都不够使，得上隔壁家去借，左一盆，右一盆，小院里全是泡着衣服、被单子的盆。串门时，谁也不笑话谁，一是营子里的人都讲卫生，怕得病，影响身体。二是营子里的人都勤快。三是全家人都活动，有时街坊也来帮忙。冬天不洗大件衣被的原因是，棉服一人就一件，拆洗了，就没的穿。二是香山地区太冷，被单一晾出去，立马就结冰了，跟铁板一样，又平又硬，又凉又薄，稍不注意，被单就折了。旗营用春天大洗的方式送走了寒冷。当然，营子里的个别佐领、参领家，到了春天，会请营外的人来帮助拆洗，按件付钱。

14. 商市

京西外三营中数以万计人口生息需用大量的军饷，旗营中较高的消费吸引着全国各地众多的商贾、小贩云集在旗营的周围。旗营的人们若没有这些商人小贩提供日常生活的必需品，旗营也很难生活下去。旗营与商市互相依存，达到共同繁荣。

圆明园护军营的商品供应点集中在所辖八旗的衔接处，如树村、青龙桥、西苑、成府、蓝靛厂、肖家河等地。

卖酸梅汤

树村在圆明正北，其东有正白、镶白二旗，其西有镶黄、正黄二旗。由于树村的特殊地理位置，当圆明园护军八旗成立后，大量的山东、山西、河北商人、小贩云集这里，将一个极小的树村上升到一个商业繁华的街市。由于在外省商贾中，回族同胞占有相当大的比例，在雍正八年（1730），雍正亲敕兴建树村清真寺，东至马家沟、西至穆家村的回族同胞到此做礼拜。树村街的牛羊肉铺在京西三旗营中享有声誉。

青龙桥镇也是京西旗营的一条极为繁华的买卖街。不过，健锐营八旗、外火器营八旗的营人很少涉足这里。昔日青龙桥镇主要的买卖对象为圆明园镶红、正红两旗营人，而主要的购买力量还有颐和园东西两侧的官署机构人员和家属，包括内务府三旗以及园中的太监、宫女、杂役人员等。对于这条买卖街，健锐营、外火器营中的佐领有明文规定，本旗丁及家属不得涉足。

当旗营解体后，门头村、南河滩、北辛村、树村等街和旗营一样，从繁荣的街市走向日益萧条时，青龙桥、蓝靛厂两镇却因妙峰山的走会，熊希龄先生的办学和蓝靛厂的碧霞元君祠等活动又兴旺了很长一段时间。正如张宝章先生《清代海淀商业琐记》中所述："外三营的建立，促进了一批村镇商业的繁荣，形成了又一批商业中心。"

外火器营八旗布局较为集中，加上圆明园护军营的镶蓝旗老营房也在这里，所以营房南面的蓝靛厂街便成了京西一带最有名的集镇。就连北面的船营旗人都到这里来购买。那时，蓝靛厂隔日一小集，十日一大集，镇的西岔街处有卖布的、编织物、小农具等日常生活用品，各类食品也在集市上可以购得。一些手艺人也到这里，剃头、修鞋、按摩、中医等行业也到集上找主顾。外火器营的商市集中在西门外和南门外，南门外的蓝靛厂街从东到西有一里半路，沿街两侧全是铺面房，包括月盛斋的糕点、富太山烟铺、德丰聚杠房、瘸吉的酱肉、仁皇的成线铺。蓝靛厂还是通往香山诸旗营的集中交通点,许多拉趟子车的买卖也在这里作生意。同样,蓝靛厂街的商市也有大批的回族同胞,民族团结和交融在蓝靛厂商市中表现的更为充分。建于明代的蓝靛厂清真寺是外火器营和老营房历尽沧桑的最好见证。

　　健锐营的集市主要集中在北边的四王府和北辛村,南边的则是门头村和南河滩。这四条买卖街与健锐八旗旗营相互交叉,形成了长达十多里的商业网络。四王府街和门头村街南北遥相呼应,为旗营的生活起着重要的后勤供应作用。

　　门头村街东西走向,然主要地带在西侧一部,因为西村口为正黄、正红、镶红、镶蓝四旗中的营人到门头村逛街的必经之处。门头村在健锐营未建成时便已有很大名气,为"西山门径"。当健锐营右翼四旗建成后,营中的购买力吸引了大量的外省籍商人、小贩和艺人。在长约一里的村街上,自西侧花墙起,密密麻麻的各类铺子向东顺序排列,大小铺面有百十号以上。这些较大的铺面多是海淀镇或城里铺面的分号,山东商人多重于粮米,山西商人多重于日常生活物件和放贷,而回族同胞多重于食品和小吃。

门头村中的老宅院大门

　　南河滩,本没有这个地名,它是由于镶红、镶蓝两旗沿着一条山沟南北所建后,引得一部分小商贩居住而得名。

　　南河滩主街东西走向,这条旗营间的小买卖街与其他买卖街不同,只有路北的商号,南侧无买卖街,因为南侧是一条宽约20米的河滩地。旧时,山洪一下,整个河床都溢水,山水奔腾之急,浪花翻滚,势如奔马十分吓人。

　　与门头村买卖街相比。南河滩的买卖要少的多,街长约百米,有铺号30家,但粮店、肉铺、杠房、油盐、杂货等品种样样俱全,购买对象主要是镶红南营、镶红北营和镶蓝旗中的营人,其买卖街一直持续到了民国二十四年。

　　四王府村是由于清政府兴建健锐营的征用而将旗外的民人集中在一起而形成的较大村落。四王府街东西走向,昔日买卖街在四王府村街正中,东与镶白旗为邻,西与正白旗仅一墙之隔，长约有四百米，十分宽阔，有烧饼铺、饺子铺、烟铺、棺材铺、杠房、首饰楼、喜轿铺、煤铺、茶馆、铁铺等近百余家商号。

随着旗营的解体和附近村民购买力的下降，四王府街逐渐走向萧条，铺面不能维持而导致关门者甚多。四王府街聚集了大量的回族同胞，街的北侧也有一座清真古寺。

北辛村街，其名中的"辛"应为"新"，街名来自镶黄新营占地后，附近村民而聚集的新村落。北辛村街东口正对着镶黄南营西门的八字影壁，所处之地正是南营、北营、西营、新营和香山八旗总署的中心之地。由于旗营的解体和新兴旅游的发展，北辛村这条昔日的商业街已南移香山静宜园南北城关前的教军检阅场了。

（六）军事训练

健锐营成立因平定大小金川而设，健锐营中的兵丁实则是战役前的敢死队。

健锐营中的军事训练以飞架云梯、飞跃碉楼、抢占制高点为主，其余项目还有马射、步射、驰马、马技、舞枪等。隶属于健锐营的船营则在夏日训练，八月十五在昆明湖上为皇帝、贵族和皇室成员、清大臣表演。

健锐营的云梯

架梯登楼：这是一项集体项目，攻碉楼的一方要设想到碉楼顶部有数倍的敌人在进行顽强的抵抗，攻方要在敌人的砖石、滚木、火炮下，在最短的时间内迅速地登上云梯，消灭敌人，占领碉楼。训练时，攻方先把两丈多长的云梯放在远离碉楼的地方，梯子的每个撑处两侧各站有一队兵丁，约22名。云梯的后面还有30名营兵，他们手执利刀，腰缠九节鞭，等候命令。待前锋参领一声号令下，只见梯子两侧的营兵一齐将梯子抬起，向碉楼冲去。当云梯的顶端靠在碉楼顶部时，只见梯子后面的30名营兵一个接一个地攀梯而上，底下的营兵则大声呼喊以壮军威。转眼间，楼顶上已是营兵舞刀高呼，以示占领敌方阵地。但每当全营会操时，各旗之间要进行争先赛，故攻楼战技项目多由两个以上的旗营参加，从中筛选出胜负，胜者再与其他旗营胜者再决一雌雄。

马射：满洲堪称是马上民族。满洲先人久居山林，娴于骑射，多熟练掌握马上技巧和驰骋于马上狩猎。在马上骑射是满洲八旗的基本功，八旗军兵悍马壮，弯弓射伏，驰骋突袭，所向披靡。健锐营的骑射是分驰马枪射和驰马箭射两种。马箭手和马枪手从演武厅教场马道东侧的马城门洞中疾弛而出，见得南面的箭靶，便推弓搭箭，飞驰发射，瞄准靶心。命中者，本旗兵丁便摇旗助威。表演时，精湛的骑射者多"五发五中"，博得全营官兵的喝采。

马技：是一种在会演时的表演项目。骑手在奔驰的马背可以做镫里藏身、左右卧鱼、合手大项、左右跨跃、扯旗扬帆等高难动作。

步射：前锋正兵个个会步射，以五枪五中为最佳。清政府深感弓箭和短刀抵挡不了外寇洋枪、洋炮的侵略，自1900年起，各旗营都配备小过膛、排枪、台枪、马

马术图

《木兰图卷》中马技

健锐营演武图

枪等较为先进的武器。

　　驰马：此项表演较为单一，只是要求跑的快，摘下终点挂着的烟荷包。在集体比赛中，也有四马顶针续麻式的接力赛。同样看哪个旗营队伍中的骑手先到终点夺得赏物。

　　清政府规定，前锋正兵、委前锋二等兵每天定时在本旗的小教场内出操、训练。每旗每半月合练一次，全营八旗则每月合练一次，因为健锐营都统每年都要来营内检阅一次。此外，有军政考察人员定时来营考察兵丁家眷生活和全营的官兵军事训练。

　　健锐营全营八旗合练实为壮观。八旗合练一开始，各旗的前锋枪手、炮手、执刀手、执纛营兵及左右两翼大纛旗为先导列队站好，检阅官们顺序入主，总统将军入场在中军帐中坐定。接着教场中连放三通军炮，主将台上螺号兵分两队在两面黄色大纛旗前站立吹螺号，大队军中的螺号一起响起，声势非凡。待螺号停吹，两翼枪炮头队、二队、翼队按镶黄、正黄、正白上三旗，镶白、正红、镶红、正蓝、镶蓝下五旗各位置排定，随后鼓起，各旗、各队的枪手、炮手、弓箭手、骑手出列，顺序从中军将台前通过。

至于每旗自己的列队表演，多分为左右两队，两队人马进教场后在将台前站定后，左右两队各有小炮一门，以镇殿后。表演开始，两队列队行走、互换位置，往返数次，回原位。这时，本旗的头队、二队、殿后兵随螺号声走进教场一顿舞杀，在螺号、炮声中表演结束本旗的项目。

春秋两季的会操表演加实弹射击一项，每旗每甲先对空放5次，然后再实弹打靶5次。每次放台炮，需火药2两4钱。烘药2分4厘，火绳4寸7分，铅丸一个，重4两8钱。当然，全营中登占碉楼项目最佳者也会表演手持刀矛、武勇过人的登梯攻城精彩绝技。一旦春秋会操表演审核结束，全营的士兵的习武精神就会松懈下来。不过也有要求严格的，镶红旗参领僧额布便要求自己部下每天练习军事。一天，看见手下某甲长大醉，便碎其壶给予警告。一日见一八旗子弟携笼架鸟，便拆笼放鸟。他在业余时间专召集本旗8岁到10岁的孩子，教他们射击、射箭、摔跤，甚至在雨中也不间断。僧额布痛下决心，要改变社会上对八旗子弟的看法，使本旗子弟成为真正的兵。这些孩子最后大多数参加过攻打库伦的战争，至今旗营中的老人们还在传颂他们勇敢的事迹。

（七）重大征战

1. 初征蜀金川

金川者，四川蜀地西部诸土司之一，以地得名，其川有二：一出松番徼外西藏地，经党坝而入上司境，颇深阔，是为人金川。一出雪山西麓，源较近，是为小金川。其地万山丛蠹，中绕汹溪，皮船笮桥，曲折一线。深寒多雨雪，惟产青稞、荞麦，番民居焉，俗奉奔布尔教，又称"本教"。

乾隆十二年春，世居大金川的莎罗奔以从征过西藏羊峒有功，于清世宗雍正帝授予金川安抚使而自恃邻土司。清高宗乾隆时，大金川势力渐强，谋并邻近诸部落，夺小金川首领泽旺印，又攻打打箭炉、革布什咱及明正两土司。四川巡抚纪山遭副将军率师救援。大金川抗拒官兵并围攻霍耳，章谷千总向朝选战死，纪山应众土司之求，上奏朝廷发兵进剿。

乾隆帝以云贵总督张广泗征苗有功，率师赴川。张广泗受命后，分兵进剿。然大金川西滨河，东倚高山，地势险恶，当地番民又长于防御，能叠石为堡，状如浮屠，高于中土之塔，人穴其中，各曰：战碉。这些战碉，纡徐山岗，大小林立，蜿

《广舆胜览图》中大金川人像

岳钟琪画像 岳钟琪（1686～1754），字东美，号容斋，四川成都人。历任四川永宁协副将、四川提督、甘肃巡抚、署川陕总督，官拜宁远大将军，加太子少保，授兵部尚书衔。赐号威信。1754年卒于四川资州军中，谥襄勤。终清之世，汉族拜大将军，满洲士卒隶麾下受节制唯他一人。高宗称之为"三朝武臣巨擘"。

蜒曲折，易守难攻。

　　张广泗初到，立功心切，用小金川首领泽旺弟弟良尔吉为先导，锐意进兵。哪知良尔吉与大金川莎罗奔的女儿阿扣关系非同一般，又将官军动静，密报莎罗奔，故张广泗攻战数月，迄无寸进。

　　至是，乾隆帝再派大学士讷亲为经略大臣，驰赴大金川督军，用以碉攻碉之策，攻战数月，仍无寸进，反而战死了总兵任举，副将贾国良。任举是雍正时的武进士，乾隆皇帝的爱将。任举一死，乾隆大怒，于十三年五月，起用老将岳钟琪为四川提督，大学士傅恒代督其军发兵蜀西金川。有书记载，岳钟琪为宋朝忠良岳飞之后，武艺超群，精通兵法。而傅恒则是乾隆皇帝的大舅哥。其所率之军是在京城香山脚下山峦地带练就的一批云梯兵2000人。傅恒与岳钟琪到金川后，先斩良尔吉、阿扣、王秋等内奸，以断内应。这些京师云梯兵到金

川后连克数十碉寨,军威大振,莎罗奔惧降,怕降后被诛。此时,岳钟琪已得知莎罗奔之祖曾随自己从征过西藏羊峒之乱,有功于朝廷,便率13名护卫,披袍轻骑,直赴大金川山寨中,对莎罗奔给予招抚。莎罗奔感谢朝廷不杀之恩,顶佛立誓,群番感泣。傅恒则率兵得胜回京城。

值得注意的是,此时尚未有健锐营,然这些得胜兵马回京后并未入城,而是直接进驻了在他们打仗期间,乾隆皇帝为他们在香山脚下新建立的兵营。可以说,乾隆一打金川时,还没有健锐营,但事后成立的健锐营的主力,基本上是征金川的人马。

乾隆十四年,清高宗乾隆将赴川凯旋之旅设立为"云梯飞虎健锐营"。这些兵士平时训练,战时执行机动作战,这座八旗劲旅旗营一直持续到1924年,长达175年之久。经历了乾隆、嘉庆、道光、咸丰、同治、光绪、宣统六帝及中华民国。此外,乾隆皇帝一征金川只是征大金川,不含小金川。

2. 两定准噶尔

这是健锐营成立以来的首次大规模的赴外埠远程机动作战。

乾隆十九年七月秋,新疆准噶尔内乱起,究其原因,为诸王争位。十一月,清廷封阿睦撒纳为亲王,班珠尔、纳墨库为郡王。乾隆二十年春,乾隆帝以尚书班第为定北将军,陕甘总督永常为定西将军率5万精兵分两路应阿睦撒纳亲王的请求进征准噶尔。在争渡伊犁河后,官军长驱追袭,为之争王位的达瓦齐在伊犁终日纵酒为乐,政见不和,准噶尔一域很快就平息了。

不料到了十月,阿睦撒纳见争王位的对手已诛,官军已撤,便不再听朝廷对伊犁的安置战略,自立为四部总台吉,专制西域,举兵反叛。留守伊犁兵丁仅500人,班第、鄂容安等将领均兵溃自杀。

乾隆二十二年,西北疆土一度大乱。四月,

达瓦齐像 达瓦齐是蒙古族准噶尔部大策凌敦多卜之孙,是准噶尔部最后的汗王。清军平定准噶尔部后,将其献俘于紫禁城午门外,乾隆帝对他做了免交刑部的处置,加恩封为亲王。

阿玉锡持矛荡寇图 图中表现了阿玉锡在平定达瓦齐叛乱时的英姿。

北京西山 健锐营

乾隆皇帝命左副将军衮扎布、右副将军兆惠出征准噶尔。兆惠到准噶尔后，时值西域内部自相吞噬，内讧极甚，且痘疫盛行。兆惠等乘机攻打，诸部首领多败，反叛首领阿睦撒纳携八人徒步入俄罗斯境，后患痘而死。乾隆帝吸取前次教训，令兆惠率兵4000人，留镇伊犁。

乾隆二十三年，准噶尔地域有一部落，首领为布那敦，又名大和卓木。弟为霍吉占，又名小和卓木，其部落日益强大。小和卓木霍吉占扬言："我祖宗世世受制于人，今幸强邻已灭，"遂自立巴图尔汗国。西域的库车、拜城、阿克苏均不服，清朝廷进剿。将军兆惠先派副都统阿繁前往说服招抚，反被霍吉占杀死。随后，在沙雅县东一域的官军与小和卓木霍吉占的400骑作战，官军绿营600人被歼。乾隆帝听之大怒，撤雅尔哈善靖遂将军职，就地处斩将都统顺德纳，提督马得胜。

乾隆二十三年七月，定边将军兆惠率京城健锐营营兵奉旨来到天山南北，参加对霍吉占的反叛征讨，整个战役中，最著名的是黑水营围战。黑水营，维语称为叶尔羌河，蒙古称为喀拉乌苏。据《钦定平定准噶尔方略》一书中记："二十三年十月十三日，领兵至通古斯鲁克，遇马步贼众二万余人。我官兵千余人入渡河者仅五百余名，虽有斩获，而马力疲乏，被贼遮围，暂行据导。贼亦掘濠立寨相持，尽夜攻战，阅今三月。贼人初引水灌营，我兵即掘濠渲泄，又以苇扫蔽体来犯，即用火焚烧。又掘沟伏身前进，即乘高击退。"

由前引文字，可见其战况的激烈。其间，兆惠将军两易战马，俱中鸟枪倒毙，脸与胫部均已受伤。明瑞、福龄的马匹俱陷泥淖中。明瑞的口唇被长枪打伤，官兵力战，浮水渡营。至十一月初十，吉林、索伦、察哈尔、绿营等增兵，计1.6万名齐聚叶尔羌黑水营外，兆惠营中闻得炮声，知援军至，亦催兵杀出，毙敌数千。黑水营一战，清军将弁殁于阵者甚多。乾隆二十四年八月，兆惠、富德兵克叶尔羌城，大、小和卓木被击溃，被巴达克山首领素勒坦沙擒获。

健锐营兵丁随兆惠出征新疆，平定天山南北，巩固西北疆土，维护我国版图立有功绩，此役《钦定平定准噶尔方略》一书记述甚详。

兆惠像 兆惠(1708~1764)满洲正黄旗人。吴雅氏，字和甫。历任兵部郎中、内阁学士、盛京刑部侍郎、刑部右侍郎、正黄旗满洲副都统、镶红旗护军统领。乾隆十三年（1748），赴金川军营督办粮运。十五年，入值军机处。十八年，赴藏办理筹防准噶尔事宜。二十一年，授定边右副将军，筹办伊犁善后事宜。二十二年，率师至乌鲁木齐，以功封一等武毅伯。阿睦尔撒纳叛后，配合北路军肃清准部叛乱势力，授定边将军。二十三年，由伊犁率师往天山南路平大小和卓木连克南疆诸城，叛乱乃告平定。兆惠以功晋封一等武毅谋勇公。返京后授御前大臣。协办大学士兼署刑部尚书。

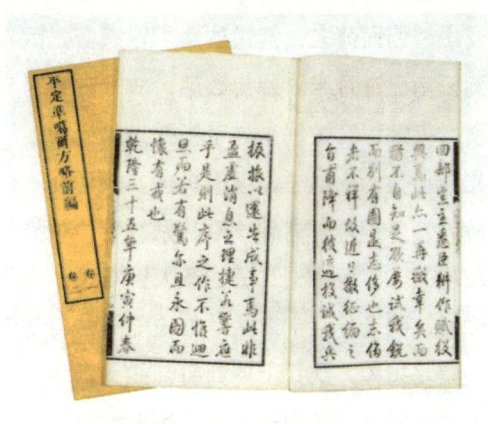

《钦定平定准噶尔方略》书影

3. 御缅入云南

乾隆三十一年,春三月,缅甸入寇九龙江,缅甸革命始起,缅王莽纪端恩统一境内,侦知云南官吏无状,遂心轻中国,屡次发兵侵袭云南边境的土司地。滇督吴达善贪而懦,不敢问,并戒兵士,不得与战。缅王势甚猖獗。就在缅王发兵犯边时,滇督吴达善调至川陕,新任滇督为翰林刘藻,刘藻本一书生,不谙兵事。率兵御之,普洱、永昌边外一夜之战,三路大败。总兵刘得成,参将何琼福,游击明浩三员大将皆败。帝闻之大怒,诏降刘藻为湖北巡抚,藻遂闭门作书,后事妥善安置后,掷笔拔佩刀自刎而死。

历史上记载:缅甸自元世祖击降后臣服中国,明嘉靖末始自立,然犹奉表朝贡,未敢显绝。清初,明永历帝走缅甸,缅人执送吴三桂军前,遂自负有功,不复朝贡于中国。

刘藻之死,乾隆帝大惊,令云贵总督杨应琚领兵退敌,杨应琚到云南后,收拓车里、孟艮、整贝等地。而后,官军却接连战败,缅兵数万入境,大肆焚掠。

十一月二日,新任云贵总督明瑞率京师健锐营、火器营、索伦、厄鲁特、拜唐阿、绿营等6000多人到达云南。两军相持未决,而敌栅甚坚。敌军二万,立十六栅,环浚深沟,列象阵以待。立巨木为栅,聚兵其中,辄于栅隙以击官军。官军总兵哈国兴请分兵三路登山,俯而薄之,健锐器兵丁皆兴奋,因自到云南已过月半,始与敌遇,故一呼直逼其栅。有健锐营佐领富祥者先跃入敌栅中,后先锋校数十人继之,纵横决荡。敌恐乱不知所为,多被歼,遂破一栅。紧接着,乘势复攻得其三,而另十二栅的缅人皆宵遁。当鏖战时,明瑞分兵十二队,首先陷阵,自受伤仍策马指挥,众兵士见到将帅如此,军士无不以一当十,呼声动天地,缅人大败,歼馘2000余,军威大振。

明瑞像 明瑞(? ~1768),富察氏,字筠亭,满洲镶黄旗人,大学士傅恒之侄。曾任伊犁将军,云贵总督,兵部尚书等职。参加过平准、平回、平缅诸战役,屡获战功。

乾隆三十四年十二月，缅甸首领孟驳因与暹罗动兵，便不想与中国再打仗，故借云贵总督明瑞陷敌而死亡之机求和，乾隆帝不准，命大学士傅恒带兵御缅，数战之后，帝谕傅恒，方许缅甸和，其约二：一是缅甸对中国行表贡之礼，归俘虏，返土司候地。二是中国将木邦（今缅甸东境）、孟养（今缅甸北境）、蛮莫（孟养东）、孟艮（木邦东）诸部人口还付缅甸。至此御缅战役平，此役健锐营、火器营伤亡惨重，多死于孟密、老官、小猛芒之地。此次战役多书有记，是《乾隆十全武功》之一。

4.二征蜀金川

自乾隆十四年傅恒、岳钟琪平定大金川后，时值西北伊犁一带政局有乱，为巩固大清之疆土，朝廷注意力转移，未暇他顾，遂复有大小两金川之乱。先是大金川利用自己的强势，侵扰邻境，而此时四川总督阿尔泰虽传檄谕旨，然大金川莎罗奔之兄子郎卡性桀骜，抗不受命。于是乾隆帝以大金川势渐猖獗，谕阿尔泰檄九土司（松冈、梭磨、卓克基、沃日、革布什咱、绰斯甲布、小金川、党坝、巴旺）共同联合攻打大金川。

《广舆胜览图》中小金川人像

然而，在这九土司中，地与大金川相近而兵力相等者，东则小金川，西则绰斯甲布，余者弱小，非大金川对手。而总督阿尔泰不能利用小金川等土司控制大金川郎卡的飞扬跋扈，惟以苟且息事为上策。于是大金川郎卡则利用与小金川、绰斯甲布和亲，达到联合，雄霸金川地域。而后，大金川郎卡死，小金川首领泽旺年老且病，于是大金川郎卡之子索诺木与小金川泽旺之了僧格桑两个不满19岁的土司后人缔好益固，从而大小金川逾加欺辱邻封。先是索诺木诱杀革布什咱土官，而小金川僧格桑则屡次攻打邻封沃日（亦作鄂克什），后发展到与前来制止、调停战事的官兵作战。

乾隆皇帝得知后，提出在十二年时的金川之役就是为了帮助小金川，今日小金川不但不报恩、反而欺辱、攻打他人，罪不赦。遂派兵驰往金川，进行讨伐。

乾隆三十七年，新任四川总督桂林攻打小金川，在墨尔沟战役中，桂林部将薛

《平定金川图册》中攻克昆色拉枯

《平定金川图册》中攻占噶喇依　乾隆四十年(1775)十二月,阿桂、明亮两路大军合力进攻大金川的最后一个据点——噶喇依官寨。图为清军取得最后胜利的场面。

铜版画《平定金川战图》(故宫博物院藏)　铜版画最早出现在距今600多年前的欧洲,后以金属铜版来刻版画面而称铜版画。为使大清业绩彪炳史册,弘扬军威国力,乾隆帝谕令两广总督将清宫廷画家绘制的图册送到欧洲制成铜版画运回。

琮率千余士兵被小金川兵袭其后路，全军复没。桂林匿而不报，被撤职。

三十八年六月，在大小金川相接的昔岭木果木一地，大小金川士兵袭击了大学士温福大营，时值番兵来攻，降番内应，运粮夫役数千人先逃，官军大败，温福胸部中枪而亡。此役纳入战略史册，官军在木果木一役中，战殁者3000余人，溃逃1.5万多人。

乾隆皇帝得知大怒，降旨添派京师健锐、火器两营，吉林、黑龙江、索伦、伊犁、厄鲁特、成都、荆州、西安的驻防清兵9500名，再添贵州、云南、湖北、陕甘、湖南等地绿营兵及当地四川屯土练兵共计74960名官兵攻打大小金川。

乾隆四十一年二月初四，在大兵压境下，大小金川全境荡平。

值得注意的是，大小两金川乃是弹丸之地，广不过千里，人不满三万户，地势又偏远。这场仗却用兵5年，费银达7000万两，超出平定西北准噶尔的军饷一倍多。究其原因，一是金川地势险恶。二是当地气候变化无常。三是当地清廷官员腐败。四是大小金川同心抵抗，破釜沉舟。更值得注重的是，此役之前，大学士刘统勋（即后来宰相刘墉刘罗锅之父）曾多次制止这次出兵。不听忠良之言，导至朝廷命官死亡多名，财物损失极大。

京西健锐营参加此次战役时，战役已进入后期，《钦定平定两金川方略》、《金川档》、《圣武记》等书均有记。

5.鏖战石峰堡

乾隆四十九年五月，甘肃石峰堡信教徒内发生正邪、新旧的矛盾，政局混乱，人民难以正常生存，怨声连天，部分绅仕上书县衙，要求给予平定。

甘肃人多信教，然方式有别，以马明心为首的倡立新教，集众大杀旧教徒、屠官吏，甚至攻下河州。朝廷闻知，派在大小金川之役享有盛名的将军阿桂前去调停。双方见有官府介入，事态得以平息。不料当李侍尧任陕甘总督时，李侍尧偏袒旧教，限制新教活动。于是新教及当地人均不服。有居住小山，名叫田五的自认新教首领，带领新教徒，聚众起事，迅速攻下多处土堡。这些人所经之处，多一抢而空。据福康安于乾隆四十九年十月初九奏折："小山起事，勾结漫延，所过之境，千有余里，抢掠大小村庄一千二百余处，伤毙人口一千六百九十人"。"当地官兵对这支队伍难以控制。当地百姓再次上书，要求朝廷给予弹压，尽快处治，以安民心。"乾隆帝初得知认为：当地百姓，闹事无主，不必兴师动众。不料事情发展极快，大出乾隆

飞虎云梯健锐营

福康安像 福康安(1754~1796)，富察氏，字瑶林，满洲镶黄旗人，大学士傅恒子。曾从阿桂用兵金川，镇压、甘肃回民起义、台湾林爽文起义，有较丰富的作战经验。

帝的意料，于是乾隆帝派尚书福康安，关防侍卫大内大臣海兰察带满洲劲旅前往，其中有京师兵丁1000名。

夏五月，福康安、海兰察率兵抵隆德，正与当地聚众抢掠之徒相遇，双方血战，官军合力围之，夺得营卡四座，共歼千余乱众，首领张文庆等均被缚。此后甘肃石峰堡、隆德、马家堡一带平静，百姓得以安居乐业。同时将失职的总督李侍尧，提督刚绪交刑部处理。乾隆为了安抚边疆百姓，将陕甘总督李侍尧判斩监候，提督刚绪则发往伊犁效力。此役健锐营、火器营虽有受伤，但多全身回京。石峰堡战役，多书有记，以《清高宗实录卷》记述最详。此役不属于《乾隆十全武功》之内容。

阿桂像 阿桂(1717~1797)满洲正蓝旗人(后以新疆战功入正白旗)。字广庭，号云岩。乾隆三年(1738)举人。累迁至吏部员外郎、军机章京。十三年，从兵部尚书班第参赞金川军事，后擢至内阁学士。二十年，赴乌里雅苏台督台站，参与平定准、回兵事。回疆定，先驻阿克苏，旋移驻伊犁。上言驻兵、屯田诸策，皆允行，命经理之。又疏定约束章程，建绥定、安远二城。二十八年，召还京，授军机大臣、正红旗满洲都统、工部尚书，加太子太保。三十年，赴乌什协助将军明瑞镇压维族起义。三十二年，授伊犁将军。二十六年，派赴金川军前，后授定西将军主持金川军务。四十一年，金川平，以功封一等诚谋英勇公，授吏部尚书，协办大学士，班师叙功列第一。次年，拜武英殿大学士。此后十数年，多次出办河工及江浙海塘工程，湖北荆州堤工。又统师镇压青海循化撒拉族苏四十三与甘肃通渭石峰堡回族田五领导的两次起义，颇得清廷器重。嘉庆二年(1797)八月卒。

6. 跨海赴台湾

乾隆五十一年冬月,台湾漳化县巨族,以享富雄据一方的林爽文聚众,结秘密社,号称"天地会"。此会横行数十年,官方无人敢问。时知府孙景燧得知后,派同知程,副将赫生额,游击耿世文率兵缉捕。官兵至村,竟不敢入。而林爽文则乘夜集众攻官军,歼其全部。翌日,林爽文乘势攻下了漳化。知县黄文廷、汤奎、俞峻、理番同知长庚、游击李中扬、守备郝辉龙、典史钟燕超等台湾官府20多官员被害。林爽文自封盟主、大元帅。

《平定台湾战图册》中林爽文被捕图　乾隆五十三年(1788)正月初五,林爽文被其好友高振出卖,献给清军,图为山谷中清军与义军仍在对攻,福康安等清军将领刚刚策马赶到战场,便有人前来报告已擒获林爽文的消息。

又有一庄大田者起兵凤山,乘乱直攻台湾府,此后凤山、诸罗、鹿仔港、竹堑等处皆为林爽文等占领。乾隆五十二年十一月,林爽文又攻下盐水等处,以断府城粮道,一时台湾民众难以聊生。奏折至朝廷,乾隆帝派福康安、海兰察这些多年征战抚边的将领统军赴台,驰援嘉义等地。

十月十一日,福康安准备赴海,大担门处,船被大风浪打回。十四日,得有顺风,与海兰察同舟放洋。二十三日,因信风强烈,收入崇武澳停泊。二十八日,风势渐转,泛海东渡。二十九日,抵达鹿仔港,时逢退潮,不能进港。至十一月初一晨,始登岸。明亮、普尔普及众巴图鲁、侍卫等随后继至。

战时,索伦佐领阿木勒塔等首先上山仰攻,众巴图鲁等枪箭齐施,林爽文军退败。此后,官军在海兰察率领下,健锐、火器二营兵丁直冲敌阵,矢无不中,敌军披靡。福康安等将领乘胜进兵,攻克斗六门、大里杙、集埔、溪岸。在老衢崎地,

《平定台湾战图册》中登岸厦门　图为福康安等人平定林爽文起义后,率队离开台湾,乘风破浪返回大陆,即将在厦门港口登岸的情景。

《平定台湾战图册》中攻占军事重镇大里杙　乾隆五十二年(1787)十一月二十五日凌晨,清军趁起义军疲惫不堪之际,分路进攻,冲破隘卡,获得全胜,起义军将领林素等被杀。图为清军围攻时枪炮齐发的场面。

台湾义民高振生擒林爽文。自此，台湾平，百姓安居乐业。宫中档内孙士毅奏折上书："城中兵民，欢声震地。两边跪了许多百姓，也有笑的，也有哭的，哭诉林爽文军路过嘉义时抢掠细情，说到痛心处，福康安在马上堕泪。"

台湾一役，使乾隆帝看到：驻防满兵，虽受朝廷厚恩。但安逸年久，致染恶心，置技艺於不问，打仗不过随众行走，临阵脱逃，更有甚者，私自觅船内渡。清廷最精锐的劲旅实为海兰察、鄂辉等率领的东北索伦、健锐、火器及四川大小金川番兵也。

7.反击廓尔喀

乾隆五十六年十一月，廓尔喀入侵西藏。其原因为商税金额和食盐糌土，兴兵入边。西藏一带的唐古特兵难以抵抗，不得不请清廷发兵支援。乾隆初派理藩院侍郎巴忠作为监军前去，但巴忠自恃能说唐古特语，又是乾隆皇帝的近臣，以私许每年给廓尔喀5000金求得战事的平息。然而岁至时，岁币不能兑现。廓尔喀方便以朝廷大员负约为由，率兵大举深入。先围攻聂拉木（在今西藏隆迈县西），占领济隆，进迫萨迦沟。所至之处，火掠札什伦布（后藏首城），驻藏大臣保泰闻敌至，仓猝不知所为，则移班禅于前藏，以后藏委敌。西藏诸喇嘛飞章告急。乾隆帝得知，命福康安为大将军，海兰察、奎林为参赞大臣率兵由青海入藏，昼夜遄行。乾隆帝认为，后藏地域与在小金川天气，地势颇似。所以，此次出征官兵仍为剿勘大小金川人马和大小金川归顺的番兵。

乾隆五十六年十二月初一，福康安等官兵抵达后藏，其地势高，空气薄，山陆崎岖，官员早晚行走，气晕气喘，雪山层叠，驼马疲乏。不少官兵头昏目眩，肤肌浮肿。加上牧草缺乏，牲口倒毙甚多。就是连福康安这样壮汉都因寒患病。

然而，当官兵与廓尔喀一交火，首先是同由适应当地环境的大小金川兵士率先冲入寨中，抛掷火弹。在拍甲岭一役中，廓尔喀兵猝不及防，被杀200多名，生擒7名。

奏折中记："正月初二日，乾清门侍卫阿尼雅布与成德、张占奎、屯备色木里雍忠、郎尔结色木郎、巴塘副土司成勒春波勒等在西北部带领截杀。总兵穆克登阿与永德、都司张志林、屯备阿忠思丹巴等带兵在西南截杀。是日申刻，风势大作，各兵纷纷抛掷柴木火弹，遂将东首寨房所存火药引燃轰发，寨房坍塌。廓尔喀兵冒火冲出者俱被擒杀。其中尼马巴葛斯系大头人，身穿黄锻皮袄，外穿红毡片褂，手执藤牌腰刀，冒火冲出后被金川守备色木里雍忠用枪击倒，屯把总觉布上前割下首级。"

《平定廓尔喀战图册》中攻克协布噜　乾隆五十七年(1792)五月下旬，奉乾隆帝谕令，福康安领军进入到廓尔喀的协布噜。图为夜深之际，福康安兵分三路，互为呼应。由火枪手射击掩护，长予兵、大刀兵抢渡过河，此战偷袭成功，令廓军伤亡惨重，碉楼尽失。

《平定廓尔喀战图册》中廓尔喀陪臣至京　乾隆五十八年(1793)正月，由乾清门侍卫珠尔杭阿等人护送的廓尔喀贡使到京，呈进表文和贡品，乾隆帝对他们给予热情款待，初八、十三、十九日，连续赐宴使臣。图为乾隆帝在紫光阁犒劳福康安、海兰察等将士，参加赐宴的还有来自廓尔喀的陪臣。

正月十二日午后,大雪纷飞,连降三日,积雪三尺有余,防卡兵冻死1名,手足冻裂疾者23名之多。

在朝廷所派大军压境后,廓尔喀不断提出,无意与清廷为敌,愿意尊奉训谕,只是西藏官员失约才进兵进犯扎什伦布的。而乾隆帝则对反击廓尔喀下谕旨:西藏为中国版图,廓尔喀为天朝属邦,属邦侵犯天朝边界,攸关体统,必须声罚攻讨,福康安檄谕反击,义正辞严。

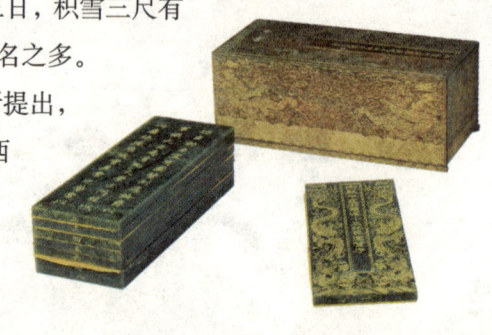

御制平定廓尔喀十五功臣图赞序

乾隆五十七年,廓尔喀外援断绝,适其邻不丹、锡金在清政府檄谕下伺机报复,故廓尔喀向清政府请罪求和。

健锐营官兵卫国反击廓尔喀一役详见《钦定廓尔喀纪略》及《廓尔喀档》。

8.两赴陕楚川

嘉庆元年(1796),湖北白莲教徒聚众,教徒假借治病除灾为名,造作经咒,以惑众而敛财者。倡之者为元末韩山童、韩林儿,明蓟州王森,山东徐鸿儒等为之,皆以焚香聚众起兵。事虽无成,然徒侣甚众,流传渐广,蔓延至黄河流域,禁之不绝。乾隆四十年,安徽刘松为白莲教首领,于河南鹿邑县聚众谋乱,事发被捕,遭送戍甘肃。其徒刘之协、宋之清等复分赴川、陕、湖北等处布教,日久党徒益众,诡言劫运将至,清政府称白莲教蛊惑人心的聚众为邪教。

在上述三省追查白莲教的过程中,州县变本加厉,按户索缉,胥吏乘之为奸,老百姓人心惶惶,破家亡命者甚多,民间益加愁怨。白莲教徒借此起义。至嘉庆元年,荆州、枝江、宜都、宜昌、长乐、长扬一带,教徒纷起,群以官逼民反为词,揭竿而起,旬日之间,蔓延于湖北、河南等省,而襄阳教徒数万,势尤猖獗。

巡抚惠龄奉旨讨伐,连破肖家平、栗子岩数寨,擒获教首聂杰人,教徒势力稍杀。然而,时川、鄂、黔等地无田、无操业者甚多,仍有嚣然思乱之心。除湖北教首刘之协外,不逾月而教首姚之富、齐王氏(教首齐林之妻)起于襄阳,孙士凤、徐天德起于四川,张士龙、张汉潮、张天伦起于陕西,数月之间,几有席卷西北诸省之势。

在大学士署四川总督三等男爵孙士毅、襄勇伯明亮、子爵德楞、男爵鄂辉、感勇侯额勒登保的统领下,清军开始对上述三省的白莲教徒进行了围剿,京师健锐营、火器营、官兵分兵五路,分剿陕、川、楚、鄂、黔等教徒,每战异常激烈。以嘉庆四年十一月额勒登保、德楞泰合击四川教徒罗其清于大鹏山为例。时罗其清等据营山县之箕山,众万余,负固不下。德楞泰率兵进攻,夺卡七,寨六,遂克箕山,罗其清等教徒退驻大鹏山,与额勒登保生擒教首张清潮之子张正隆。德楞泰派官兵潜伏教徒寨西门,用健锐营云梯兵乘间入,火烧其寨,额勒登保袭破西门,杀敌四千,歼罗其清之父罗从国。再派追兵击罗其清于巴州,生擒罗其清及子罗若第,俘斩六千人,移兵再袭冉文俦于通江,尽歼其众。

嘉庆元年七月,孙士毅于来凤县大战教匪,追逐40余里。嘉庆三年三月,明亮、德楞泰歼教匪于郧西,齐王氏、姚之富坠崖死。嘉庆三年,四川总督勒保擒教首王三槐。嘉庆四年,额勒登保击破教首冷天禄于岳池,并斩之。冬十月,德楞泰擒教首高均德,押送京师。擒教首王临高、曹元魁等十余人。十二月,额勒登保击教首王登廷于巴州,追获之。

嘉庆六年七月,白莲教主刘之协被擒伏诛,湖南平。其后川北的王廷诏、川西的冉天元、陕西徐天德、苟文明、奉节龚其尧等教首被肃清。健锐营、火器营兵丁两赴川、楚、陕等省的山林之中,多次征讨白莲教徒,平息三省之乱。

9. 安定滹沱河

滹沱河在河北省平山、灵寿、正定、藁城、无极、晋县、深泽、安平、绕阳等县流过,在战略上是一座天然屏嶂。

咸丰三年五月,太平军洪秀全遣军分攻河南。九月,河北冀中正定、藁城等地的拜上帝会的教徒决定本行暴动,给予江南太平军攻河南的配合,咸丰帝以京师根本重地,防范稽察,最为紧要,急命僧格林沁、御使花沙纳等率京师包括

河北正定隆兴寺内景

健锐营、火器营在内的官兵3000人紧急开往河北藁城、正定、滹沱河岸一线。京师官兵在滹沱河驻扎,从声势上镇住了冀中拜上帝会教徒的逆反气焰,确保了京津两地的安全。健锐、火器两营官兵在滹沱河驻扎五个月,牵制了安徽、山东、河北众

多拜上帝会、捻子军、白莲教、八理教的北上发展。健锐营此次出兵仅是镇守，并未作战，在《清史稿》中僧格林沁、花沙纳、恒福、谭廷襄等传记中有记。

10. 悲壮大沽口

咸丰八年，时任参赞大臣，晋封亲王的僧格林沁与大学士瑞麟在天津大沽口驻防，大力整顿海疆事务。四月，英吉利兵船驶入天津海口。六月，直隶总督谭廷襄海口疏防，炮台陷落，英船驶入内海。僧格林沁奏参，解谭廷襄船。七月，僧格林沁重修天津大沽炮台并继续增加炮位，置巨炮，集马队，派京旗驻扎，严行设防。

咸丰九年五月，英船闯入天津大沽口内，毁我防具，复驶至鸡心滩。直隶总督恒福派员理谕，英船不听，并先行轰击炮台，继以步队登岸。恒福督军力战，胜之，并轰毁英船入内河者13只。

僧格林沁、瑞麟调京师健锐、火器兵丁9000余人驻防通州、天津。七月，英军复占据大小梁子，旋于右岸石缝地方接仗，官军失利。

当时战况据《清鉴》记：六月，英将额尔金、法将葛罗率舰队至，合兵万有八千。窥北塘弛防，遂驶进内港。僧格林沁麾兵使往扼守，时值潮退，英、法兵舰不能动，恐为所袭，诡悬白旗，示欲和状，僧格林沁信之，按兵不击。无何潮长，舰突出，长驱抵新河，以700人登陆，僧格林沁瞰其寡，出健锐营劲旅突之。英700人伪退，乘势蹴之。700人忽排列为一字阵，人持火枪，俟逼近骤发，无不中者，遂纷纷倒下，3000精兵仅7人得脱。键锐营此役出征为正白旗431名，除恩铭一人受伤掉入河里得以逃生外，其余430人均战死。

秋七月，英、法同盟军攻陷天津。有关事迹在《僧格林沁传》、《恒福传》多有记述。

11. 转战鄂豫鲁

咸丰五年七月，在太平军占领江南时，北方的安徽以张洛行为首的捻子军也乘机鹊起，纷抗征税。父子兄弟相率起事，或数百人一捻，或数千人一捻，公开哄抢，众至数万，纵横皖、楚、豫间。捻子军多在各省边界，易于窜匿。按地势论，捻子军居全国之中部，患在心腹，影响极大。捻子军既在民间患滋生事，又与太平军联合，受太平天国封号。袁甲三任安徽巡抚时，曾派兵击败过张洛行，势颇涣散。不料袁甲三以事获罪去职，于是张洛行复起，攻蒙城、亳州、旧德。途中聚众分掠徐州、宿州、曹州一带，民众惨遭人祸。驻防绿营夹攻，莫之能御。

咸丰七年,捻子军攻下南阳府。咸丰十年,捻子军攻下江浦。咸丰十一年,捻子军与太平军扶王陈得才合并。二十万人马,窜入陕西。同治二年,捻子军首领张洛行在安徽宿州为知府英翰擒获,正法。其子张总愚带余部。

同治二年,京师火器、健锐二营、索伦营协同绿营兵丁与捻子军作战,破捻子军一股苗沛霖部,捻子军中多数民众见势,降于官军。同治四年,京师诸营官兵追捻子军至山东曹州。同年,提督刘铭传在京师诸营协同作战下,大胜捻子军。同治六年,都督鲍超大破湖北安陆的捻子军。同治七年,捻子军内部分裂,潘贵升杀死任柱后降清军,张总愚投水死。

捻子军起义历时十多年,健锐营四次添派人马讨伐征战,死伤133人。

12.血战八里桥

咸丰八年,英、法同盟军进据天津,咸丰帝派大学士再统京旗诸营官兵扼守东大门通州。又令侍郎文俊、粤关监督恒祺赴天津议和,为英、法所拒。

通州为京师东大门,副都统胜保在平定河南捻子军余部后返京,饬带健锐、火器、京旅八旗万人赴通州助战,瑞麟在

八里桥之战(版画)

通州城外分扎数营。在血战张家湾,胜保红顶黄袍,骋而督战。英法同盟军丛枪注击,胜保伤颊坠马。清兵大溃。僧格林沁及瑞麟赶至通州八里桥处,再与英法同盟军血战,虽然清兵武器极劣,血战两天,英法联军无法前进。此时英法联军收买了一名奸细做向导,从小径暗行,包抄了清军的后路,清兵再败。部分健锐营官兵退至京师安定门外。此役史称"八里桥大战",在这场御外入侵的战役中,数千名清兵捐躯在京东八里桥。

英法同盟军遂攻入北京,纵火圆明园,火烧三日夜不绝,圆明园大臣都统文丰、主事惠丰死于园内。

13.水师赴海战

光绪十九年(1893),以健锐营中的满洲子弟为主的昆明湖水操内外学堂第一

期毕业生毕业,这期毕业生计35名,主要是水上驾驶。他们在第二年的甲午中日战争中参加了海战。

光绪二十年(1894)这些从没见过大海的孩子,均以见习管带的职务奉命参战。同年十一月二十三日,日军第二师团、第六师团在兵轮的护卫下,渡上山东半岛战略要地成

宣统三年校阅新军大臣载洵等合影

山头,日舰三艘攻登州。二十五日,日军北陆大队至,由龙须岛用小火轮带舢板渡兵,我驻岛之绥巩军以炮击之,沉其舢板二。其余小火轮折回,而兵舰发大炮向我方轰击,我军不支,奔荣城,日兵登岸至,荣城陷,直逼威海卫。丁汝昌遂毁北邦各炮台,舍威海卫至刘公岛,倚各炮台而自卫。日将伊东佑亨以南邦炮台攻我澳内诸舰,并以鱼艇入口狙击。定远舰中雷凿沉,来远、威远、靖远等相继沉没,鱼雷艇十二艘出口时被掳。总兵刘步蟾自杀,丁汝昌与刘公岛守将总兵张文宣服毒自尽。

鉴于甲午海战北洋海师全军复没,1895年,清政府裁撤了海军衙门,于宣统元年改设了以载洵为海军事务大臣的海军部。海军衙门裁撤时,昆明湖水操学堂一并裁撤。

健锐营八旗演练水操是从乾隆十六年(1751)开始成立的。到了光绪十二年(1886),在道光年裁撤的水师营又恢复了,奕譞为第一任海军衙门管理大臣,准海军衙口奏请规复水师旧制。水师营学生来自健锐营和外火器营官兵之子,但管理机构发生变化,隶属于军机处。毕业后即为炮舰官带衔。

北洋海军提督衙门

昆明湖西堤外还有两湖，北为西湖，南为西南湖。水操内学堂在颐和园玉带桥北，有教室103间，水操外学堂在颐和园与玉泉山之间的高位水湖东侧三孔桥处，有教室119间。

1889年3月，慈禧太后率德宗载湉、荣寿公主、载湉后妃们在昆明湖南端龙王庙将台上阅看了北洋水师学堂学生们演习水操。水操的督军为直隶总督、北洋通商事务大臣李鸿章。

14.八旗卫京师

光绪二十六年（1900）三月，义和团从山东传至直隶，因义和团提出"扶清灭洋"的口号，所以清政府官员多赞助义和团。随后甘军统领杀日本使馆书记生杉山彬，武卫军杀德公使克林德。

五月二十日晚，英、俄、日、法、德、美、奥、意八国军队联合入寇，陷大沽口、杨村、天津、北仓、通州，随后直犯京师。八月十四，八国联军从东便门、朝阳门向北京城内发动猛攻，驻香山的健锐营官兵地清晨赶赴城内增援。由德胜门入城后，即列阵于地安门前。

京城首破者为广渠门、东便门，联军用大炮轰皇城，宫中人纷纷出走，太后率帝仓促西进，而此时健锐营官兵已与由朝阳门进入向北推进的日军展开激战。在中国第一历史档案馆所存资料中，有健锐营八旗阵亡兵丁花名册，册中记述了健锐营兵丁在地安门与日军血战战亡将士名单。由于花名册是光绪二十七年所造，所以，此次阵亡者均列入护军以上军职，以示给予较高一级抚恤。

被英军摧毁的北京外城

朝阳门及其箭楼

八国联军在天安门城楼、大清门、前门集合检阅

健锐营前锋出身的汉军副都统、神机营专操大臣、宁夏将军普征额在镇守京师正阳门时被八国联军的炮火击中,死后赠太子太保,谥壮恪。

除健锐营官兵外,外火器营官兵在翼长额勒赫指挥下同健锐营官兵一起扼守地安门。《正红旗满洲阵亡之兵丁等花名册》中记:"常生佐领下,闲散庆瑞呈称,窃身之父护军枪兵永寿年三十八岁,于上年七月二十一日在天安门与洋兵对敌,当时阵亡。"

15. 卫国御多伦

宣统三年八月十九日晚九时,驻武昌新军工程第八营左队营中忽闻炸弹声,喧噪声同时猝起,新军官兵从"同心协力"为暗号,扯下肩章,左右各系白布,举行起义,改称"二十二日,武汉三镇被民军所占,因起义在农历辛亥年,史称"辛亥革命"。

九月初一,湖南民军起义。九月初二,江西民军起义。九月十八,安徽民军起义,宣布独立。九月初四,陕西民军起义,杀驻防旗兵近3000人。九月初七,山西民军起义,阎锡山为都督。九月二十一,山东民军起义,宣布独立。九月十三,浙江民军起义,宣告独立。九月初十,云南民军起义,宣布独立,蔡锷为都督。九月十九,福建民军起义,宣布独立。

九月初十至十月,广西、广东、贵州、甘肃、新疆、东三省、直隶、河南、海军、民军均起义。

可怕的是,在这史称"辛亥革命"中,外蒙古库伦(今乌兰巴托)也因武昌起义而受到影响,乘机宣布独立。这是外蒙古由我国版图分划出的起点。

1911年11月31日,外蒙古库达多尔基等人以库伦活佛哲布尊丹巴的名义向清政府驻库伦大臣三多递交了最后通谍,称外蒙古"宣布独立"、"库伦地方无须由中国官员之处,自应即时全体驱逐。"限三多等官员三日内带文武官兵及马步队等赶速出境,不准逗留。

1912年,中华民国成立,社会上排满情绪十分严重,民族称谓的改变,八旗军队的解散,俸禄的停发,使健锐营官兵失去生活来源。一些既无改行从业的手艺,又不肯在别人房檐下的八旗官兵便编入了新军,成了民国军阀队伍中的炮灰,多数客死他乡。

袁世凯称帝后,在全国舆论的压力下,民国政府决定派出军队,用以震摄内蒙古响应外蒙古库伦"独立"而产生的连带影响,同时也派出一部新军武装驻扎在内外蒙古联结处,反击在沙俄支持下的外蒙古叛军对内蒙下的进犯。

这些远离家乡的健锐营旗丁在气候恶劣,供给缺乏的漠北地区生活,苦不堪言。惟一欣慰的是,这段由满蒙八旗组建的新军只驻不战,主要是防止1911年8月25日,沙俄所派的骑兵800余名伺机南下的这股部队,这股沙俄部队由恰尔图亲自指挥,行动无常,是对内蒙古地区潜在的危急。

1917年,俄国十月革命推翻了沙皇统治。1919年,以布尊丹巴为首的封建上层和中国北洋政府开始关于取消"自治"的谈判。同年11月22日,外蒙古自治政府正式取消,呈请恢复旧制。到1920年,奉军张作霖当上了蒙疆经略史。自此,这些远赴漠北地区的由健锐营满蒙八旗编制的新军,才得以断续撤离。

身着新式军装的清军军官

北洋新军第六镇统制合影

(八)军事将领

健锐营从乾隆十四年(1749)组建,到宣统三年(1911)解体,历时160多年。此间,该营出了一批能征善战的清军将领。他们分布在驻京八旗、驻防八旗和各地绿营之中。据不完全统计,从健锐营士兵和基层官员中提拔或在该营任过职的清军将领就有66人。

其中担任过领侍卫内大臣、掌銮仪卫事大臣等职务的9人,占13.7%。他们同为武职正一品官。前者是随侍警卫皇帝的最高长官，统领侍卫处的一切政令，掌管侍卫亲军；后者是銮仪卫的最高长官，掌舆卫之政令，管理皇帝和后妃的车驾、仪仗等事宜。

担任过都统、将军、提督等职务的33人，占50%。他们同为武职从一品官都统是清代八旗组织的最高长官，满、蒙、汉八旗各设都统一名，掌各旗之政令。驻防都统与八旗都统品级相同，但职任各异。驻防都统为镇守地方之统领官，掌所守地方旗兵之军政，与驻防将军品级同，置将军者不设都统。将军因其驻守地方，是驻防旗兵的最高统领。驻内地的将军，管驻防军事和旗籍民事；驻边疆的将军。即为所在地区的军事和行政长官。提督是一省的最高军事长官，职掌本省军务，统辖绿营诸镇。

担任过统领、副都统、总兵等职务的23人，占34.8%。他们同为武职正二品官。统领系京营八旗统领，是负责拱卫京师的前锋营、护军营和步军营的长官。副都统是清代八旗统兵官，满、蒙、汉八旗各分左右两翼，每翼设副都统一人统之。驻防副都统与各旗副都统品级相同，而职任各异。置驻防将军的地方设副都统，隶属于将军。总兵是绿营兵的重要长官，受各省提督节制，为镇之主将，掌管本镇军务，故又称总镇。

担任布政使的一人，占1.5%。布政使为从二品官，品级仅次于巡抚，是一省的首领官，掌一省之行政，宣布国家政令于各府、州、县。

一个只有3000多户人家和4000余名官兵的健锐营，为什么会有这么多将军呢？经史料分析可以认为应有以下几个原因：

1.特种的部队，朝廷委以得力将领兼职

清王朝进入中叶以后，为适应政治军事斗争的特殊需要，在北京西郊香山脚下建立了一支集云梯兵、鸟枪兵、骑兵、水兵的部队，叫健锐云梯营，又称健锐营。采取封闭式教育，封闭式训练，封闭式管理，实际是八旗中的特种应急部队。哪里有战事，就驰援哪里；哪里久攻不下，就派到哪里。清代一切军国大计，由朝廷总揽，健锐营的进止，直接受枢廷辖制，健锐营的最高长官由特简王公大臣兼任，有益于健锐营的将领不用多层请示，即可调动、布防部队，随时报告战况；有益于发挥亲臣重将指挥作战、操练部队的作用。他们经验丰富，身份上将相合一，赞理军务，手眼通天，不致贻误军国重务，适应部队快速反应。还有益于体现皇上洪恩，

朝廷器重，被简授要职的将领，虽无戎马之勋，但有佐命之功，故皆能尽心匡弼。

2.皇帝的青睐，为健锐营官兵升迁提供了特殊条件

健锐营是清乾隆帝亲手创建的。当时，为平定四川大金川土司叛乱，下令在香山脚下训练云梯兵2000人随大学士傅恒出征金川。事平后，"简凯旋之旅专设一营"，并且规定该营的任务是：平时演习技艺、扈从皇帝，有事时作为精兵"于缓急之用"。健锐营成立后，历代皇帝都很重视。据史书记载，仅从乾隆十三年（1748）到道光二十八年（1848）一百年间，三代皇帝到香山阅武楼检阅健锐营官兵达22次，平均4.5年一次。尤其是乾隆帝作为该营的创立者更是关怀备至。每次阅兵之后，还要即兴赋诗，鼓励官兵。该营出征归来，总要对有功者晋官封爵，并几次御制实胜寺碑记，以炫耀武功，有时还宴请凯旋的官兵。这就为健锐营官兵升迁提供了得天独厚的条件。在查到的健锐营66名将领中，生活在乾隆、嘉庆和道光年间的就有58人，占87.8%；咸丰、同治、光绪年间仅8人，占12.2%。从这些将领提拔为官员的起点看，属乾隆年间的49人，占74.2%。

3.严格的操练，给健锐营官兵升迁创造了必要的物质前提

健锐营修建了当时堪称一流的练武场地、设备和设施，如大小教场、箭亭、梯子楼、马城、阅武楼等。根据全营的性质任务，规定了较完备的操练内容和制度。以操演云梯为主，同时练步射、骑射、鸟枪、水操各艺。演练时间，每月逢四、九日，习云梯大队三枪；逢三、七日，演相扑、过马、骗马、三枪、舞鞭、舞刀、射箭；逢一、六日，校马步射、放枪；逢三、五、八、十日，在昆明湖习水战。会操时间，各旗每半月一次，全营每季一次，总统大臣每年检阅一次。全营会操在大教场举行，包括集体与个人两大项。集体项目最精彩的是云梯爬楼，个人最精彩的要数一马三箭和一马三枪。此外，还有各种技艺表演。大阅三年一次，在南苑举行。健锐营选350名官兵与外火器营举行对抗赛。通过严格的训练，使全营官兵掌握了超群的技艺，为东征西讨、勇猛善战，奠定了物质基础。

4.频繁的作战，为健锐营官兵升迁提供了机遇

健锐营成立后，恰逢边境多事时期，使该营官兵有了用武之地。从乾隆至光绪年间，该营参加过无数次战斗。其中比较大的有维护和巩固国家统一的两次平定四川大小金川之战和平定新疆大小和卓木之战；有反击外敌入侵的缅甸犯滇之战、廓尔喀（今尼泊尔）侵藏之战和八国联军入侵北京之战。还有镇压国内各地的人民起

义，如台湾林爽文起义、湘黔苗民起义、川楚陕白莲教起义、捻军起义和太平天国起义等。频繁的战争，一方面，给健锐营锻炼和造就了一批智勇双全，能征善战的战将。另一方面，也给清军带来巨大的牺牲，其中包括各级指挥官员的损失，仅镇压白莲教起义的战争中，就有400多名清军提督、总兵以下将领被击毙。这些缺额需要补充。从而为健锐营向其他部队输送官员提供了可能。据调查，在健锐营出身的66名将领中，被输送到各地绿营任总兵、提督职务的就有33人，占50%。

5. 清王朝的特殊政策，为健锐营官兵升迁打开了方便之门

清廷规定，在人事等各个方面，八旗优于绿营。八旗中，满洲八旗又优于蒙古、汉军八旗；上三旗（镶黄、正黄、正白旗）则优于下五旗（镶白、正红、镶红、正蓝、镶蓝旗）。据对66名健锐营出身的将领统计，满族49人，占74.2%，蒙族16人，占24.3%，汉族1人，占1.5%；上三旗出身的45人，占68.2%，下五旗出身的20人，占30.3%，其他1人，占1.5%。清廷规定，先辈因功获得的爵位和职位可以世袭，包括公、侯、伯、子、男及轻车都尉、骑都尉、云骑尉等。有的人因世袭起点高，一下子就可成为副都统、将军等。健锐营66名将领中，属于此种情况的有12人，占18.2%。

清廷有严格的奖惩制度。在奖的方面，因功大小，除给各种物质、荣誉奖外，就是升官提薪，加封各种爵位，战中、战后随时进行。在惩的方面，因罪过大小，或降职减封，或革职削封，或革职留任，或充当士卒，或判刑坐牢，或就地正法，这种赏罚制度，为健锐营一批优秀士兵迅速成长为将军有了可能。据调查分析，健锐营出身的66名将领中，有42人是由前锋（正兵）逐步提拔起来的，占总数的63.6%。如德楞泰就是从健锐营八旗前锋中逐步提拔起来的将军代表。其后，他的弟弟、儿子、孙子、曾孙四代，均为将军，成了将军世家。

（九）多民族的健锐营

我国是一个多民族的国家，一半以上的国土，特别是辽阔的边疆地区，大多数是少数民族居住的地方。对少数民族采取什么样的政策，这是历代统治者最为关注的问题。

清政府也不例外，她有着维护满洲上层贵族利益的一套安内攘外的民族政策。清政府本身就是满洲中的上层贵族和蒙古族中的上层结成了密切而持久的联盟，吸取了历朝民族的统治经验,制定了比较完整而行之有效的民族政策,如河北承德避暑山庄的修建,全国各地汉、满、蒙、回、藏的多体碑文及专为管理少数民族而设立的事务机关。清政府在少数民族地区还设有办事大臣、各地土官等。

从历史上看,清政府的民族统治政策在一定程序上增强了民族之间的团结,促进了边疆地区、少数民族地区的经济、文化的发展,维护了国家的统一,为今天中华人民共和国的辽阔版图奠定了基础。当然,由于清朝的统治是封建的,所以在长达268年的时间里,也有许多少数民族为了本民族的利益进行的反抗和起义。但总的来讲,清统治者曾一度使中国强盛和统一。周总理曾高度评价清朝在形成我国多民族统一过程中的重要作用。周总理说:"清代以前,不管是明、宋、唐、汉各朝代,都没有清朝那样统一。"(周恩来《人民日报》1979年12月31日)

同样在健锐营里,清政府的民族统治政策十分突出。健锐营里聚集着满、蒙、藏、索伦(今达斡尔、鄂温克、鄂伦春、锡伯等民族)、福建、浙江等江南的汉、畲等民族。而营外,众多的回族也成为了健锐营、圆明园护军营、外火器营的不可分割的一部分。总之,健锐营是在清政府统治下由多民族组成的一个军政单位。

清代的国家统一,社会较为安定,疆土得以确定,经济较有发展,这是各民族人们团结共同努力的结果,也是满洲人与其他少数民族和汉族的政治经济文化交流的结果。

1.探源溯史访金川

在多民族的健锐营中,最为讴歌的应是由生活在四川西部大小金川河流域的嘉绒人(解放后的藏族)"嘉绒"义称"甲绒",藏语为"靠近汉人的部落"。因为健锐营是清高宗乾隆打金川而建立的,所以,没有大小金川之役,就不可能有健锐营。那么昔日大小金川究竟是什么样子呢?生活在大小金川流域的人们是那一民族的同胞呢?为此,作为健锐营官兵的后裔,笔者于1990年7月、1995年7月、2000年4月三次赴蜀西金川访查,其中,第三次赴川,在那里住长达5个月,写下了85万字的金川战役之史料。

番子营是清政府军事力量的基本编制之一,由为数不多的少数民族组成。

"番",在清政府时,是对西南少数民族的统称,但有一点可以说明,"番"字不能简单地列入有歧视、侮辱名词的范围。京城最早出现番人的文字记载,在清乾隆十五年(1750)的《番筑碉》和《赐健锐云梯营军士食即席得句》的序文中。而后又在乾隆四十一年（1776），二征金川时出现，详细讲到阿桂在乾隆四十一年时所俘番童有习锅庄（藏族或西南少数民族中的一种歌舞形式）及所甲鲁者，即番中傩戏。可见，番子营的形成是由两次番人入京形成的。

第一次入京的金川番人为数不多，仅为筑石碉的工匠而已。其目的是通过这些金川人掌握石碉的长处及短处，达到以碉攻碉的目的。

第二次金川番人入京是二征金川将领阿桂带回来的。此次入京的多为乐工，其中包括妇女和儿童。这些人能歌善舞或有一技之长，不像有的文章所撰：对于俘虏中的大小金川上司莎罗奔、泽旺、索诺木等人，午门献俘后处死。其余的为了标榜皇恩浩荡被免死编入香山八旗，指今驻在实胜寺两边半山腰上。名义上是可以山居，免得不习惯，实际上是在八旗军的监辖下生活。他们住的地方被称为"番子营"、"苗子营"或"小营"，他们自称为"寨子"。

试想，如果这些金川番人不是能歌善舞，阿桂能千里迢迢地把他们带进京城吗？这些人应是阿桂有意从金川地域征来的金川艺人，以迎合清政府和乾隆皇帝的需要。

从康熙到雍正到乾隆三十六年（1771），全国多次爆发农民起义，在众多的俘虏中，为什么单单把金川番人带到京师？因为这些人对当地的乐律十分熟悉，十分精通，表演艺术相当娴熟，可以说，这些人是大小金川作为贡奉入京的。

乾隆年间，刑部侍郎张照等重新考订旧乐章，填写乐谱，编纂成书，名《律吕正义后编》。书中记载：外朝大宴会中还有表演性的筵宴乐，筵宴乐中又包括满洲的庆隆舞乐，蒙古的笳吹，番部合奏，以及瓦尔喀部乐、回部乐、番子乐、廓尔喀乐、朝鲜乐、安南乐、缅甸乐等。这些乐队均用本民族或本地方乐器。

这些金川番人初到京城，仍然保留着金川时嘉绒人的风俗习惯。如赤脚、披发、穿和尚圆领上衣、过番节。妇女则在耳、项、双腕佩有直径大小不一的铜环或铜圈。鉴于这些金川人在川西山区的特点和习惯，朝廷把他们安置在大昭、二昭、方昭、圆昭等建筑物附近。正因为把这些金川人的居住地安置在山坡上，所以，有的文章又提出是皇上怕这些"番子"逃跑，让山下正黄旗人监辖他们。试分所，这些人要想跑回四川西部山区，有这种可能吗？金川番人之所以被安置在西山山麓，一来符合他们的生活和习惯，出门见高山沟壑，俯视皆似家乡山寨碉楼；二是这些乐工到圆明园或后来到颐和园表演途中便利。从香山健锐营到圆明园一路仅十余华里，要

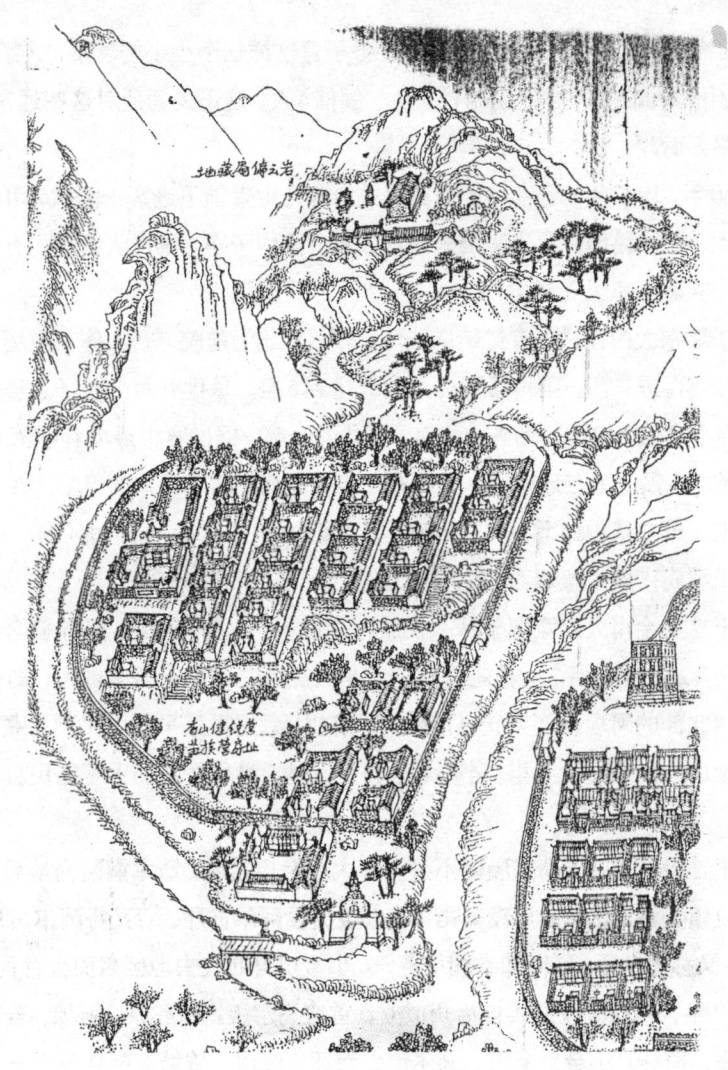

香山番子营图（胡玉远提供）

途经本营的正黄、镶黄、正白、镶白、正蓝等旗营，经过圆明园护军营的镶红、正红、哨子等营，可谓安全，不会出现旗营中因攻打金川的过多死伤，给其他旗营亲属而产生的余恨。

有的文章讲，别处营房的佐领都是四品官，唯独番子营的佐领是七品官，这是因为番子营的首领不懂顶珠品级而造成的。这种说法是不对的。参领在健锐营中每旗中仅一名，下辖副前锋参领、署前锋参领、前锋校、副前锋校、蓝翎长、前锋正兵、委前锋、养育兵达300多人，而对于番子营这样一个小小的营寨，兵额仅54人，便设佐领一人、防御一人、骁骑校一人、领催4人，这正是朝廷对这些远来的乐工、工匠的最好管理。

1960年、1962年，笔者曾在正黄旗关宝善先生带领下进寨子两次，印象是整个营区不大，状如鹅卵，北边寨墙东西面较直。寨内干净，寨内人好客，有礼貌。寨人习惯、衣着与京人无异。

从寨墙东大门而进，有过街塔一座，藏式，此为前院，寨人称东空场，南北向长条形状。再进二门，则可看到房屋南北排到5层，每排五六个院子。寨子有碉楼两座，均不高大，建在寨墙外，西南、西北各一座。据说寨中最早有院落19座，每院均3间，佐领房屋在最南边，左右有公用档子房。随着人口的增加，在山坡较为平整的地方即在寨内西北角、东北角处又增建近20间房屋。寨内北侧有一小门，通健锐营正黄旗南营，寨墙西北角开有角门。

对于这些金川人究竟属于什么民族，众说不一，自1962年便有争论，苗族有之，藏族有之，壮族有之，而笔者认为应是古羌人之一的土著嘉绒人，即今日生活在四川西北部的阿坝藏族羌族自治州人。解放后，这里最早的山民列为藏族。笔者三次赴金川地区采访大金川、小金川、丹巴等地，世代居住的土著居民自称为"嘉绒藏族"。

为了杜绝后患，清高宗屡谕不必复存大小金川之名。清军撤回内地后，便在大小金川设镇安营，在小金川设美诺厅，大金川设阿尔古厅，后又将阿尔古厅并入美诺厅，后又称懋功厅，驻同知掌理屯务。大小金川自此失去地区名而仅存河流之名。

1987年，阿坝藏族羌族自治州成立，首府马尔康，辖红原、阿坝、若尔盖、黑水、松潘、理县、小金、金川、马尔康、南坪、汶川、壤塘、茂县等十三个县，居民有藏、汉、羌、回等族。我国著名的旅游景点九寨沟、四姑娘山、卓克基官寨、丹巴碉群都属于金川地区。

（1）蜀西大小金川的由来

四川西部的大小金川两河都是因山川、沟壑中的溪水汇集而成。

小金川河源有二。东面一支为沃日河，其源头在小金县与汶川县界山处，此界山即为著名的四姑娘山。四姑娘山终年积雪，山峰两侧有两条长沟、名为长坪沟、海子沟。山上之水顺着山势，自东向西流去，途中汇集双桥、正沟、木尔寨、日尔

大金川的山水与建筑

寨、木城、木栏坝、龙灯碉、结斯等沟之水，流经日隆、达维、日尔、沃日等乡镇，形成沃日河。沃日河在老营乡猛因桥处与小金川上游的另一源抚边河相汇，形成小金川。

小金川另一源头在县境北端的沙木角拉与孟拜拉两山的巴克达木错，这是一座典型的高原湖泊，水流直下，形成色不池沟。其后，这条溪水途中汇集虹桥、梁子沟、墨龙、美卧、登春诸沟之水，流经两河、抚边、木坡、八角南流形成抚边河，抚边河河水流至老营乡与东来的沃日河相汇，自此以下称之为小金川。

小金川西流，汇集新桥、美沃、沙龙、日落、马尔铃诸沟之水，进入丹巴县境界。在丹巴县首府章谷镇与北来的大金川水汇合，自此产生了大渡河（昔日打箭炉河）这一华人皆之的河流。

小金川流域，地域广泛，其中，抚边河全长83.5公里，沃日河70.5公里，小金川自老营乡猛固桥起至丹巴县章谷镇与大金川汇合止，全长55.5公里。

大金川河源也有二。北面一支发源于青海省班玛县麻尔柯河，麻尔柯河在阿坝藏族羌族自治州内汇同马尔康的梭磨河后，在金川县北的可尔国与西来的杜柯河相汇，形成大金川。此后大多川贯穿金川全境，途中汇集卡拉脚、撒瓦脚、勒乌、独松、卡撒、曾达等沟溪水，进入丹巴具在首府章谷镇与东来的小金川汇合，成为大渡河。

大金川水流湍急，流量浩大，河道宽阔，岩石险滩水中出现，大金川在金川境内为120公里。两岸交通由于山岩所阻，十分困难。解放后方修有北通马尔康，南通丹巴县的公路。

看完上述文字，我们可以得知，大小金川就是打箭炉河（大渡河）上游的两条源流，在大渡河的咆哮下，大小金川之水经泸定、石棉在乐山县与岷江汇合，再南下宜宾处注入长江。

小金川地理位置极为重要：川省各土司皆在省之西境，而瓦寺、沃日、三杂谷稍迤而北。木坪、明正、革什咱稍迤而南。惟小金川横亘其中。大金川又在小金川之西。即如维关南抵打箭炉，其迳道计程不过数千米。因有小金川地方为之阻隔，必由成都绕道而行，几至二千数百里，一切难于呼应。

大小金川地域为众山所阻，而两金川之间又为牧马山（万里城、空卡、刀片等山梁）所隔，交通甚是不便。其南部为夹金山，传说山中储有金矿，当地人们开矿采金。

总的来说，金川地区西连康藏，南接云贵，北界青海，东近省会成都。由于当地的金川人为夹河岸两侧而居，所以金川人数以百计的居住地及其碉房、碉楼、战碉、寺庙犹如晶莹的颗颗珍珠，被大小金川水系紧紧的联在一起，诸山寨将大小金川拱卫成两条银色的项链。

大小金川因地势较高，气候寒多暖少，甚至一日之间雷电交作，咫尺之地阴晴各异，犹如内地"东边日出西边雨"。春初以后，每至中午，多疾风暴雨，倏来倏止。虽交盛夏，亦常连日雷电交加，继以大雪。其地类皆荒僻，层峦复岭，农作物中不产大米，当地金川人只是在山头、山脚、沟壑边上栽种青稞、荞麦、黑豆、豌头、天星米、梨、枣、柑、栗、核桃等植物，以为生计。每年当麦类等农作物成熟时，鹦鹉千百群飞，蔽空而入，缘羽璀璨，其声伊哑宜人。五六月间，山崖牡丹盛开，红白相间，下临碧水，掩映形妍，山村中有一种萨波芬木、可用来当茶熬着喝。

大小金川以金山（今为牧马山）为界，小金川地域有美诺官寨，底木达官寨，

大金川的雪山

四姑娘山

山神沟，邓仍，毕旺拉得尔密，巴底，巴旺，色木则，边谷，仲农，斯达在拉、阿苏尔布里，甲楚河，噶中噶固侗卡，木坪，尧碛，达维，沙咱，甲金达，牛厂，卡垭，河南得布果，河北，策尔丹色木，别斯满，喇嘛寺，墨龙山，登达，沃日，甲木，噶尔金，日耳寨，特两尔山，阿喀木亚，资里，木巴拉搏租寨，阿仰，达乌，丹东，角洛喇嘛寺，僧格宗，木成，玛尔底，美美卡，木兰坝，龙登，兜乌，木坡，路顶宗，龙登尔，哈木色尔，猛古寨，咱玛山，本阳岗，木垭，甲尔木，翁古尔陇，得里，扎角，邦甲，拉宗，赤耳丹思喇嘛寺，那围，纳扎木，尺木，美独喇嘛寺，峰鲁耳巴，明郭宗，八角碉，布郎郭宗，达岱多喇嘛寺，木布多，达克罗，美卧沟，美都喇嘛寺，党里山热水塘等地。

　　大金川有勒乌围官寨，曾头沟，噶拉依，河西，昔岭，马邦，马奈，巴底，巴旺，扎果山，塔河，噶固，丹噶，康八达，拉底，噶尔拉垭口，固木普尔山，木果木，簇拉角克，纳围邓扎木，达尔图，大板昭，底木达，色木则，俄坡，格拉古，木克什，该布达什诺，甲得古，色朋普，格鲁瓦角，克尔宗，日尔底，宜喜，逊克尔宗官寨，墨格尔山日旁，空萨尔山，堪布卓甲尔纳碉寨，转经楼，科布曲山，托古鲁山，勒马沟，碾占，达尔木，扎乌古，日斯满，纳木迪，斯底叶安，耳得谷，乃当，雅玛明，阿尔下，科恩果木，格隆古，独古木，甲朵，玛尔古当噶，得尔垅，全齐喇嘛寺，雍中喇嘛寺，达木达围，绒布，噶咱普，冷角喇嘛寺等地。

　　四川通志上记："金川寺演化禅师汤鹏，其先于前明世袭土职，鹏父吉尔卜细于顺治九年归诚，仍授原职，请颁演化禅师印信一颗，并无认纳税银粮马。"乾隆三十六年（1771）十二月，副将军温福从四川地方挡册中查到：小金川现在土司泽旺之始祖多尔济嘉尔生子拉木布。拉木布生子三人，长子嘉尔泰利波，次子嘉尔布思来，其庶子拉旺巴察，即系金川莎罗奔之父。嘉尔泰利波于康熙五年投诚，颁给康字四十七号金川寺演化禅师印信一颗，传至乾隆八年泽旺承袭其职。清廷颁发给小金川印信仍系沿明旧制，其土司呈递地方文武禀词俱署明"四川直隶杂谷理番府金川演化土司"字样。

　　小金川的存在是隋、唐时即有，并得到明清两朝数百年的承认。那么，大金川又是怎么产生的呢？康熙六十年，小金川土司拉木布之庶子拉旺巴察已在部落中享有一定的地位，其子土舍（意为继承人）莎罗奔命其下属头目赴四川省城投诚，并拨土兵500名随官兵征剿西藏羊峒。得胜后，四川巡抚色尔图，提督岳钟琪委以副长官司职衔。令其管理大金川驻牧事务。《啸亭杂录》一书中记:"雍正元年,授为安抚司,莎罗奔自此有了官封印信,自号大金川,于是人们称原来的金川为小金川土司为泽照。"这便是大小金川的由来。

巡抚色尔图、提督岳钟琪为什么要设立大金川呢?原来早在雍正元年,川陕总督年羹尧奏折上便写道:"川省土司多有人众地广之处,理宜分立支派,互相钤束,如大金川土司之士舍色勒奔者,曾因出兵羊峒,著有勤劳,应请给以安抚司职衔,以分小金川土司之势,小金川实为强横故也。"同年三月初五日,经兵部议复,从其所请,奉旨允准,其印信字样作:"大金川安抚司印"。

古碉楼群

于是,我们知道,大金川的实际存在应是康熙六十年前的事,而真正得到朝廷的承认及得到朝廷颁发的印信是雍正元年三月。因此,当两个金川同时出现时,大小金川便有其特定的意义。清代乾隆年间所见到的金川字样应指大金川,而世代沿袭下的旧制金川,在清初以前文书上所记的"金川"二字及金川土司应为小金川。通过两个金川的称呼,我们可以看到,大金川的势力与日俱增,实有取代历朝旧制的小金川。而小金川经历代积蓄,势力也十分强大,为此,我们看到两个金川的分设实际上是清廷对川西边陲地区少数民族统治的一种以番治番的产物,其结果是削弱小金川多年的传统势力,使新设置的大金川借以朝廷的正式承认和封号与小金川抗衡,互相牵制,以便朝廷的统治。

值得注意的,由于大小金川所在历史上的时间不同,所以二者所由朝廷颁发的印信也不同。小金川因为是沿袭明代旧制,所铸铜印为"四川直隶杂谷理番府金川演化土司"。这方印中无大小金川之分,因为此时尚未有大金川。后来大金川日益强大,自成部落后进兵西藏剿匪有功,被朝廷册封后,所铸官印为清篆铜印,上书"大金川安抚司印"。对于小金川使用旧印而不使用清廷颁发的官印,清高宗乾隆也曾有过疑虑,于乾隆三十六年十一月二十五日问道:"小金川系给印土司,何以僧格桑文禀用演化禅师印?岂土司印信尚在泽旺处,僧格桑不能取用,故借喇嘛印用耶?但此印信并非新定清篆,何以存留未换?而封禅师之喇嘛义在何处?"清高宗对印信的疑虑原于小金川固有的特色,后经川陕总督桂林和四川布政使李本的复奏,清高宗才得以解开谜团,但从这点小事,也可看出清高宗在日常办理事务时,严谨、细致,就连小州、小县、小土司都详查钜细,使手下人望而生畏。

对于小金川的印信是演化禅师而非新铸清篆,川陕总督桂林复奏如下:"查小金川系给印土司,何以用喇嘛印信之处?适宁远府知府盛英调委随营办理事务。伊在川年久,即向伊询问,据称:小金川土司祖辈原系喇嘛,是以印信用演化禅师字样。从前改换清篆,前督臣开泰因各土司不识内地成例,若一时换取印信,恐致生疑,应俟各土司承袭之时再请换给。"四川布政使李本是这样解释的:乾隆八年小金川土司泽旺承袭土司职方,乾隆九年曾饬令改换渲化禅师印信,权茂道议以金川演化禅师之衔,相传已久,本因类番教信喇嘛,假此名号以示摄政,未便更张。乾隆十四年,奉文改铸清篆。经前任总督策楞奏明,各土司距省远近不一,通行场换,恐愚番无知而生疑怯。且泽旺承袭土司在乾隆八年,未经奉文换印之先,是以未及改用清篆。

故此大小金川两土司虽用印不同,但均朝廷所颁发,效用等同。

(2) 大小金川之间的关系

乾隆三十六年(1771)十二月,副将军温福饬令四川布政使李本详查四川地方档册后指出:"小金川现在土司泽旺之始祖多尔济嘉尔,生子拉木布,拉木布生子三人。长子嘉尔泰利波,次子嘉尔布思来,其庶子拉旺巴察,即系金川莎罗奔之父,嘉尔泰利波于康熙五年投诚,颁给康字四十七年金川寺演化禅师印信一颗,传至乾隆八午泽旺永袭其职。"

为什么小金川的首领称为演化禅师呢?皆因为金川人均教仰喇嘛,所以在清乾隆八年以前,金川的土司一职印信为演化禅师字样,而不是像内地官印中所使用的清篆。值得一题的是,"色勒奔"、"色勒奔细"、"莎罗奔"等名称都是同一个意思,只是翻译成汉文有所不同。其原意均为土司之子出家人之通称,也就是我们今天常说的喇嘛。据瓦寺土弁格登布说:"莎罗奔并非人名,番人旧规,生有数子者,一子出家为喇嘛,管理僧众。此莎罗奔乃番人出家之称,如内地之称僧人为当家的。"金川土司常有数子同时出家者,故金川莎罗奔不限于一人,不限于一辈。因此,大小金川数辈都有莎罗奔、色勒奔之称呼。

既然大小金川的土司都始于一个曾祖——多尔济嘉尔,那么过了三代以后又是什么样子呢?小金川土司泽旺是金川正统沿袭下来的后代,泽旺兄弟四人,其中朗

金川土司 大小金川家世系一览

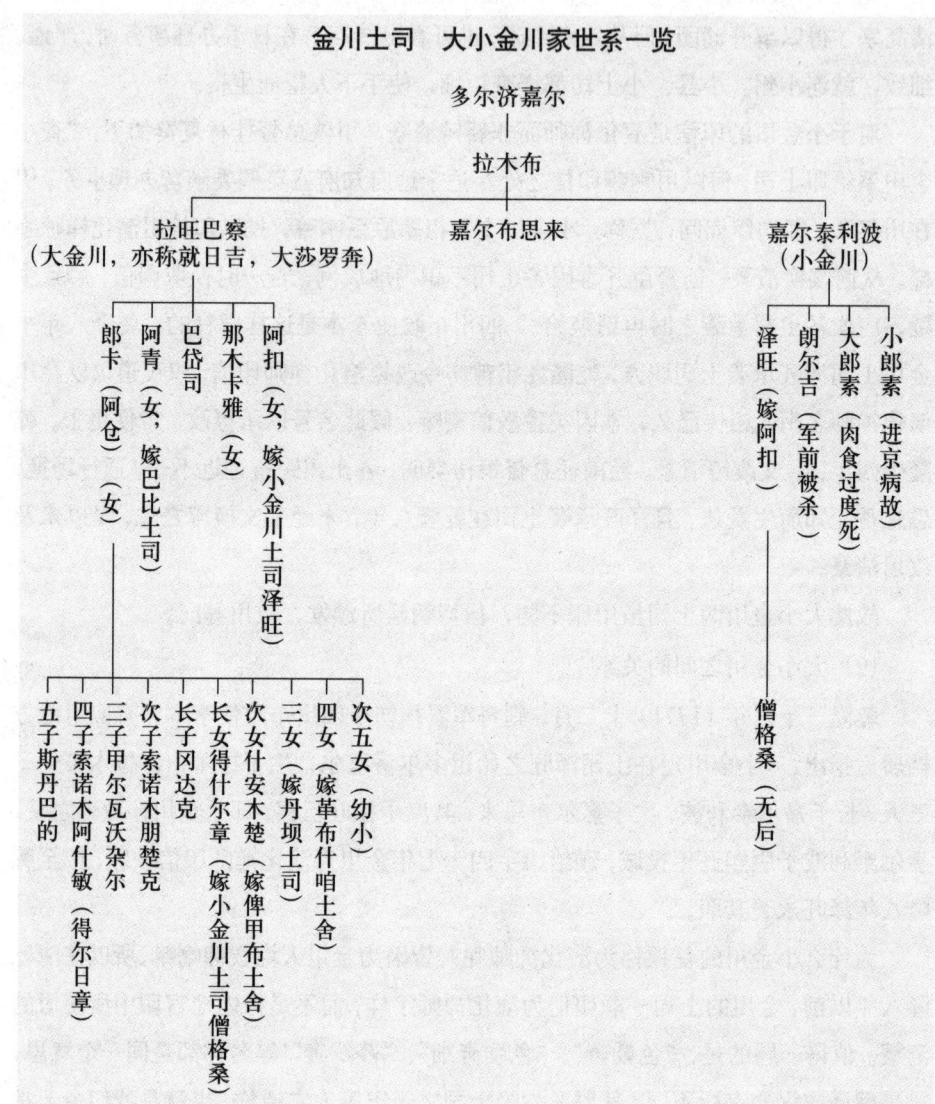

尔吉于乾隆十三年因追随大金川欺兄霸嫂，为经略大学士傅恒所杀。大郎素与小郎素助虐为纣，官兵进驻金川后，在美诺官寨内，小郎素悔罪投诚，乾隆十三年在进京途中病故。大郎素原患疯疾，安插在四川省城喇嘛寺内，后因食肉过度，患痢而亡。兄弟四人仅存泽旺一人。泽旺虽为土司，但年老懦弱，不会理政务，由其子土舍僧格桑掌管印信，居住在美诺官寨，泽旺则退居底木达官寨。虽然小金川的百姓皆称僧格桑为新土司，但其承袭土司一职并未得到清廷的封印，故官方文书中仍称僧格桑为土舍，汉文的意思为土司继承人。

大金川土司郎卡生有五男五女，可谓家丁兴旺，前四女分别嫁给了小金川僧格桑、俾斯甲布、丹坝、革布什咱等处。郎卡有五子，长子莎罗奔冈达克，次子索诺木朋楚克，三子莎罗奔甲尔瓦沃杂尔，四子索诺木阿什敏，五子斯丹巴的。除四子索诺木阿什敏住刮耳崖官寨外，其余兄弟四人都在勒歪官寨内出家。当地人称为"裹素"。勒歪一带共有五六十个寨子，每寨人户多少不一，多则一二百户，少则三四十户。老四索诺木阿什敏身为土司每年只到勒歪走一两趟，所有事务都由裹素管理，包括收粮米，但是派兵等军务，裹素不管，由索诺木土司专项指派。索诺木兄弟五人，但不是同母所生，长子、三子、五子均为正妻所生。次子及四子索诺木为次妻阿仓所生。郎卡又名"那木卡雅"，番语为"纳木喀济雅勒布"。郎卡死后，由四子索诺木承袭土司职方，索诺木年仅19岁，却有两个妻子，一是卓克基司土司的女儿，一是布拉克底可土司的女儿。索诺木承袭土司一职后，寨中事务多由其母阿仓及其姑姑（郎卡的妹妹）阿青管理。笔者认为，在边陲远地的少数民族部落中，母系社会仍然存在。阿青之所以掌握大金川实权除上述原因外，阿青还是出家的女喇嘛，此前曾嫁给巴底土司，夫死后，返旧大金川。

大金川土司莎罗奔是小金川土司泽旺的叔叔。莎罗奔为了控制小金川而以自己的侄女（就日吉的女儿）阿扣嫁与泽旺为妻。而泽旺虽为小金川土司，但怯懦成性，为妻阿扣所制约，小金川掌印管地之权均在阿扣手中。此时，泽旺之同父异母之弟朗尔吉与其嫂阿扣长期通奸，日日想夺得其兄泽旺的小金川土司之权。乾隆十年（1745），朗尔吉勾结大金川莎罗奔袭取小金川。而莎罗奔借口小金川土司，其侄女婿泽旺目中无莎罗奔这位叔叔，欲加教训而诱执泽旺，诳泽旺至大金川夺其印信，使泽旺与朗尔吉兄弟相仇。同时又将自己的侄女阿扣改嫁给朗尔吉，并将小金川印信交由朗尔吉掌管。于是小金川在大金川莎罗奔的导演下演出了朗尔吉欺兄霸嫂，抢班夺权的丑剧。

小金川泽旺土司一职被夺之后，消息传到了朝廷，川陕总督庆复与巡抚纪山前去查办，为泽旺恢复土司职权。大金川莎罗奔口中虽答应，但一俟总督、巡抚离去，仍我行我素。乾隆十一年，官兵镇压了瞻对之乱后，大金川莎罗奔感到大势不妙，便向成都递禀，表示愿将泽旺放回，归还印信，仍为小金川土司。泽旺虽为怯懦，

大金川嘉绒居民石建筑群

但受此大辱,不能不有男人之阳刚之气。泽旺返回小金川后,阿扣仍在官寨之中,然泽旺记着朗尔吉夺妻之仇,更恨己妻阿扣私通朗尔吉,故誓不与阿扣相见。

对于大金川莎罗奔夺小金川泽旺之权及霸嫂一事,巡抚纪山如实禀奏了清高宗。清高宗对川北这番蛮杂居之弹丸地域较为放松,认为是各土司之间的彼此仇杀,这种蛮番之间相斗应当任其自行消释,不必兴兵问罪,应当修善守御,注意变化,用朝廷的皇上恩泽感化他们,使这些边远的金川人息愤宁人,自身悔过,各安居乐业。

针对镇压瞻对一事,清高宗说:"即如瞻对一事,初亦非最有侵犯,而一经办理,不复命将出师,并由京城派员前进,直至大学士庆复视往经略,始得安辑。皆由事前不能先有成算,以至于此,足见抚驭远意,全在机宜合要。边吏喜于生事,营弁不知远谨,往往过为张皇,因小酿大,不知千钧之弩,不为鼠鼷发机,惟当修善守御,厚蓄声威,令其畏惮奉法恩抚威怀,各得其道,先事豫筹,无致轻有举动。"可见清高宗一直认为大小金川之事为番蛮内斗不必杀鸡用牛刀,主张皇恩浩荡,矛盾令其自行消除。

随着张广泗征讨的失败,清高宗于乾隆十三年命大学士傅恒为经略将军率三万兵马入川,时因大金川率兵迫协邻封,各土司见朝廷都拿大金川没办法,便陆续归附大金川。于是清高宗放弃以番治番的打算,决定派兵平息大金川气焰。傅恒入川后，先将朗尔吉调出守之官寨，而数其罪，霸嫂欺兄，卖主谋逆，泄露军机。这些劣行使得自己枭首军门，而朗尔吉之弟小郎素统领其军。侍卫伊德，驻小金川侍卫富德带兵至美诺官寨，擒住土妇阿扣，枭首传示，这样小金川土司家族暂告一段落。

在本节中，作者强调一点，那就是大金川土司索诺木的姐姐得什尔章嫁给了小金川的土舍僧格桑，也就是说，小金川的首领僧格桑是大金川首领索诺木的姐夫。而上一辈的小金川土司泽旺则娶的是大金川土司莎罗奔女儿阿扣。

(3) 金川人的生活习俗

金川人多于大小金川栖水而居，妇女耳戴大环，极喜欢装饰。男人也有铜环垂耳者，其体型为身高适中，瓜面，面为黑色或紫色，微须。其民俗崇尚武艺，工击刺之技。男子自12岁以上皆腰插短刀，俗称为"大插子"。金川人有新年元旦，相当于内地十一月十三日（阴历），是日，自土司以下无论男妇老幼，俱跳锅庄舞，以示欢庆。

金川地名或人名多系唐古特语言，用唐古特文字。金川人崇信佛法，故喇嘛寺林立各处，但其所信奉的不是黄教正宗而是红教别支，俗称为"奔布尔教"，喇嘛

节日里穿上民族盛装的金川人

寺内所塑佛像皆青面兰身，形状诡异，不穿寸缕。但喇嘛除每日每事念经看病外，也能作求雨念咒之事，时善用扎达，以请雨降。

金川人日用物品，如茶叶、布匹、烟、盐、装饰的珊瑚、玛璃、珠宝等物均为当地番民向土司领取照票（通行证）至内地转入。如遇地方官府查禁输出，茶叶缺乏时，只得以树叶代替，番民昆布木僧格说，我们那里有一种树，叫阿拉甲生，一种叫阿噶鲁，一种叫隆波荟木，这几种树上的叶子都像茶叶，金川人便摘下来，当茶熬着吃，只是味道不好，所以没有茶叶是极不方便的。

大小金川由于是山沟遍布的地方，所以物产稀少，人多贫窘。昆布木僧格又称：金川地方并不出大米，就是土司常吃的也不过是面饭，百姓家早上吃的是糌粑，馍馍熬着茶来同吃，晚上吃的是焦圈。

大金川的嘉绒居民建筑群

大金川的嘉绒山寨

金川人垒石为房，土司土舍，衙署或其住房称为官寨，百姓所居的房屋称为碉房，金川各村落、山口，陕隘之地建有碉楼，累石如小城。碉楼群中峙最高者状如浮图，或八九丈十余丈，高者甚至有十五六丈高，碉楼四周皆有小孔了望，以施枪炮，险要尤甚之处，设碉倍加坚固，名曰"战碉"。此凡属番境皆然，而金川地势尤险，碉楼更多。

金川人因夹山沟水源为生，故渡河是他们最为便利的交通。其往来渡河的工具主要为皮船，系用坚硬树枝结扎骨架，蒙以皮革，成一圆形，渡河时，一人荡桨，船中可坐四五人，顺流而下，疾如奔马。也有小型的小皮筏子，仅供单人或双人使用，不过，这一渡河工具漂到下游时，一是弃掉，二是背负而归。这种渡河办法使我们想起了黄河上游居民用羊皮筏子渡河的情景。

(4) 金川人的宗教信仰

清高宗在平息大小金川后，诏谕金川地域各土司秉承黄教、诵习经典，皈依西藏达赖喇嘛和班禅额尔德尼，修持行善、为众生祈福，以统一金川等宗教信仰。

那么金川地区番徒信仰的那一种宗教呢？奔布尔教。奔布尔教是金川人一种传统的地区宗教，由于语音、语意，统传的差别，奔布尔教在不同时期，不同地域，不同文献上分别称为"本波教"，"本教"，"苯教"，"钵教"。

如果说奔布尔教也称为"钵"教，那么，其教的来源便比较好了解了。"钵"是旧时劳动人民用泥土做的陶器，在生活中用来盛饭菜、茶水等，以后，"钵"逐渐演变了出家人使用的专用工具，其形状比盆要小，较矮，腹大，如似今日书法家所用的笔洗。在记述"钵"的文字记载中，小说《白蛇传》中法海手中的钵作用最大，它可将白娘子化为原形，用钵光晕住，使白娘子成为蛇状。

在金川地区，钵既是人们供奉于神坛前的祭礼器皿，同时也是当地"钵教"领袖施行法术的重要法器。为什么呢？钵既是盛粮食、盐类、水等的器皿，那么，钵

大金川的寺庙

奔布尔教遗风——日月星地

中之物便可被宗教领袖所利用，钵中之物经过宗教领袖的"圣手"点拨之后，便可逢凶化吉，下降妖魔，即使是人们死了以后，钵中之物也会使死者得以平安，既然死者都能得到钵赋予的神佑，那么，活着的人们没有理由不对钵给予最高的崇敬。

随着钵的特殊应用，金川人开始研究和生产出更奇特的盛水、粮食、物品的工具。瓶子坛子则是最为广泛的，瓶子可盛圣水，点化万物，坛子可装污物，如骨灰等埋于地下，可起到镇邪、安灵等精神寄托。

金川人敬奉的钵教神灵是多种多样的，犹如内地汉人和其他少数民族旧时信仰的一样，五行八作，无一不有，具有极浓厚的乡土气息，如敬奉山水的山神庙，供奉土地的土地爷和土地奶奶，河流的河神，吃饭时的灶神，管日晴月缺的老天爷，管刮风下雨的风神，电母，龙王爷等，总之，金川人供奉的是人们对自己生活、生产最有直接关系的各种代表物的神灵。如灶神管我们吃饭，土地神可以给我们出五谷，龙王爷可以按时降雨，普沛甘霖，河神可以不泛水灾，这是人们对自己生活的一种希望，也是对未来美好生活的一个渴望及精神寄托。人们认为，这些神无时不刻的在我们身旁，时常保佑着人们，这些神"日夜工作"于人间，寓千万物之中，这些神奖惩分明，主持正义，是人类的代言人，人们有理由供奉他们，反之，如果人们对诸神不奉教，不奉礼，诸神就会不高兴，不再"为人类服务"，更有冒犯诸神者，诸神将会发大水或长年大旱，地震，风灾，致使人们无法生活，农田颗粒无收。

金川人所信仰的"钵"教，也称为"本"教，我们也可以认为是根本的教，本来的教，原始的教。在亚洲和欧洲北部的人们都有信奉天地间神灵的教，人们称为萨满教，其主要人物为当地中装神作法去灾的男巫。

与钵相辅相承的法器是鼓。鼓在萨满教中是个多功能的祭礼法器，既可敬神，又可吓退灾星，同时可以述成祭礼的气氛。

金川人所信仰的奔布尔教是藏传佛教吗？否！答案肯定不是，如果金川人信仰的奔布尔教与藏传佛教无异的话，那清高宗为什么还要强行取消金川人的奔布尔教而宣扬藏传佛教呢？

金川人信仰的奔布尔教与在藏民中广为弘扬的藏传佛教有着许多的不同和差别。

（一）金川人信仰的奔布尔教是劳动人民根据自己在生活、生产中产生的土生土长的一种信仰，他不受外界宗教支配，有着自己的教义、教规、崇拜神祇教化集结场所。

（二）奔布尔教的教徒集结场所由于信仰多少，经济多少，社会知名度所限，相对多为较少。此外奔布尔教的寺院极多，较为分散，在金川地区每一碉寨，每一村落，甚至每一家族，每一家庭都有奔布尔教的寺院，只是其规模大小有别。

（三）奔布尔教与藏传不同点还在于施教、传教首领的产生和基本条件。藏传佛教采用的是活佛转世，到处去找继承人，庙务工作由活佛来主持，自然，寺庙中的活佛是不许娶妻的。反之，金川人的奔布尔教中的庙务工作由喇嘛主持，喇嘛不但主持本寺庙的工作，还管着本村寨中的许多事务，是寨中的精神领袖。

在清高宗二打金川之时，其首领索诺木和僧格桑就是利用金川人教奉奔布尔教，而借用喇嘛而成功阻击清军的。

大小金川的喇嘛善用请求"扎达"，每当官军攻打碉寨吃紧之时，正好碰上疾风暴雨，雷电交加的天气，于是，不但当地的金川兵众相信喇嘛所施展的呼风唤雨，降雪飞雹的巫术，就连进攻的士兵和清军都相信，所以官兵每逢道路天气不好之时，必定要停止，安营扎寨数旬，待天晴日和之时，方可进兵，而统帅官军的总督桂林也将官军久攻不胜的原因归于金川喇嘛在当地的声望与巫术。于是，清高宗断定金川喇嘛所施的巫术是邪术，自然，奔布尔教也就是邪教。不解的是，既然奔布尔教喇嘛施展的是邪术，清高宗却还下旨，命温福、阿桂等人到金川地区去访求比大小金川最有邪术的喇嘛来与之对抗。于是，金川地区各土司开始互动喇嘛，彼此互相念咒，铺设道场，遗留下来的则是各土司之间的仇杀。

其实，大小金川喇嘛的巫术就是将所忌恨人的姓名写在一种用人尿浇过的当地树叶上，与女人的经血在一起，埋入地下，上用巨石镇压，然后在路旁设道场，不断念八字咒语，这样，金川番众就将有了一种精神寄托。不过这些迷信的东西往往

奔布尔教遗风——逆时针转经

有一定的巧合。乾隆三十五年三月，鄂克什土司色达克拉因信用喇嘛，将小金川泽旺、僧格桑父子的年庚姓名写在咒经上，埋藏在鄂克什官寨内外，供本寨人任意踩踏，咒诅泽旺父子，遂致泽旺患病，僧格桑新出生的儿子也恰巧在此时死去，于是引发了小金川与鄂克什间土司之间的械斗。

（四）金川地区的奔布尔教中精神领袖是本地已最高层次的喇嘛，而喇嘛在金川则是世袭制，没有血缘的人，根本不可能成为喇嘛中的出面人物。由于金川"钵"教喇嘛可以娶妻，生育后代，所以，喇嘛是有儿子、女儿的，专业宗教的理论和实际操作则是父传子，子传孙这样延伸的。

（五）谁是金川"钵"教的创始人，金川人认为是东巴率饶是始祖和创始人，藏传佛教则以释迦牟尼为其创始人。

（六）由交叉的"十"字所引申出的卍与卐是两种截然不同的符号。卍是一因按正时针旋转的太阳和火的光芒，而卐，因按逆时针旋转的太阳和火的光芒，二者不能等谈。

在这里，我们想到了道教，道教是我国流传已久的古老宗教之一，自东汉以来，历代均拥有众多的信仰，对我国社会发展有着多方面的、广泛的影响。泰山的紫霞祠、崂山的太清宫、武昌的长春观、四川成都的青草堂、北京的白云观、浙江金华的黄大仙祠、陕西临潼的明圣宫等都是在弘扬中华民族传统文化——道教。

金川人信仰的"钵"是不是也是同中国道教一样呢？金川人的"钵"教源于金川人的生活，在金川人的生活与生产中，不断弘扬和建设，充实"钵"教在金川人心中的"钵"教性质，吸引着广大的信徒。金川地区的钵教绵绵相传，对金川地区的人民生活、生产的发展有着重大影响。随着社会的不断进步，我们要用科学的角度研究"钵"教的传统内容，科学地研究"钵"教沿革史及其在金川历史上的作用，只有这样才能对金川钵教下一个较为准确的定义。

金川"钵"教不是藏传佛教，而是世代居住金川地区自己产生的土生土长的一种信仰，"钵"教是一种独立的教派，因此我们应该广集资料，科学研究，为金川"钵"教留下较为正确的文字。

金川土司莎罗奔给我们留下了这样一段话，从中可以看出金川奔布尔教与其他教的不同之处，也看到金川奔布尔教所传教的范围。

莎罗奔曾对绰斯甲布说：如今的世界不好，刀兵四起，血水成漂，这是种神差鬼使弄出来的，我心里实在坐卧不安，也无法可施。我促浸（大金川）与你绰斯甲布遵奉的是桑结灵巴愣则恩喇嘛衮珠尔佛爷所传的遗教，两家修的庙宇，供的佛像都是一样的。你想我们促浸要是灭了的时候，你绰斯甲布还能得好吗？汉人们在你绰斯甲布跟前给体面的人说好话，后来是信不得的。这些话你不要信，上有三宝佛爷鉴察。为何说此话呢？……当日桑结灵巴愣则恩喇嘛衮珠尔佛爷传下的话，说我促浸有十三辈土司做，与火一样的兴旺，中间有三次刀兵之事。自土司德尔甲尔起到十三辈才该完，未到十三辈之前灭亡的事是没有的，这是经书上所传，上有三宝佛爷鉴察。我说的这些话求你绰斯甲布耳朵里听着，眼里看着，与我促浸有什么不好的事，你当时不能帮助我，悄悄的常打发人来给我送个信儿是你的好处，后来我是再也不会忘记的。传这雍中奔布尔教就只是我促浸与你绰斯甲布两家，我们两家要是灭了的时候，这雍中奔布尔教就完了。

大金川莎罗奔的这番话使我们知道，金川地区的雍中奔布尔教只有大金川人与绰斯甲布两土司信仰。其实小金川也是信奉雍中奔布尔教的，从家世族谱上看，大小金川上五辈便是同一位祖先，自然其信教是一样的。

(5) 战碉、碉房与官寨

在张广泗一征金川的奏折上，首次提出了金川地域的战碉。其后又相继出现了碉房、平碉、官塞、大碉、木城、碉卡、卡墙、碉墙、石卡等金川地域特有的建筑名词，其单位有以"间"或"座"。乾隆四十一年当金川战役结束后，各路官军共克战碉2400余座，寨落2.1万余间。

当笔者在实地采访时，立足于官寨、战碉、碉房之时，方知金川地域这些建筑之特点与区别。不过二十世纪金川地域的建筑已和清高宗征剿金川时的建筑已有天壤之别，因为时代在前进，社会在前进，金川地域的建筑也在进步，不过只要能进出深山沟内，清时的战碉，碉房依稀可见，从残存的地基即可看出昔日碉房室内布局和位置风貌。

金川八角碉楼

石碉是金川番人建筑历史上的千古绝唱。石碉依据其用途可分战碉、风水碉、界碉、官寨碉及报警碉、音讯碉。石碉依据其高矮可分高碉、平碉、碉楼等。石碉依据其造型可分双碉、方碉、圆碉、五角碉、六角碉、八角碉等。《太平寰宇记》中有：高二三丈者，谓之"鸡笼"，高十余丈者，方谓之"碉"。可见清高宗在征讨金川之时，所攻打的石碉多为"鸡笼"。据此分类，清官军将领向清高宗奏："金川千碉林立"，"卡撒地区即有碉三百余处"实不为过，因为昔日称鸡笼者，便是指金川番民所居住的房屋，其最初目的就是使居住者得以生存及防护。

普通番民的称之为碉房，它是由专用战碉与矮小房窟相结合后而演变来，起着战居两用的作用。一般百姓的碉房为三层，下层养牲畜，中层为吃饭、睡觉多用的居室。第三层建在第二层北边部位，仅一小间，番民称之为碉房。这种碉房是较为低档次的，更多为番民所住的是四层，二三层分别为吃饭，睡觉之用。碉房有一个固定的模式，那就是最高一层的经房的上方必须与北面的墙体为垂直线，表示这种碉房是含有战碉的含意。故史书记载："嘉良碉，无城角，近川谷，傍山阴，俗好复仇，以垒石为碉而居，以避患。"

碉房多为木石结构，其墙用石片拌泥采用内直外收的方式自下而上，不论石块形状多么复杂，砌石碉时都有一个基本原则，那就是石块大平面向上，上下左右的石块在组合时要互相楔合，上下间缝要用小石块镇压塞紧，这样里外墙体都棱角如同斧削刀切一般平整。

  碉房一层多无门窗，碉门多建在二或三层的正面墙上，自二层起，碉房始有门窗，窗为竖长方形，内小外大，起？望和射击用。碉房内每层用圆木做梁，梁的两端平置于碉墙填体内的2/3处，梁上密铺树枝，再铺树枝，最后填压夯紧，压平。较有挡次的人家再铺一层木板，犹如内地的木板地。碉房内每层直接相同的方法是独木梯，这是一根粗木，左右两侧靠中间部凿有脚蹬。李心衡称："其所用阶梯，以独木裁成锯形，凹处仅容半步，汉人登之不能动寸步，彼徒负重上下狷捷如飞。"金川战役之后，官寨中开始引用内地的挡板式楼梯。独木梯有极好的自我防卫作用，主人只要将独木梯自上收起，因为一层无窗无门，所以碉房就变为一座防御性的堡垒，平时家中贵重物资，粮食多存于碉房内的三层处，自然能坚守一段时间。

  碉房顶部前面多为平台，当地人称晒坎，其四围遍竖杂色布旗，旗上印刷佛经，以多为贵，晒坎四角处砌出平台一米，如锥状，上置白色石块。代表敬奉的天兵神灵升腾之意，晒坎的后半部即为经堂和石塔，金川番民每户均有烧香烧柏树枝的习俗，经堂内张挂的神像供神水，焚香燃酥油灯及所烧柏树枝都是必不可少的。

  碉房如独立一处，并不十分引人注重，当数十家碉房立于山坡之时，你会看出那气势雄伟，庄重肃穆，宁静神奇之感，那错落有致，参差别样，层层红白建筑之间有着一个迷人的世界。

  官寨为金川地区土司与头人所居之处，土司官寨尚不止一处，其建筑除碉房外，尚有特定的官寨碉、战碉、衙署、牢狱、转经楼、家庙。据笔者所见，每一座官寨都有小布达拉宫之感。清高宗征讨金川时，诸官寨中规模最大的莫过于大金川土司索诺木的官寨。索诺木官寨在勒乌围。官寨依山傍水，占地约20万平方米，官寨外围有坚固的石砌围墙，寨之四

松岗碉楼

典型的嘉绒藏族民居

角多有一座战碉，寨内西北角有转经楼，衙署建在中后部，因其地势较高，进衙署须登五层砌的高大台阶，每层阶前均竖有木栏，形成坚固的木城。由于索诺木官寨雄据山麓，其建筑层次巍峨，与官寨相邻的战碉达四五十座，其地形易守难攻，故清军在攻打勒乌围时，付出了惨痛的代价，阿桂曾有详细奏本。

(6) 蜀西金川的土司制度

在清高宗两次征讨金川及金川地域的战斗中，金川土著番民十分顽强，给清廷官军造成了极大的损失。清军的多次失败除了战争的性质、指挥的才能、地域的特点等因素外，土著番民的战斗能力也是十分突出的。在这里，我们重点谈一下金川土司制度。

在清高宗征讨金川之前，金川地域的政治组织，行政管理体系是这样的。土司－大头人－小头人－寨首－老民－百姓。金川战役后，则采用改土归屯制，其政治组织、行政管理是：守备－千总－把总－外委－乡约－差人。

由于土司制度是原始部落的更迭而来，所以，土司便是该地区各部落之总首领及统治者，是世袭制。在其管辖之内，土地、河流、山场尽为其有。土司掌握着本辖地域内的政治、军事、经济、人口的权力。百姓既然耕种其地自然应向土司交纳银粮、牲畜、当差、出兵、服劳役等。

土司为了将权利牢固的集于自己手中，土司制度就有一套数代传下来的完整土司体系。

土司权利之下为大头人，大头人是土司管理辖地的重要人物之一。由

金川中的土司官寨

于土司管辖地域大小不一，所以，每个土司所设的大头人数目也不一样。由于金川地域为山沟遍布，土著番人（解放以后，根据宗教政策，确为藏族）多居有水源的山沟里。一般来讲，大头人是以山沟多少由土司设置的。大头人同样为世袭制。大头人权利极大，有自己受封的村寨、土地、农奴和奴隶，有权令其下属百姓为其耕种土地及服各种劳役。有权命令下属的二头人、小头人、小管家及百姓听其调动。这里包括出兵打仗的同时，不向土司交纳粮赋。

在土司与大头人之间还有一个职务，那就是土舍。土舍与大头人权力基本相同，但土舍比大头人在土司面前优越，因为只有土司的直系亲属才能任土舍一职。土舍与土司多有血缘关系，土舍在当地人中认为是土司的继承人。

因此，土舍在土司的世袭制度中，有"根根"。如小金川土司为泽旺，而土舍则为其子僧格桑。土舍有继承土司和代行土司的权力，所以番民也多称土舍为土司。遇到重大事件，如战争、农事，土舍常任带兵官及决策人，指挥作战，统筹安排，说话极有权威性，所以说，土司与土舍在本地域中形成了最高的统治阶层。

头人分大头人、二头人、小头人，以下还有大管家，小管家等职务，但多是围着土司、土舍的周围。相对来讲，寨首则是具体能管百姓和普通番民的直接基层领导。

金川地域，跬步皆山，沟壑纵横，故寨落的大小多以山沟的长短、宽窄，平地多少，水源是否充沛，离主要河流是否近便有关。山寨有大寨、小寨、几家寨之分。每大寨可辖数个、或十余个小寨，大寨类似今天的农村"乡"的概念，小寨即为"大队"或"村"，所以，山沟多为金川地域行政区分的最基层的管理本源。每小寨均

有十数家或数十家不等。

大、小寨之首领上听于头人的命令，下处理寨中百姓事宜，故寨首一职多为基层工作能力强，辈份较高，能忍让，能准确处理寨中百姓纠纷或家庭纠纷、深受百姓拥护。寨首既为民众所选，所以不是世袭制。由于寨首有减少为土司服差役的好处，故许多有钱的番民也可以出钱购买荣誉寨首一职，但属于不能管具体事的寨首。个别村寨还存在着寨首纳粮当差的现象，寨首一职便成了苦差事，受累费力不讨好，因此在一些寨中无人愿当寨首，实行年月论制。

"乡约"一职介于今日乡办事员的职务，是接近汉族地区特有的寨内职务，起着寨内寨首助手的作用，会番语、汉话，文笔通顺。

在上面层层职务之后，方能提到百姓一职。百姓分为两种，但无论那种，都是土司的农奴。一种为土司直属的百姓，此种农奴多有一技之长，如木匠、石匠、银匠、船工、马夫等。这些人在领种土地的过程中，从事土司各种差役，这种农奴百姓可不交粮，用专长的劳动相抵。另一种百姓则是种粮当差做农奴，此类番民比例很大。

此外，还有一种农奴，是属于大小头人所辖，他们给大小头人当差、种地。头人随叫，农奴随到，但有自建房屋，购换农具的权利，但无人身自由。离去（包括女儿出嫁）均需交纳身价、藏人称之为"科巴"。

农奴制度的最底层为"家人"，"家人"就是黑奴。其来源于孤寡或幼小儿童。家人无土地，终年从事各项苦役，家人可由主人随意处死或买卖。

此外，寨中还有一部分内地流落在金川地域的汉人，租种头人或土司的土地，称之"佃户"。这种人在乾隆二征金川前根本没有，当地土著藏人也不会容纳他们。这一部分主要是打金川时的劳役，驻守屯兵中的少数流动人，他们受不了当兵的苦，又想在金川混个家。当然也有极少从成都淘金来的汉人。

当我们将金川番民的社会地位分析后，我们便知道了大小金川番民来源于那一方面，明白了番民为什么在战役中勇敢、顽强、可敬和可爱，但也感到生活在农奴制度下的可怜。

番民中的兵源是在头人的管辖下，一户一兵，战事一起，自带口粮，自备枪弹、弓箭、弩矛。只有远征时，除枪械自备外，粮草、弹药由头人责令小头人，管家齐备，给予后继供给。

番民和番兵都是土司制度中的下层人，土司既是世袭制，是本地的最高统治者，总揽全地域的政治、军事、司法、生产的权利，尤其对百姓、农奴、娃子、黑奴有着生杀之权。一句话：土司与土舍的意志就是法律。

土司的法律十分残暴，如反抗头人，拒绝服役，拖欠债务将给予严厉的惩处，其刑法惨无人道，其刑具五花八门。土司、头人所在之处均设有牢狱，以关押与土司等统治者意志相背的人，重罪之人则关入地下暗狱。其刑具有：铁链、手铐、脚镣、木鞋、木枷、皮鞭、柏树条、挖眼小瓢、小剪刀、大刀、小刀、烙铁、绳索、木棍、带刺荆条等。而在定罪量刑之时，土司、头人可任意对抗粮、抗差、抗租、煽动对土司、头人不满、说土司、头人坏话、暗害土司、头人、活佛，打仗畏缩不前，临阵脱逃者视其轻重给予罚款，罚物，罚劳役，抄家，降为家奴，酷刑有吊打，鞭刑、笞刑、烙刑、坐水牢、割鼻、挖眼、割耳、抽脚筋、断手、断足、割舌、掌咀、砍头、投河、打死、吊死、剥皮等。

土司制度对其所辖民众实行人身压迫，经济掠夺，暴虐淫纵，强占横征，而对外的邻封土司也不断侵占土地，多占农奴，从而征战不休，使金川地域民无宁日。在金川之役中，与大小金川相邻的诸多土司也纷纷派兵给予支持。无论是官兵还是相邻土司的土弁，都从大小金川战争的诸多具体实践中感到，金川土著番民太能打仗了。清高宗在金川战役之后在该地实行了"改土归屯"政策。

(7) 金川战役之残酷

在清高宗两征金川的战役中，朝廷前后用兵近30年，战争十分残酷。清军死伤官兵万余人。然而面对着18万大军，金川人在战争中的创伤和牺牲更是难以用文字详述。清高宗打金川前，大小金川总计有7万人。当两征金川结束后，金川人除战死外，其余多被分流，土著的老金川人则逃上了高山或他乡，以避战乱及朝廷官兵的迫害。一部分则押往京城，更多的金川人被分赏给从征金川的穆坪、巴底等九大土司为奴。

阿桂在乾隆四十一年（1778）奏折

奏为遵旨、复奏事，窃奴才等前此钦奉上谕："上俟大功告成，阿桂等即将前后投出番人共有若干，内除实在随营出力打仗外，其已经分赏各土司者若干，未经分赏仅在各处安插者若干，详悉查明请旨，钦此"。窃查赞拉、促浸降番，节次分给各土司，原各视其土兵损伤之多寡，又看其出力如何，酌量调剂。而各土司各土兵随征以来，伤损实多。如瓦寺土司向可派兵800名，今则仅能派出320名，木坪土司向可派兵1300余名，今则仅能派出320余名，至绰斯甲布则伤损者不下千人，其丹坝之人户又最为稀少，是以分赏亦多寡不一。此种投番内，妇女老稚居多，精壮者原不过十之一二。而奴才等分赏之后，又令即将精壮男番陆续挑出，随营打仗。如收复美诺时，所有攒拉降番分给于各土司者详加察查，其中精壮男番，死亡又经过半，故现在所赏降番之数，实不只各土司所损精壮士兵之数。而所赏番人，各土司给以口粮衣服，分以地亩并授以碉房寨落已非一日，自未便按数追回。今大功全成，查促浸，赞拉投诚头目内，如西路之头等侍卫木塔尔，实系输诚出力，其章杂寨头人德洛思达拉，日耳底寨头人丹比西拉布，达尔卓克寨头人色木里雍中、率其所部早经投出。至策旺，革什甲木哲、什郎生格尔寺等均前敌打仗，实心出力。其所有家口属番，现虽暂安于梭磨、木枰、丹坝各处，仍应调回促浸地方，令其分管，以资垦种。奴才等于善后事宜案内，详悉具奏外，所有三路前后投出赞拉，促浸番人共20000有零。奴才等谨将分赏各土司及安插杂谷脑并留给各降番细数。分别开单、恭呈御览。伏祈皇上圣鉴。

金川两役，朝廷两次用兵，金川番民顽强抵抗，被诛杀者甚众。真正的金川土著人，死亡殆尽，存者不足十分之一，村落残破，耕地尽荒，番寨空阔，军粮空乏，镇守艰难。朝廷不得不从内地招民领垦，蜀中贫民相继率家眷到金川地域拓荒，原为藏人及土著嘉绒人的家园逐渐变成了汉藏村落。只有少数村寨未参加抵抗官军而得以幸存，以甘孜州丹巴县巴旺、巴底较为明显，赞拉（小金川）、促浸（大金川）两部几乎遭到了灭族之灾。

当海兰察一路攻克路顶宗，哈木色各寨时，抢占大小碉50余座，番户碉房二三百间。阿桂一路在僧格宗平碉150余间，攻占河东等村寨。当温福大学士在木黑木大败后，阿桂下令屠戮小金川降番。清高宗圣谕阿桂：剿平大金川之时，所有抗拒番兵必当尽杀无赦。16岁以上的男番均当丢弃河中淹死。

官军攻下美诺、底木达、美都喇嘛寺等较大碉寨时，若命弁兵将高大碉寨人工削平，既需多兵，且稽时日。所以，阿桂乘冬季气温干燥，令士兵举火焚烧，其火力不足者，方令兵丁拆除。小金川旧日庄稼，尽化为荒山空壤，官寨，村落，俱为一片废墟，番民既无口粮可食，又无碉可依。官军在日则桠口等要隘之处，夺占战碉16座，木城5座，平碉百余间，杀番兵百余名。在克木克什、色朋普、格鲁瓦角等寨，歼杀大金川男妇三四百人，焚毁逊克尔宗左右寨房200余间。时值东风忽作，火势飞腾，在烟焰中，番民老幼及牛羊、猪狗号哭之声惨不忍闻。

在围攻勒乌围官寨时，官军在冷角喇嘛寺处用大炮自北而南，合轰勒乌围官寨，冲天炮也运往施放，其击中官寨者十居七八。在山腿前的石碉、石卡、木城被炮火击中之际，飞起沙石、木块遮天，轰毙贼匪甚重，并有数贼轰至半空肢解而下者。

攻打勒乌围时，仅8月16日，所克碉寨、木城60余座，官军歼戮番兵不计其数。此时适因连夜天降大雨，勒乌沟山水涨发，番兵负箭堕河者络绎不绝。据阿桂奏折道："贼尸横遍野，秽恶之气，官兵至不可闻。"在黑夜中砍杀番兵多毙倒泥潭之中，及至次晨割首级时，则已血肉模糊。而后，官军在征大金川另一官寨噶拉依途中，又攻克大小碉寨千余座，歼戮番兵近千人，惟官兵伤亡也重。

金川之役，官兵先后有七省及驻防并十八土司满汉土官兵，总共145 126名。当战役结束时，仅剩47795名。伤病逃走4万余名。死亡官军中包括大学士温福，提督马全、牛天升，总兵张大经，副将二达色、多隆武，参将珠兰泰、曹永言，游击李显祖、韩处春，都司马世华、七十一。守备五达色，户部主事赵文哲，刑部主事王日杏，知府吴一嵩，同知钟邦任，知州吴瑸、彭元玮、常纪、徐念，通判汪时，知县许椿、孙维龙、张世永，典史吴铖、许济，总兵曹顺，副都统巴朗阿尔索纳，前锋参领观音保，协领额塞，提督董天弼，副将赵琮等高级文武官员。

从乾隆十四年清高宗知难而退，降旨班师及乾隆三十六年再征金川，在数百次的战役中，各路官兵攻克碉寨不可胜数。仅朝廷官方所记《平定两金川方略》中就有"总督阿尔泰自乾隆三十六年八月至同年十二月，共克碉寨八百五十余座，歼戮番兵三百余名。副将军温福自乾隆三十六年十二月至三十八年六月止，共攻克大小战碉一百七十余座，大小石卡二百五十余座，焚毁寨落四百五十余间，歼戮番兵二千四百余名。总督桂林自乾隆三十六年十二月至乾隆三十七年五月，共克木城三十余座，大小战碉二百余座，焚毁寨落八百五十余间，歼番二千一百余名。将军阿桂自乾隆三十七年五月起，至四十一年二月止，共克木城一百二十余座，大小石卡一百七十余座，大小战碉一千一百余座，焚毁寨落八千五百余间，歼藏番兵五千一百余名。副将军明亮自乾隆三十八年十一月至四十一年二月止，共克木城四十余座，战碉一百三十余座，焚毁寨落一千余间，歼戮番民一千八百余名，副将军丰升额等歼戮番兵一千余名。"

仅以上合计各路攻克战碉安2 400余座,石卡500余座,焚毁寨落2.1万余间,歼戮番兵1.28万余名。

两征金川战役对官军,对番兵都是残酷的,所付出的代价都是惨重的。然而,更为惨重的是无辜的番民,是那些世世代代生活在大小金川河畔、山谷中的嘉绒人。

(8) 可敬、可爱、可怜的"猫猫兵"

金川番民装束有着自己的独特之处,土司、头人的作战服装是由豹皮制成,包括豹头、豹牙、豹眼、豹尾巴,将其组合成一顶皮帽战盔,长长豹尾垂于脑后,其形象十分威武。普通的番兵则是用猫皮来替代,官军称其为"猫猫兵"。至于官职的大小则由衣服的坎肩上所扎绣的三角豹皮为记。笔者再思,这样的"猫猫兵"的军衔制恐怕是我国近代少数民族中最先发明的吧!

金川番兵在战斗中是勇敢的,机智的。在特定的时期,在特定的条件下,他们不得不为其土司扩大势力范围,去卖命,去打仗。不得不为自己家园的安宁而努力奋勇向前。坦诚的说,笔者称赞这些金川番兵是矛盾的。打仗期间,这些金川番兵自备武器,自备装束,自备口粮。大小金川的番兵称为"门户兵",并无准确定额,不似"改土为屯"后的屯兵制。每屯固定兵源名额,即使这个家庭没有成年男子出兵,其家庭也必须招赘。如一户屯兵家庭死绝无继,屯守备也会指派另一户人家来充实这亏额的兵源。

金川地域凡遇打仗出征,各寨头人会挨家挨户的指派一人去出征。即使家中没有成丁,那么十三四岁的娃娃也要派出充数,而且,战时所用的武器也是自家准备的,土司是不会为其出资购置的,自家出征前的口粮统一上交到寨中土司处,由头人统一管理。

金川番兵、番民聪明手巧。铁锻工艺,十分精湛,技艺尤佳。他们能制造各种刀、剑、火药枪、弓、箭、弩等武器。他们在刀叶上,枪筒、枪托上打有和刻制出美丽的图案。这些兵器质优耐用,显示出了金川嘉绒人的智慧和天生固有的灵性。

在金川战役中,金川番兵所用武器多为土造,如挡箭盾牌,具有杀伤力的腰刀、长矛、鸟枪、明火枪、棍棒等。但当战时打起来时,番兵、番民就能从官军手中缴获到大炮和大批弓箭、火药、军务等设施。

清高宗乾隆十四年初征大金川,到四十一年再征平大小两金川,其间也多有征杂谷等小役，历时长达30年，官军多达18万。清高宗的"十全武功"中，两征金川最长，投入兵员最多，军费最大，损失最甚，战争最为残酷。两征金川是中华民族历史上不多见的，是中华军事史上以少胜多的战事典范之一。面对18万官兵，面对丰富的后勤给养，8000名的大金川番兵，7000名的小金川番兵以自己的事实，以寡拒众，取得了一个一个的胜利，这不能不说是战争史上的一个奇迹。

金川番兵在多次战斗中取得胜利的因素是多样的。包括正义与非正义，官军将帅不和，官军组成人员复杂，官吏的勾心斗角，渎职腐败，战线过长，地形险要，交通不便。在我们排除诸多特殊因素外，我们看到在旧时土司制度这个特定环境下，大小金川的番民、番兵之英勇是不得不使我们称赞的。200多年过去了，在金川地域的古战场，在跳跃于山壑间的大小金川水中，这些可爱、可敬的"猫猫兵"不时的影映在笔者的面前。

说金川番兵、番民是可敬、可怜并不是简单的从外形装束上看。因为金川嘉绒人不仅俱有追求正直、勇敢的一面，还有反抗封建王朝反抗腐朽土司残酷统治的一面。他们的勇敢行为还表现在祖国疆土完整、祖国统一、维护中华民族精神上。

乾隆五十三年七月十九日，四川总督李世杰派大小金川番兵1200人从征廓尔喀。由于金川番兵生长山坳，涉雪登高，向称矫健，步行越岭，毫无劳状，屡经行阵，素为廓尔喀人所畏服，是清军中精锐劲旅之一。其代表人物有游击（后升为参将）张占元，屯备穆塔尔，河东屯十七寨屯干总色木里雍忠、郎尔吉、色目郎，崇化屯游击额尔恒额等。

乾隆五十三年，台湾林爽文、庄大田在彰化立"天运"年号，并封庄大田为"洪号辅国大元帅"，大有另立国家之企图。1787年10月5日，金川嘉绒番兵奔赴台湾，冲锋陷阵，英勇异常。福康安在给皇上奏折上说："甚为出力，已将额设土外委加给银两，而赞拉（今小金川）、促浸（今大金川）两处土弁未经赏给"，从而为赞拉、促浸土守备6员，土千总9员，土把总16员，土外委46员及2000番兵请功。

乾隆四十六年，大小金川番民也曾参加平定甘肃的流民动乱。清高宗亲自下谕："此次调甘省剿捕贼之四川屯练降番士兵甚属勇往出力，著加恩于甘省藩库内各赏给一月钱粮，以示鼓励。"

乾隆四十九年，杂谷脑屯守备桑吉斯太囊领屯兵随清军出征甘肃石峰堡，作战勇敢有功，赏戴蓝翎并抽派到京城当差。

嘉庆二年，杂谷脑屯屯守备曾率领番兵征剿流窜川陕楚一带的邪教教匪。

道光二十年，英军占领我浙江沿海、宁波，朝廷急调懋功大小金川屯兵开赴浙江。其领军人物阿本穰·哈克里作战有功，授阿本穰副将衔，封"巴图鲁"（勇士）称号。在宁波保卫战中，不少嘉绒士兵献出了自己的生命，壮烈殉国。

回顾历史，在金川战役中的番兵是可敬可怜的，他们在封建土司的奴役下，要替土司打仗，要做奴隶，其英勇与可怜也应在当初特定的情况下辩证的看。让我们设身处地的思考，这些在金川之战中的番兵都是可敬可怜的，他们是土司的奴隶。但当我们看到金川番兵的全部历史后，他们是可敬的、可爱的。因为他们为中华民族、为家乡、为国家写下了历史上光辉的一页。

(9) 清廷金川《番子乐》

清代，尤其是康雍乾鼎盛时期，朝廷经常举行庆祝性的典礼活动。这包括元旦朝贺，冬至朝贺，万寿节朝贺。统治者认为，通过三大节朝贺，皇帝可以莅视四方，各方臣子可以尊敬皇上。除此之外，太和殿筵宴，乾清宫家宴，太后圣寿宴，千叟宴等宴会上都离不开朝中规定的宫廷音乐。这些音乐大体可分为两大部分，除用于外朝的典礼音乐外，另一部分用于内廷御园等处娱乐性音乐。顺治、康熙、雍正以及乾隆初年，宫廷音乐中均保留明代宫内的教坊司音乐体制。

清高宗乾隆在位期间，在武功方面平准噶尔，征金川，靖台湾，降缅甸，镇安南，受降廓尔喀后，朝中音乐也因中央政权的扩大而丰富了。宫廷音乐包括了满洲的庆隆舞乐，蒙古的茄吹，番部合奏以及瓦尔喀部乐，回部乐、番子乐、廓尔喀乐，朝鲜乐、安南乐、缅甸乐等。这些乐队均用本民族或本国本民族的乐器亲自演奏。在这里，笔者再一次提到，番部合奏与番子乐这两个名词。

《北京青年报》(1998.11.20)刊有北京西郊香山番子营后裔所说的一段话："我们在老家，同朝廷打仗，我们的人都打没了，后来被带到北方为王爷们唱歌，跳舞。那时候给了我们88份皇粮支艺差，每年去一趟雍和宫。进城表演的演员穿彩衣，戴手铃和脚铃，手执各种道具，且舞且唱，单舞，二人舞，群舞。各种表演均有乐工伴奏，乐器有竹笛、喇叭、青铜鼓、九音锣等。"在这里所说的竹笛就是今日的羌笛，清时统称番笛。"羌笛"一词是解放后，确定民族时才产生的，20世纪60年代有部电影叫"羌笛颂"，这是一部反映中央红军长征途径阿坝地区的故事，影片中所吹奏的羌笛，就是番子营乐工为宫廷演奏的竹笛。

至于北京香山脚上健锐营所管辖的番子营，营内除一定的石匠、银匠、画匠及经师喇嘛外，多数人也与满蒙八旗旗丁一样，战时打仗，平时为营子里做些杂务。番子营内兵民除作战勇敢外，他们与其他旗营的区别是，番子营的男女老少都要进宫为皇帝、为朝臣、外朝使臣提供歌舞表演。

番乐合奏指的是西藏藏族的音乐，而番子乐单一指的是金川嘉绒艺人乐，在宫廷所表演的番子乐就是专指香山健锐营内番子营中的这些从金川带回来的嘉绒艺人。

这些番子营中的金川艺人是由两批人员组成的。即第一次征大金川时，官军攻碉时，接连失败，朝廷不得不从小金川带回一批石匠，为清军在香山筑碉。第一次征金川后，随莎罗奔来京认罪服输的大金川从人、家属也被安置在这里，合计约十二户。乾隆皇帝于十五年曾赋有记。

另一部份为清廷第二次征大小两金川时押解来的。两批金川艺人近40名，不足20户。这些艺人能唱金川曲（今为嘉绒民歌），跳锅庄，奏番子乐及斯甲鲁（金川人的傩戏），经师喇嘛跳布扎。每逢节日，欢庆大典，迎接外朝和各藩使臣，朝廷都会指令番子营中的佐领给予组织、落实。排练成熟后，将这些艺人结队招入宫内，同其它各民族艺人一起，为朝廷表演，演奏本民族的独特歌舞，从展示大清王朝盛世长久，娱乐升平，太平盛世之景象。

《清史稿》（乐志八）中提到："高宗（乾隆）平定金川，获其乐。及后藏班禅额尔德尼来朝，献其乐，均列于宴乐之末（压轴节目），是为番子乐。金川之乐，曰'阿尔萨兰'，曰'大锅庄'，曰四角兽"。这些集体的舞蹈形式极受朝廷诸官及宫人的喜爱。金川艺人在胡琴、笛子、钢鼓、手鼓、铃铛的伴奏下，由德高望重的队首带领，边歌边舞。其舞姿刚健有力，歌声高亢深情。番子营艺人与其他民族表演最大区别是舞蹈中间和结束时，时而高声呼啸出"嗷嗷"的声音。声音表示吉祥和欢迎，时而也喊出"郎西勒"。

20世纪50年代，健锐营中的金川嘉绒人在填定民族时，没有一户一人填写藏族，也没有人填四川藏族或嘉绒藏族，多填苗族。因同满蒙八旗一起当差，同拿俸禄，同领旗饷，所以也有的人家填写满族或蒙古族。当然这里面也有一定的历史原因和政治原因。

番子乐最为高潮时，只见领舞者在"嗷嗷"的呼喊时，手中不断高高扬撒一种红色、黄色、绿色、紫色的纸片，纸片上印有骏马、白云、佛祖等图像，嘉绒人称为"龙达"意在保佑客人们吉祥如意,而观赏者从番子乐中得到美的享受。

2. 马背民族留遗迹

清统治者的民族统治政策中,除对各少数民族的上层极力拉拢,保留和承认他们统治本民族的权利,减其赋税、差役外,还给他们优厚的俸禄、崇高的爵位,而且爵位可以世袭。在众多少数民族中,蒙古族中的上层是最为显赫的。对蒙古贵族,清政府授予亲王、郡王、贝勒、贝子的爵级,这些爵位只有满洲亲贵才能获得(汉族人只有在清初很少人得授王爵,仅吴三桂、耿精忠、尚可喜等数家而已)。蒙古贵族中功劳特别大的还可以食双亲王俸禄。更重要的是清皇室还和蒙古族通婚联姻。清皇帝常常娶蒙古贵族的女儿为后妃,满洲王公娶蒙古族女子为福晋。而清皇室的公主、格格又下嫁给蒙古贵族的子弟。清政府正是依靠了许多少数民族上层贵族的支持,才得以巩固政权,进行有效的统治。

满蒙联姻是清朝的既定国策,这项联姻政策既维护了清朝统治者的利益,又维护了一个多民族国家的稳定,同时也给蒙古族人民生活带来了和平、安定和稳定。

清统治者如此提倡满蒙一家,可以通婚、满蒙八旗可以联合驻防,那么在健锐营中,满蒙通婚则更为普遍。健锐营正黄旗南营、镶红旗沟北营、镶黄旗西营都是以蒙古族为主要力量的军事单位。

蒙古族官兵以马上功夫见长,除圆明园护军营为巡视皇家园林特设哨子营加强巡视和保卫外,在健锐营中也多设有马圈,每旗均有三五十匹不等。这些由蒙古族官兵驯养的战马多为通讯、仪仗、阅兵、交通等用,真正打仗时并不多,因为各地驻防均有马匹备用。

健锐营左右翼长对马匹极为重视,对养马工作特别关照,每季专拨马匹草料金,自春季到秋末均可到山上放牧,在公主坟及五棵松处专设牧场和马圈,各有马舍30余间。

蒙古族信奉喇嘛教,于是健锐营的旗营管辖内建有普安喇嘛寺,方昭喇嘛寺,圆昭喇嘛寺,大昭、二昭、三昭等喇嘛寺。在这八座喇嘛寺中,以静宜园内的昭庙最为高大壮观。昭庙里的建筑窗户别有一格,均为梯形藏式。不过在这些窗户中,有的是真窗,有的是假窗。

今天,当我们踏寻健锐营遗址时,仍然可以看到蒙古八旗遗存的马圈房晃旮,大昭庙墙基和昭庙的琉璃牌坊。那日夜巡视健锐营周围的蒙古八旗骑兵的骡车道已

静宜园中昭庙

静宜园中昭庙前的琉璃牌坊

通上了许多条公共汽车。驻扎在圆明园西侧，多达300名蒙古八旗的哨子营已经形成了横街、后街、一区、二区、三区、四区，高楼林立的住宅小区了。而原来只有蒙古族的一个小村落，现在是住着汉、满、回、蒙古、瑶、侗、纳西等多民族的大庭院。此外，乾隆三十一年《满文月折档》中记："锡伯营镶黄族防御布荣桂、于乾隆十三年参加平金川战役一次。""镶黄旗觉和园，食俸禄。"三十七年，在副都统哲库纳部下，参加金川战役一次。同时期参加过金川战役的还有卓和图、哈玛尔太、那彦太、德成额、瑞虎、纳尔泰等十几位锡伯族的官员。

3.闽浙子弟话船营

健锐营营区虽在山坡地域，但也有一水军，旗营人称船营。清代统治者十分重视水军，在汉军为主的绿营中设有福建、广东、长江三个专职水师提督和兼管水陆的江南、湖南、浙江提督。水师提督以下还有水师总兵、水师参将，统辖若干个水师营。

各水师营设有船厂，主要修造水师战船，也修运粮船、水驿船、渡船、桥船。并有明文规定其大修、小修、拆造的年限和具体修造内容。

乾隆年间，从天津、福建的水师营中调至京城一批水性好的兵丁，要在昆明湖操练海军，大有汉武帝临滇池、魏武帝曹操横槊赋诗之气概。把这些兵丁安置在清漪园的南侧，修建营房，长期驻扎。清时，清漪园西侧、南侧是一片广阔的水域。这片水域北沿为今日玉泉山路、官碾房、功德寺一线，西岸从北坞、中坞到昆明湖南路，南端即为外火器营的北营门。这块水域由两块大的湖泊组成，一为高水湖，一为养水湖，水域中有一名叫金河的故道，至今仍有乾隆帝题镌的御碑一方。

乾隆十五年（1750）弘历疏浚了玉泉诸水，汇于西湖，则汪洋潴沉，易名昆明湖，并效仿汉武帝刘彻凿昆明池练水师在昆明湖操演水战。这些部队初名叫"健锐营八旗水师"，后称"昆明湖八旗水师"。初定赶缯船8只，第二年增加24只，共计32只。乾隆十七年（1752）起，每年在弘历移住圆明园的时候（从农历三月初五日起，至十月底止计八个月）以每月初三、十三、二十三，初五、十五、二十五，初八、十八、二十八，初十、二十、三十等日在昆明湖内演习水战。初八、十八、二十八，三日为大操期，每期用赶缯船8只，每船水军25人，八只分八旗共200人，小船不定数目，均为翼长或翼领率所属操演，各船上皆用本旗颜色的三角金龙旗。担任水军教习的人皆系汉人，是由天津、福建各水师营中选送的教练把总（10人）和水手（110人）。教习中有2人为总习，官阶则为千总，他们的薪水，由内务府包衣护军饷中支付。其住处在颐和园南墙外的船坞内即今昆明湖南的船营村。当时人们把南方人称为"南蛮"，故船营一度为人们称为"蛮子营"。与香山脚下的番子营东西呼应。自乾隆二十一年（1756）起，昆明湖中的赶缯船一天比一天少了。因昆明湖水过浅，不能载浮船只。到了道光六年（1826）剩下战舰2只，水手还有48人，其水师营也是名存实亡了。

颐和园南边的船营地名牌

光绪年间，一部分清贵族认为"海军大权不能操在汉人手中"，必须"专门培养八旗海军人才"，于是提出举办皇家海军。光绪十一年（1885），清廷把"总理各国事务衙门的海防股"，升格独立，称为"总理海军事务衙门"，简称"海军衙门"，奕譞为第一任海军衙门总理大臣。光绪十二年（1886）八月十七，奕譞奏折，"查健锐营、外火器营本有昆明湖水操之例，后经裁撤。相应请旨仍复旧制。"并在"咨文"中提出恢复昆明湖"水操旧制参用西法以期实济"，慈禧懿旨，准海军衙门奏请规复水师旧制，参用西法，恢复京师昆明湖水操内外学堂。于是，在昆明湖西侧建立了水操内学堂和外学堂。据《醇亲王府档清二》记载："放给修建水操学堂等处工程，动用库平银六十七万八千七百一十二两六分八毫。"外学堂（又称前学堂），在玉带桥和西堤偏西处，有校舍119间；内学堂（又称后学堂），在桑苎桥（后改为幽桥、原三孔桥）偏西北处，有校舍103间；两座学堂同在西堤之上，南北相望。

光绪十二年（1886）十二月十五日，京师昆明湖水操内学堂开学，学生60名。据《规复水操旧制及水操内学堂试行演练咨谕底稿》载："谨查水操内学堂，遵于十二月十五日午刻开学。章京恩佑，会同总办潘骏德、署总办惠年，提调奎昌、王福祥暨委员等，将健锐营、外火器营送到学生六十名点齐，在圣人位前行礼毕，当令学生拜谒教习后，均各入学课读。平常的日子演习叫"常操"，只用赶缯船4只，4只分四旗，每船25人，共100人。"健锐营八旗水师"的人选都是香山一带健锐营的满蒙人，凡十三岁以下的儿童，都可入营学习水技，因此这一带的人，多习水性。根据史料记载：到光绪十三年年底，"学堂房座均已修齐油饰及内檐装修并齐。"这些学员五年毕业并"择优请奖"，《奕劻等奏昆明湖水操内外学堂各员请奖折》："溯自光绪十三年（1887）间，创建水操内、外学堂先后告竣，遴选健锐营、外火器营官兵之子弟通晓文义及年力精壮者来学肄业，仿照天津水师、武备两学堂分门课艺，当经臣等派定总办、管带、提调等官督率，北洋大臣拣派精于西学暨熟知水性各教习，悉心训诲，实力教练，以期实事求是。数年以来，内学堂学生课以西法测算、

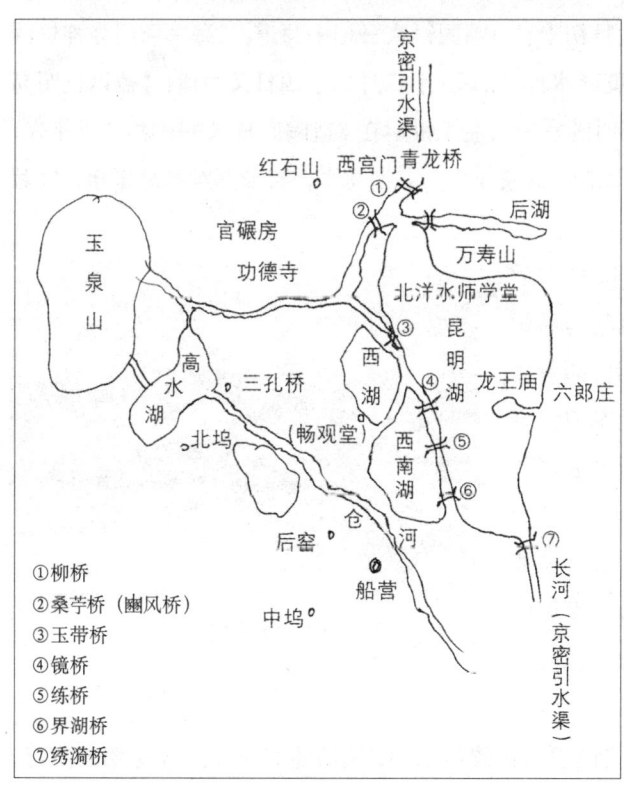

① 柳桥
② 桑苎桥（豳风桥）
③ 玉带桥
④ 镜桥
⑤ 练桥
⑥ 界湖桥
⑦ 绣漪桥

天文、驾驶诸学，现届五年，学有成效。臣等派员考试，择其艺业优长者，分别给予奖叙银两，送赴北洋水师学堂复考，饬上海军练船俾资阅历。外学堂学生教以行船、布阵及施放枪炮诸法，叠次恭备水路合操，均蒙圣恩优加赏赉，在事官兵无不同深感戴，现在已逾五年之久，罔敢懈驰。臣等随时考察，司事暨教习各员，均能协力同心，恪恭将事，不无微劳足录。拟即援照北洋、南洋、广东各学堂肄业学生期满。

玉带桥，其西侧即为水师学堂旧址

准将在事人员由臣衙门具奏，择优请奖，先后奏奉懿旨：依议。钦此。历经遵办在案。"光绪十二年（1886）九月初十日，翁同龢在日记中写道："海军衙门会神机营奏，在昆明湖试小轮船，复乾隆水操之旧"。十二月二十四日又写道："盖以昆明易渤海，万寿山换滦阳也"。当时的宫中太监王世龢在《造陶庐日录》中载："近年来，醇贤亲王辅政之，设立海军衙门、武备学堂、名谓海军，实未办丝毫海军事，惟著司重修清漪园大工事。"

光绪十五年（1889）三月，西太后率德宗载湉及荣寿公主和载湉的后妃们，在龙王庙北岚翠间将台上，阅看北洋水师学堂的学生水操。全军演习督操大臣李鸿章指挥所谓"新式演习"。昆明湖水师官兵总数不及100人，前后时间有五六年之久，由于中日甲午战争爆发，北洋海军全军覆没，海军衙门于光绪二十一年（1895）裁撤，昆明湖水操内外学堂也一并撤销。

颐和园水操内外学堂

《光绪会典事例》中记："健锐营也演习水操，选前锋1000人、在昆明湖演习，用汉侍卫10人，教习把总10人，水手百余人担任教练与驾船"，船营在这一阶段陆续造战船32只。后来宽阔的水域由于多年不曾疏浚导流，淤泥厚达数尺，水域逐渐变为沼泽和水稻地，成了著名"京西稻"的产地，这些为皇家专用的皇粮为此地又带来了新的名字——官场。

光绪十九年（1894）十月，昆明湖水师学堂共毕业学生一届计36名。均系驾驶班，全为满族人。

清《会典事例》记载："道光六年（1826）奉旨，昆明湖战船两只，现俱糟朽，著即裁撤。其水师营，应裁。实缺教习千总三名，听其自便。如该弁等愿回本省，即咨回原籍营伍当差，若不愿回籍，即交内务府酌议，应拨何处，奏明办理。其水手四十八名，在京已久，子孙现已滋生二百七十余名口。若仍遣回原籍，转致失业，著加恩，交内务府酌量安置，妥议具奏。钦此。遂议定，于奉宸苑等处水手差使，挑补钱粮，以示体恤。"

奕谟视察海军

《会典事例》中记的教习千总三名为蓝姓、颜姓、罗姓，水手48名中多有蓝姓与柯姓、楼姓、蔡姓、胡姓。通过这段史料，我们看到，清政府对健锐营八旗水师中的满、畲族人待遇的优厚。

反之，在辛亥革命后，满族人生活日况愈下，同时受到社会岐视，不得不改姓更族。岐视、体恤二者相比，犹如天上地下。

20世纪60年代末，笔者核查船营，昆明湖水操遗址依存部分建筑，已改为某造纸厂及其宿舍。

今日，高水湖、养水湖均已不见，昔日的船营早已成为了150余户的村庄，与船营过去一水之隔的后窑，现在已连成一片，再也看不到昔日湖水碧波，战船竞渡的场面了。

4.英勇善战索伦人

乾隆三十八年六月初一，定边将军温福进军大金川，在昔岭木果木大营中，遭到了金川番兵四面包围。初十,温福胸左中枪,子弹穿透其胸,坠马而亡,此战失利,给清营官兵造成重大损失。

乾隆得到金川战场失利的消息后,认为汉军绿营不甚得力,难堪征剿重任。决定派健锐、火器两营兵2000名从京都到四川军营。领队为包布腾巴尔珠尔,殿后为富德。又增派黑龙江、吉林2000兵,派索伦兵500名迅速起程,赶赴金川。乾隆认为,此次派赴金川之京城满洲兵及黑龙江、吉林、索伦等兵受国家重恩,必当冒死前进。

此谕中提到的"索伦"是哪个民族,这是十分重要的。这些索伦兵士和健锐营、火器营兵丁一起安内攘外,并肩作战。在金川战役中,索伦军士是最后一批撤回北京的,时已乾隆四十一年夏初了。乾隆五十六年,索伦军士再次入藏,为保卫中华疆土而奋战廓尔喀。

"索伦"一词是满语,意为射手,是指生活在东北地区石勒克河以及外兴安岭、黑龙江北岸支流精奇里河一带的达斡尔、鄂温克、鄂伦春等民族的总称。清政府为了保卫中华国土,增强防务,深知达斡尔、鄂温克、鄂伦春等民族骁勇善战,精于猎骑,习于游牧。为了防止沙俄的入侵,成立了3000兵丁的索伦八旗,左右两翼,

荣寿公主与贵妇们像

各25佐。左翼四旗驻牧于沿俄罗斯边界一带,右翼四旗驻牧于喀尔喀边界哈尔哈河一带。其中,鄂温克兵丁1636名,达斡尔兵丁730名,鄂伦春兵丁359名,巴尔虎兵丁275名。加上鄂温克、巴尔虎兵丁的796名家属。因此,"索伦人"是我国北疆的保卫者,也是在人迹罕至、荒芜草原上的开拓者和建设者。1958年,索伦旧旗名撤消,改设为鄂温克族自治旗。

在乾隆征金川战役中,从统军大臣阿桂、丰升额、海兰察等领队将领的奏折和乾隆的谕旨中,都可以看到"索伦军士冒雨冲泥,攀崖越险,所向克捷,甚属可嘉"的文字。每次攻打番碉时"当地士兵因熟悉地形、路径,只起向导之作用,若攻坚越险,非满洲兵丁和索伦营不行,皆所优为。"当金川战役结束后,索伦兵士是最后一批撤离金川的。返京后,就在健锐营内搭建临时住房,多次在健锐营八旗大校场内为健锐营的兵丁进行操练,为其示范。

索伦八旗营中最高将领为海兰察。海兰察(1740~1793),世居呼伦贝尔索伦左翼镶黄旗,额格都杜拉尔氏。海兰察一生参加过多次战役,乾隆十二年以马甲的身份从征新疆,平定准噶尔叛乱,乾隆三十二年便以副都统之名从征缅甸,出师虎踞关。乾隆三十八年进入大小金川。乾隆五十二年赴海峡,平定台湾林爽文之乱,戎马生涯38年,南征北战,身先士卒,勇略过人,战功显赫。作为功臣,海兰察像绘于中南海紫光阁内。

除海兰察外,索伦营内还有博尔木察,因长年戍边有功,任正黄旗都统,列紫光阁绘像中前五十名,乾隆为其题句:"瞿烁请行、索伦巨擘,挽五石弓,尚能杀贼。弩拉鸳之,不留飞鸟,马援来临,殊恩荣老。"

索伦八旗为国镇守边关,作战勇敢,深得乾隆皇帝的赏识。乾隆御批:人甚健壮,抢前敏捷,惯走山林、颇

从玉泉山俯看京西稻产地,阡陌纵横,远处的昆明湖碧波荡漾。

耐劳苦，临战甚属得力。乾隆皇帝甚至说："盛京之兵，多不如索伦。"索伦八旗作为鄂温克、达斡尔、鄂伦春等民族的总称，为保卫我国边陲，保障人民平安生息起到了重要作用。

咸丰三年，索伦布特哈镶黄旗敖拉氏明兴将军从征江南，补佐领，大战集贤关、祁门大营，攻广信后被授乍浦副都统，署杭州将军。

同治三年，索伦那哈塔穆图善，授钦差大臣、荆州将军，光绪三年内察哈尔都统，光绪五年为福州将军。其母何音氏、为达斡尔人，曾住健锐营镶黄旗其孙家。穆图善一生征战中多与键锐营、火器营并肩战斗，同住、同练、同战、其事迹在键锐营中均有口碑。

三、清帝退位后的健锐营

（一）民国初期健锐营的人们

旗营的解体在史书上记为1911年前后，时值辛亥革命各省先后宣告独立，1912年1月1日中华民国临时政府成立。

"任署湖广总督的段祺瑞于元年一月二十六日联合统兵大员47人，以赞成共和之电忠告清廷。同时，南方人民相率电请清廷退位者日数十起，而北方之蒙古联合会，山西、山东、河南、吉林、黑龙江各巡抚及河南咨议局等继之"。于是由国会

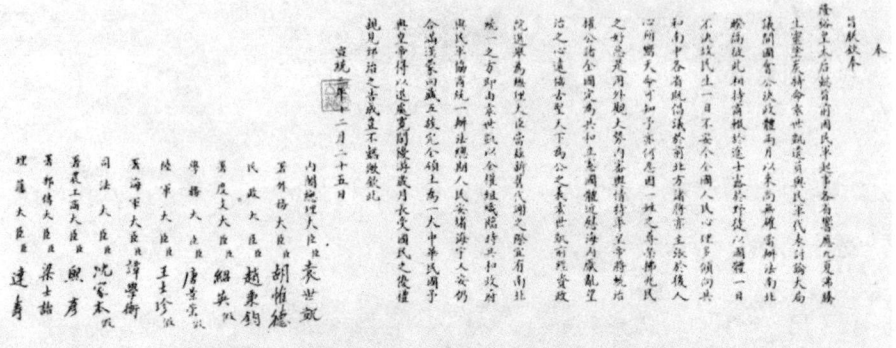

清帝退位诏

公决问题一变而为清室退位问题。面对此难,宣统这位幼帝和隆裕太后这位寡母,默察大势,不得不下谕:"朝廷何忍以一姓之尊荣贻万姓以实祸。惟是宗庙、陵寝以及皇室之忧乱,皇族之安全,八旗之生计,蒙古、回、藏之待遇,切应予为筹画。"

隆裕太后所提的内容,形成文字为于宗庙陵寝永远奉祀,先皇陵制如旧妥修各节均已一律担承。皇帝但卸政权,又废尊号,并议定优待皇室八条,待遇皇族四条,待遇满、蒙、回、藏七条。

隆裕太后的诏书三道既下,新的历史将五千年封建专制之积习一扫而空。清廷代表袁世凯与民国代表伍廷芳在"优待皇室八条"、"待遇清皇族四条"、"待遇满、蒙、回、藏七条"定议签字后,历时268年,传十世的大清王朝被迫"逊位"了。自此,年仅6岁的孤儿皇帝溥仪在寡母隆裕太后的呵育下,在故宫三大殿内戴着清帝尊号,退处赋闲优游岁月。中华历史又翻开了新的一页。

段祺瑞像 段祺瑞(1865~1936)安徽合肥人。字芝泉。北洋军阀皖系首领。北洋武备学堂毕业,曾留学德国学军事。1895年佐袁世凯任炮兵学堂总办兼统带。历任练兵处军令司正使、江北提督等职。辛亥革命后历任北京政府陆军总长、参谋总长、国务总理等职。袁世凯死后,把持北洋军阀政府。1920年被直系军阀曹锟、吴佩孚击溃下野。1924年直系政权倾覆,被冯玉祥等人推举为北京临时执政。1925年召开善后会议,抵制国民会议。1926年屠杀北京爱国群众,造成著名"三·一八"惨案。同年6月又被冯玉祥驱逐下台。1936年病死于上海。

甲、优待皇室八条

一、存清帝尊号,以待各外国君主之礼相待

遇。

　　二、岁给清室经费四百万。

　　三、以颐和园为清帝住室。

　　四、保护清宗庙及陵寝。

　　五、修清德宗崇陵。

　　六、从前宫内各项执事人员照常留用，惟以后不复再招阉人。

　　七、保护清帝原有资产。

　　八、原有之禁卫军归民国陆部编制，额数俸饷如旧。

乙、待遇清皇族四条：

　　一、清王公世爵概仍其旧。

　　二、清皇族对于民国国家公权及私权与国民平等。

　　三、清皇族私产一体保护。

　　四、清皇族免当兵之义务。

丙、待遇满、蒙、回、藏七条

　　一、与汉人平等。

　　二、保护其原有之私产。

　　三、王公世爵照旧袭封。

　　四、王公中有生计过窘者，设法代筹生计。

　　五、先筹八旗生计，于未筹定之前，八旗兵弁饷俸照旧支放。

　　六、从前营业居住等限制一律蠲除，各州县听其自由入籍。

　　七、原有之宗教听其自由信仰。

　　旗营中的兵丁是清廷的军事力量，所以清廷也有恩养满、蒙、汉及其他少数民族八旗的政策。清制规定，满、蒙军兵包括军眷及闲散人员一律不得擅离营地，不得务工、务农、经商，不得买房置地，全靠吃皇粮过日子。康乾盛世之后，国势日衰，国库日渐空虚。八旗二百多年的人丁繁殖，到了晚清时期生活陷入困境。很多家没钱买菜，到空地挖菜吃，遇事当卖衣物的比比皆是。有个姓金的军官，穷得没法，把军服当了糊口，临到会操没钱取当，便开枪自杀了。因贫困自杀的人时有所闻。当时还流传一些笑话：一个有官位的旗人，夏天到友人家做客，脱下的外衣，被主人拿去从后门送到当铺里给当了。客人走时不见衣服，主人便装腔作势骂妻子太不小心，被小偷从后门进入房内把客人的衣服盗走了。

对八旗兵的种种要求和禁忌，使旗人长期被迫脱离生产劳动，缺乏生产技能，除了"披甲当差"、"赖饷而食"，充当维护清朝统治者的工具以外，大部分人无所事事，被迫成为"不仕、不农、不工、不商、不兵、不民"的人。而且旗兵进城之后，在旗营的窄小范围内，很少与汉人往来。四道城门禁止外族进入。有时汉人误入，多遭毒打，还常与居住于城边的汉人发生纠纷。长期以来矛盾相当紧张。辛亥革命后，旗营中的人们享受着政府与清室的约定中优待条件，粮饷虽不多，但能照常发放，营中人吃不饱也饿不死。旗营内是军事单位，纪律极强，所以尽管如此，营中的人们还是不闹事的，旗营稳定是人们看到了皇上溥仪还坐在宫

幼年溥仪像

里，尽管辛亥之后社会上排斥满族、歧视旗人，但只要营里人不被生活所迫，不到市面上去闹事，京师健锐营中的家庭还是平静的。随着旗人按月领取钱粮的制度取消了，他们生活无着落，多数逐渐沦为城市贫民阶层。处于这种生活困境的满族驻防旗人，有的街头卖艺；有的去拉人力车；有的甚至沿街乞讨……

1915年，北京遇到了天灾，一时物价飞涨，灾民四起，八旗兵民的俸米也不发了，俸银折成铜板和银元。到了1919年只能领到一点补贴。人们只好到营子西边的山上打草、摘枣，甚至开些小片荒地，因为这时营中早已不再训练而是混吃等死了。

1924年10月23日，冯玉祥发动北京政变，囚禁总统曹锟，驱逐溥仪出宫。自此，健锐营钱粮俱断，京西健锐营的遗民再无官方指定的领导。

民国十一年八月十一日，上海中国济生会为了帮助京城旗人的生存，特在健锐营设立了济生工厂，凡是健锐营中的妇女，都可以入厂成为工人。

民国初年，前国务总理、大慈善家、教育家熊希龄与同是满族人的教育家英敛云在香山健锐营分别办慈幼院和女生学校，这对于健锐营中的失学孩子起到了救济

作用，得到了读书的机会。

俸银、俸米是旗人的命根子，饷银的停止发放使旗人们陷入了困境。京城里的旗人高层次的王府宅院，家有积蓄，短时期内生活尚可。实在不行尚可变卖家中的珍宝古玩、金银首饰、名贵家俱，甚至可以典物存款，以利息为生。京城的普通旗民只好租住他人的房屋，做些瓦木、泥水匠的小工，勉强度日。郊区还有一部分旗人，原是为其主子看坟的，几辈子下来，这些旗人逐渐将坟圈子周围开垦出来，种上庄稼，早已成为农民户。这些旗人在辛亥革命和民国期间较为幸运，健锐营中不少人家，在最为困苦的时候投奔到这些同族亲友。

大部分旗丁仗着自己年轻，借着外蒙古宣布独立参加了民国征剿的讨伐军。这些旗丁由于多年缺乏训练和讨伐军的给养不足，未曾交兵，就被外蒙古的北方隆冬天气冻死不少。侥幸逃回来的少数人，指着两条血水浸透的腿，同营里的亲人哭诉着这次"讨伐"的惨烈经过。

旗营中的男人一下失去了一半，失去儿子的孤寡老人失去了依靠，当月就有投水、上吊的。伴随着亲人的离去，京西外三营黑天白夜传出哭声。

为了活命，旗营中的人们纷纷走出了营房，乞讨、谋生。这些人中大多数拆砖卖瓦做盘缠，找个能混饭的事。最好的是健锐营中的笔帖式，写一笔好字，这些为数不多的"笔杆子"在任之时，多为秘书一类的文职人员，除了有一定学问以外，还有相当的社会关系。他们阅历广泛，多经上级举

隆裕太后与太监照

荐，继续在外三营附近的本地政府机关留用，差一点的当缮写员。旗营中的教谕，多被附近的小学、中学收用，仍做教师。此外营中还有一些自学成才者，他们自己研究医学，懂得诊脉、正骨、按摩，了解药性、命方、诊证，则成了京西一带的无照游方郎中。

旗营中的一部分稍有文化和社会经验者多送礼求入，被政府编入"警察"行列，

这些人只能在地段上混，维持一下治安，靠政府发的一点薪水过日子。

更多的是靠卖力气，进城拉"洋车"，辛苦劳累一天，勉强混上两个棒子面窝头。这些"汉子"虽有气力，却连家都混不上，劳苦一生，连理的人都没有。没有力气的人只好趸一些小食品，卖些落花生、糖豆、大酸枣等。女人们为有钱人家当佣人，洗洗涮涮，混个温饱。

（二）旗营留下的启示

清代旗营经过了近三百年来的风风雨雨，从清初的八旗劲旅、从龙入关到拱卫京畿。从雄镇边关到刀枪入库，游手闲散，直到被前进的社会洪流所淘汰。在人们的心目中，满洲八旗是纨绔子弟的滋生地，是"腐败无能"、"卖国求荣"的代名词。

历史真是像某些史学家、小说家、文学家笔下那样"戏说"吗？那样黑白颠倒吗？满族和她的军事力量——旗营对中华民族是否做出了贡献呢？作为中华民族大家庭的一员，满族有着极其光荣辉煌的历史，否则满族也不会用仅22.5万人马入主和统治数以亿计人口的中原。清朝近300年的统治为中华民族做了许多可歌可泣的英雄业绩。仅清高宗乾隆统治的六十年里，满族和旗营就为奠定今日中国的疆土和版图作出了历史贡献。二平准噶尔、一定回部、再扫金川、靖台湾、降缅甸、镇安南、廓尔喀两次签约等十全武功就是旗营兵民为祖国统一和中华强盛做出的百花园中绚丽的一朵。因此，笔者认为，清代旗营在开国、康雍乾盛世时所作的功绩，旗营在保疆卫民的对外御侮的战争，消弭边患，开拓疆土作出的努力还是值得我们大书特书的。

诚然，在历史的长河中，清朝末年，尤其是慈禧太后"垂帘听政"的"同光"时期，清政府的腐败终于导致宣统三年隆裕太后代下诏书宣布"清朝皇帝逊位"。就这样，中国历史上最后一个封建王朝终于被中华民国所改换。试想，历史上的唐、宋、元、明数朝哪一个不是因其在末年时腐败而被推翻的呢？

清朝在自己强盛时期曾开创了民族团结的先河，对藏族的和亲政策，对维吾尔族的怀柔政策，对蒙古族的世代联姻，就连金川居住的一个弱小民族都编入旗籍，设置佐领。事实证明，清朝之所能统治中华近三百年，与清廷实行的民族政策，儒化政策是分不开的。以至于出现了清帝逊位后，许多汉籍官员都愿孝忠清室，如辫帅张勋的复辟，康有为的叩见，旧臣梁鼎芬不愿为民国的官，而去孤守清皇西陵的事例。

反过来，是满族人对清廷就完全效忠吗？清代后期旗营中旗丁生活的好吗？请看：由于1860年，1900年英法等国侵略者的入侵，清廷的政治腐败已使旗营中的官兵对清廷失去了信心。旗营的主要经济来源是"一关银子二关米"，可旗营关制校兵时，银两就差多了。咸丰年间，突然发给大个儿钱，引起了营房外面商市的波动，钱明显的不值原来的价值。到了光绪二十六年，所有饷银减发到七成，营中的人只好紧衣节食，勉强生活。到了光绪末年，饷银减到五成。五成的银两再扣去灯钱、红白事的借款、补贴等宗银两，实发银每月不到几钱。米虽说还有，每三月才发一次经过碓房克扣的黑米。一家人若是仅五六口人，黑米倘能勉强度日，可营房里的人增的多，去的少，兵的总额不再增长，故养育兵、散差人员家家都有。满人极重吃喝和保养身体，旗营中的八九十岁的老人比比皆是，人口过多，收入少，很难维持最低生活。

过去有句俗语："满称奴才汉称臣"。这是由于清廷入关前是奴隶制的封建社会过渡期，多大的官在皇帝面前也称"奴才"，而汉族官员则称自己是"小臣"、"微臣"等。

火烧圆明园后，圆明园护军营最先打破营房内的严历的束缚来改善自己的苛刻待遇。他们明着不经商，暗地里做，有的到山上摘酸枣，挖鲜蘑卖钱，甚至到营外租种农家的土地。圆明园军营的消息很快的传到其他营房，健锐营各旗也开始仿效。为了生存，旗丁不再甘心被摁着脑袋，俯首贴耳地效忠大清朝皇帝了，不再卖命地效忠腐败统治者的天下。八旗营房内的"八议之典"制度已经失去了对营中人们的约束力，营中的人们开始冲破清廷为维护统治而编织的囚笼——旗营。

当中华民国临时政府未履行"禁卫军归民国陆军部编制，额数俸饷如旧"，及"先筹八旗生计，于未筹定之前，八旗官兵俸饷照旧支放"的条件后，旗营中人更无法生存，只得拆房买瓦，弃家逃亡更有甚者投水自杀，最可怜的是那些男人已在战场上牺牲了的孀妇和孤女们，破旧的衣衫下，露出了那双大脚，让人们一看就知道是旗人，走在街上，无法隐瞒自己的民族成份，饱受世人的歧视。

民国期间，有人提出了"旗族"这个问题新式名词，因为在当时，人们多不再提满族、汉八旗这个极为敏感的问题，而是称为"在旗"与"不在旗"。而"旗"的概念不限于白山黑水的满洲人了，而是包括蒙、汉、苗、朝鲜、俄罗斯、锡伯、达斡尔、鄂伦春、索伦等众多的民族和地区的人民。试想，清朝皇帝就是少数民族，他怎么想不到利用众多的少数民族形成一股更大的力量来巩固自己的统治呢？鉴于统治者的立场，清统治者入关后大量启用汉族官员，联姻少数民族，努力改变统治集团内部的民族成份，逐步消除本民族的落后意识，尽力接受和汲取每个民族的长处，从历代封建统治者的经历中找出可行的政策和措施，以适应统治者的需要。纵观我国封建社会各朝，我们可以看出：凡是能够正确处理民族关系的，其统治中国的时间就长，疆土就会完整。满洲贵族之所以能以一个少数民族统治中国达268年之久，就是说明清政府采取的政策基本上是成功的。

就健锐营来说，除满、蒙两族外，和本营及外营的苗、藏、羌、畲、回、锡伯等族的人们团结的也十分融洽，至于出入旗营内的山西、山东、河北等地的商贾、小贩、教书先生和各种劳动者更是有血肉之情。由于旗营内不准经商、务农、做工，所以，一些商贩自始至终与旗营保持联系。即使是健锐营出兵征战，也有一部分山西、山东籍的商人随营行走，保证旗营中的生活必需品的供应。

内蒙呼和浩特的绥远城、福建福州、新疆伊犁、湖北荆州、浙江杭州、江苏江宁、陕西西安、四川成都、广东广州及宁夏、乍浦等地都驻守大量的旗营，这些远离老家的旗人在当时的历史条件不能不说他们在祖国各地，边疆要镇的长期驻防，担任屯垦，兴修水利，为维护国家安定和祖国统一做出了很大贡献。今天当我们看到中国幅员辽阔的版图时，不能不想到，这里面包含着八旗将士和全国各族人民用血肉之躯在战场上奋战而得来的。因此，我们说，在中华民族漫长的历史进程中，是满族和清代特有的军事机构——旗营，和全国五十六个民族一起，共同开拓，捍卫了祖国的疆土，共同发展和繁荣了社会经济，共同丰富了中华民族光辉灿烂的文化。使历史悠久的文明古国，使勤劳勇敢的中华民族屹立在世界东方。

（三）北京西山健锐营遗迹

半个多世纪过去了，香山旗营面貌如何？我们又做了一次实地踏勘。我们先来到健锐营的正蓝旗。按图索骥，七座碉楼仅存一座，在旗营东北角处，已被海淀区列为文物单位给予保护。碉楼一半在某军事机关内。

正蓝旗营中原佐领宅院仍依旧，户主姓金，应为满洲爱新觉罗氏。金老太太健谈，指着道旁一棵松树道：这儿是小庙（关帝庙）旧址，又指一低洼处说：这儿是水井。

经过中街右拐，路东尚存3间破旧的旗下小屋和欲塌的门楼，此院前有香槐，后有椿树，稍加整理，便可看出旧时旗家风貌。

穿西门而过即小府村，村西侧右有一宽大街巷，长仅百余米，商匾有四王府字样，有邮局、百货商店等。此地虽繁华，但不是昔日旗营依赖生存的四王府街。

沿镶白旗北营墙西行南拐，见一东西走向的街巷。问得老人，答：这便是昔日四王府的那条买卖街。街因南北两侧住房的侵蚀，早已变得细长，失去昔日繁荣模样。四王府街，东边就是镶白旗。西口隔一小块空地，便是正白旗。现空地已建成住房，四王府村与正白旗仅3米之隔了。四王府村内有清真寺一座，能使人想起，旗营中人喜吃牛羊肉的情景。

沿正白旗东营墙北行西拐，便是正白旗里外头东五条，其西的两棵古槐已年过三百，应是建营时的见证。其户主白纪庸，年80，其女极爽快，自言巴雅拉氏后裔，名叫小军。

宽街北尽头为一小学校。校址原为昔日健锐营左翼四旗的关帝庙。今建筑完整，庙为两进的四合院，院宽大而布局合理。再往西行，便是正白旗老营了，人们称之营外头。立足远看，整个营区全部绿化，原来的档子房、旗关帝庙、学堂及旗下老屋都已迁出，整个地域划给了植物园。被列为曹雪芹纪念馆的舒家老宅在这里显得有些孤零，虽其前后也有两排老式房，但仍然感到"洋"了一些。正白旗老营子全部被园林局用铁栅栏围了起来。

离开曹雪芹纪念馆，出南门为东宫村。此村与毗邻的健锐镶黄南营的东门有关，因为东宫村得名甚晚，先有商户，后有东宫村。东宫村不过是当初团聚在南营、正白旗营之间商人、小贩日久形成的村落，否则碉楼怎建在里面。镶黄南营无大变化，只是东西走向的土街变得十分窄小。

行至北辛村，见一老人，世居此地，名史春生，住煤厂街39号，对香山一带极为熟悉，介绍笔者到熊希龄墓园去。熊希龄先生在旗营最为贫困的时刻挽救了大批困苦的家庭，旗营中很多的孩子都在熊希龄先生兴办的慈幼院中学习过，今天都已成为白发苍苍的老人。在香山慈幼院校友会上他们都十分激动地追忆熊希龄先生和夫人毛彦文女士对旗营孩子们的恩情。

熊希龄像 熊希龄（1870～1937），湖南凤凰镇竿人。字秉三，光绪进士，选翰林院庶吉士，民国第一任总理。曾助陈宝箴、黄遵宪力行新政；多次上书反对签订《马关条约》。百日维新期间，认为"朝廷变法，首在兴学；兴学之本，先重师范"，联合湘绅提议整顿湖南全省书院。戊戌政变后被革职回到湖南。因曾与谭嗣同、梁启超、唐才常等组织南学会，提倡科学，注重时务，受到顽固派的攻击。光绪三十一年，得端方援引，充当出洋考察宪政五大臣参赞，次年回国，仍返湖南教学。1909年，任东三省财政监理官，次年任奉天盐运使。辛亥革命后，拥戴共和，先后参加统一党、共和党，为进步党的负责人之一。袁世凯任大总统后，与梁启超、张謇等组阁任国务总理兼财政总长。1932年任世界红十字会中华总会会长。1937年12月5日病逝于香港。

北京西山 健锐营

熊希龄墓

熊希龄陵园有专人管理，极清洁。青草依依，树木茂盛。陵园内有墓穴基石5处。其中一方碑石无字，问及管理人员。对方答道是毛彦文女士的，想当年熊公与毛女士结婚，一为66岁，一为33岁，今毛彦文女士年逾百岁，其学子桃李满天下。

踱香山东宫门外买卖街，进南侧香山正黄旗北营，当年的八旗印房犹在，碉楼矗立，甚为庄严。营房前后及条巷内极干净，八旗学堂现为香山小学，布局变化不大，只是前院多了一堵东西走向的砖墙。

过教场，登红山头，翻过山梁即为正黄旗南营。东南望去，团城南北的两层歇山顶的城楼高耸入云，梯子楼、阅武楼也极显示其固若金汤的尊严。过正红旗、松堂，即为镶蓝旗。

昔日正黄旗南营已为某军区自驻地，昔日番子寨前面的塔门，今为军队驻地八

门头沟番民后裔的住房

一礼堂的西南角。寨子营区由三部分组成,第二层处只有三四排房立在那里,这里原是寨子佐领住的地方。至于寨子中的乐工们的住所还需再往西一些。随着番子营中人口的不断增多,营房开始从第二台阶向西,向上延伸,此处台阶约20余级,呈45度角。这第三台阶东西长约200多米,南北宽约35米,现已是金山陵园的一部分。值得欣慰的是,团城阅武楼、阅武厅、梯子楼等文物保存的极好。

在陈淑英老人的带领下,我们从门头村西口步行走向村东口。门头村西口并不在今日的香山南路上,从昔日门头村西口到香山南路还有很长一段距离,这段距离过去没有名字,旗营人称为"花墙"。

进了门头村主街,陈淑英老人如数家珍的给我们指点述说这一间是布铺,这一家是酱房。这儿是烧饼铺,掌柜子姓哈,是个回族兄弟。他对面也有一家烧饼铺,

2004年演武厅修缮竣工典礼上,作者(右四)与时任北京文物局局长梅宁华(右五)及专家学者在一起。

是大教的，山东人开的。那边有个烟市，开始挺红火，后来旗人没俸银了，烟市、烟馆也就关了。这间小杂货铺掌柜子很好，能赊包关东烟、半瓶醋什么的。这个道口叫铁官庙，方园几里的菜贩子都挑着担子到这里来卖。街面的老买卖有杠房、喜轿铺、牛羊肉铺、羊肉包子铺、煤铺、面铺、酒馆、剃头棚、油盐杂货铺、山货铺、煤油店、茶馆、饼铺、棺材铺。

　　当我们走到镶红旗南营时，看到营中人们饮用的那口水井还在，只是井水色黄味苦，不如今日地下百米机井的水那样清冽甘甜。正是：

　　长白始入关，
　　定都幽燕，
　　香山脚下旗营连。
　　十全武功雄风在，
　　巩疆卫边。
　　沧桑三百年，
　　远赴金川，
　　实胜寺亭有遗篇。
　　娱乐升平歌盛世，
　　换了人间！

后记（一）

1995年时，白鹤群先生曾赠我他的新作《京旗外三营》一书，使我较为系统的了解到了250年前开始发生在北京西山的一段独特历史。由于文中涉及到"番子营"等内容，我向白先生建议，希望能将这部分内容介绍详细，如有可能最好前往金川进行实地考察，以解数百年之谜，同时增加有关满洲八旗全国驻防，特别是京师八旗驻防的详细内容，这样才能使研究内容更为完整。白先生接收了我的建议，同时邀请我与他合作，由我负责搜集整理满洲八旗军队全国驻防的内容。于是，我们分工负责，开始了国内和北京西山的现场考察与书的撰稿工作。

健锐营在香山东南两翼，设八旗，初期建有营房3500多间。健锐营内有八旗教场、八旗印房、八旗子弟学堂、方昭、圆昭、大昭、二昭、碉楼、关帝庙、档子房、营门楼等，最为显赫的是阅武楼和团城。这些古建筑历经250多年，少数存在，多数不存。遗存的有团城阅武楼、梯子楼、朝房、实胜寺碑亭、松堂、来远斋、八旗学堂、数座碉楼、修复后的曹雪芹旗下老屋、香山昭庙、九座存一的关帝庙、印房遗址等。

一晃5年多过去了，在《京旗外三营》一书的基础上，利用业余时间，我们不仅考察了大小金川地区，还考察了北京、广州、南京、福州、厦门、杭州、承德、正定等地的驻防八旗旗营遗址，对北京香山一带进行了多次考察，补充了大量的资料，终于完成了本书的撰写工作，并选配了大量的历史图片和遗迹照片，使本书从形式上得以丰富。

考察的结果也使我们对清代八旗军队和旗营有了更深刻的认识。在全国各地，八旗旗营遗址均有所保留，可供考察。北京的大量旗营遗址除香山正白旗已成为曹雪芹纪念馆得以修缮外，几乎其它的旗营遗址都在拆迁之中，这也反映了当时旗营的居住条件之简陋，如今大部分已成危房。但"营房"、"校场"等名称已成为地名广泛流传下来，成为那个时代的记录。特别是考察时所遇到的旗营后裔们的热情、好客，热爱生活的态度，给我留下了深刻的印象，家家户户可见花草鱼虫满院和鲜艳的门联，虽然居住条件很简陋，但他们幽默豁达，对生活充满了希望，这些情绪深深的感染了我，体验到了文化传承的魅力。

　　本书是笔者与白鹤群先生合作出版《北京的会馆》、《掌故北京》等书后的又一次成功合作。

　　在本书出版之际，借此机会特别感谢北京市文化局降巩民局长、北京市旅游局于长江局长、北京广播影视集团管理委员会赵东铭主任、学苑出版社孟白社长、北京出版社吴雨初社长、北京社科联常务副主席张文先生、北京市民间文艺家协会主席赵书先生、北京民族事务委员会赵宏生先生、北京青年联合会汪明浩主席、秘书长余俊生、北京市文化局冯守仁巡视员、社会文化处阮兰玉处长、北京市文物局舒小峰副局长、北京满学研究会会长阎崇年先生对笔者从事北京文化研究的鼓励和支持。

　　幸得学苑出版社支持创作，决心将本书作为精品图书推出，感谢洪文雄先生对本书从总体风格和具体内容上多次提出修改意见，使本书得以早日出版。

常　林

2005年12月21日于望京西园

后记（二）

1999年，我应北京市海淀区政协主席张宝章先生之约，参与了海淀史地丛书中《京旗外三营》一书的编写。这本小册子是集体合著本，我的文字仅占二分之一。

此书出版后，虽然印数不多，但社会反映强烈，引得同仁、同族的关注。本书的合作者，爱新觉罗·常林先生洞察到了这一现象，特别向我提出："由于《京旗外三营》中涉及到'番子营'、'寨子'等内容，而'寨子人'原籍属于祖国何地？属于哪个少数民族？众学者见解不同。为了更具体的说明清楚这些问题、解决历史谜团，并充实香山番子营的文字内容，希望您能够到寨子人的原籍——四川省阿坝藏族羌族自治州金川县一带去察访。"

我接受了这个建议。在北京市民族事务委员会副主任赵书先生和四川省前驻京办主任日戈圣光先生（藏族）的安排下，我先后三次到乾隆皇帝派兵征金川的古战场踏察。

金川古战场地域包括今天的金川县、小金县、理县、汶川县、州首府马尔康和甘孜州丹巴县的巴底乡、巴旺乡。

金川之行，一个新的发现从浩瀚的历史文献中浮现出来：没有四川西部的大小金川之役，就没有长达近200年的飞虎云梯健锐营。因为健锐营是在乾隆皇帝首征金川后才成立的。我多年的历史知识积累和苦练的书法技艺，加上不怕吃苦的执著意志，特别是当地少数民族共有的直率、热诚、礼貌、勤快的习俗，使远隔千里的金川人接纳了我。在金川县县长葛宁、书记潘玉成、副县长扎西这届班子时，我荣幸的被聘为金川县人民政府顾问，聘为以南卡多吉为主任的金川县人民政府驻蓉顾问。

　　三次的赴川，使我汲取了大量营养。而常林先生则开始搜集有关的清代八旗的全国驻防资料，并到北京、广州、南京、福州、厦门、杭州、承德、正定的驻防八旗旗营遗址考察。经过我们二人的共同努力，一部以北京香山脚下的健锐营为主线的图书脱稿了。

　　本书是在《京旗外三营》一书的基础上结合多次实地考察、查证史料增写而成，其中番子营部分则是笔者三赴蜀西金川后增写的。清代各地驻防旗营概述及北洋水师等部分的内容则是常林先生在考察遗址后，补充有关资料撰写而成的。

　　在本书写作过程中，我们的研究视野被大大的拓展了，一部以四川大小金川为主线的《乾隆皇帝与蜀西金川》成为我们合作的下一个选题。而以健锐营、火器营、圆明园护军营、四川大小金川、乾隆帝十全武功为内容的长篇小说《旗营残梦》初稿也已摆在了案头。辛勤的劳动换来的是丰富的成果。

　　本书付梓之时，我真诚的感谢张宝章、柳茂坤、康健民、刘泽深、严宽、关续文等先生，感谢四川丹巴藏籍律师日戈圣光、小金县泽朗格西、周友刚、张永权、李凡，丹巴县贡热布里、康勇先生、景贤女士，感谢大金县领导葛宁、潘玉成、扎西、张光涛、马世东，感谢理县木材联运总公司经理贡热布理(李刚)，感谢北京藏学研究中心多尔吉，感谢马尔康市谢启茂及俄尔雅昌列寺院财旺塔活佛，感谢北京市民委副主任赵书、团城演武厅谢小敏、郭豹及首都图书馆北京地方文献中心等满、回、藏、羌的同胞和日本北海道大学长井裕子教授等朋友。

　　本书除史料详实、知识广泛外，与其他书相比最大特色是图片多。能够实现图文并茂是任职北京松下控制装置有限公司的摄影师张颖学弟随行实拍的结果，她从千余幅照片中，精选数张。

　　本书是笔者与常林先生的第四次合作作品，前三部为《北京的会馆》、《道家仙祖谢映登》和《掌故北京》，绿叶红花，锦簇盎然，相得益彰。

　　从构思本书到付梓，用时五年，可以告慰众多朋友的是，丰富的图书内容达到了预期的目的。

白鹤群甲申夏于京东将台
2005年6月30日

附录

1. 从健锐营士兵成长起来的将领

名　字	生卒时间	姓　氏	籍　贯	出身职衔	最高职衔
德楞泰 字淳堂	1745-1809	伍弥特氏	蒙古正黄旗人	健锐营前锋	领侍卫内大臣
索费英阿	?-1810	毕鲁勒氏	满洲镶黄旗人	健锐营前锋	提督
富　成	?-1800	石莫勒氏	满洲镶蓝旗人	健锐营马甲	成都将军
兴　奎	?-1824	瓜尔佳氏	满洲镶白旗人	健锐营前锋	乌鲁木齐都统
三　德	?-1788	瓜尔佳氏	满洲镶红旗人	健锐营马甲	广西提督
舒　亮	?-1798	苏佳氏	满洲正白旗人	健锐营前锋	黑龙江将军
哈当阿	?-1799	巴忒氏	蒙古正黄旗人	健锐营前锋	福建水师提督
花连市	?-1796	额尔特德氏	蒙古镶黄旗人	健锐营前锋	贵州提督
爱新泰	?-1807	伊尔根觉罗氏	满洲正白旗人	健锐营前锋	提督
富志那	?-1810	赫舍里氏	满洲正红旗人	健锐营前锋	贵州提督
德成额	?-1811	伍弥特氏	蒙古正黄旗人	健锐营前锋	广西提督
吉林泰	?-1816	瓜尔佳氏	满洲正黄旗人	健锐营前锋	湖北提督
皂　保	?-1817	苏完瓜尔佳氏	满洲镶黄旗人	健锐营前锋	镶蓝旗蒙古都统
九　十	?-1814	张佳氏	满洲镶黄旗人	健锐营前锋	广西提督
双　林	?-1818	富察氏	满洲正红旗人	健锐营前锋	江南提督
达凌阿 字瑞庵	?-1830	佟佳氏	满洲镶黄旗人	健锐营前锋	西安将军
巴哈布	?-1837	伍弥特氏	蒙古正黄旗人	健锐营前锋	江宁将军
武隆阿 字骏亭	?-1831	瓜尔佳氏	满洲正黄旗人	健锐营前锋	直隶提督；正红旗满洲副都统
庆　山	?-1841	萨玛拉氏	满洲正蓝旗人	健锐营前锋	乌里雅苏台将军
苏冲阿	1771-1829	伍弥特氏	蒙古正黄旗人	健锐营荫生	黑龙江将军
哈丰阿	?-1840	阿富察氏	满洲镶黄旗人	健锐营前锋	广州将军

名　字	生卒时间	姓　氏	籍　贯	出身职衔	最高职衔
倭什讷	?-1852	伍弥特氏	蒙古正黄旗人	袭一等侯爵	杭州将军
花沙纳，字流仲，号松岑	1806-1859	伍弥特氏	蒙古正黄旗人		正白旗满洲都统
希　元字赞臣	?-1894	伍弥待氏	蒙古正黄旗人	袭一等侯爵	福州将军兼闽浙总督
色普征额字智泉	?-1900	舒穆鲁氏	满洲正白旗人	健锐营前锋	宁夏将军
观音保	?-1768	瓜尔佳氏	满洲正黄旗人	健锐营前锋	镶蓝旗护军统领
官达色	?-1780	瓜尔佳氏	满洲正黄旗人	健锐营前锋	山西大同镇总兵
常　泰	?-1793	卓佳氏	满洲正蓝旗人	健锐营前锋	福建漳州镇总兵
阿尔萨朗	?-1797	赖奇忒氏	蒙古镶白旗人	健锐营前锋	正白旗护军统领
巴图什里	?-1801	博尔济吉特氏	蒙古正蓝旗人	健锐营前锋	湖南永州镇总兵
乌什哈达	?-1798	伊尔根觉罗氏	满洲正黄旗人	健锐营前锋	镶红旗蒙古副都统
希当阿	?-1808	瓜尔佳氏	满洲正黄旗人	健锐营前锋	福建福宁镇总兵
穆腾额	?-1804	额陈佳氏	满洲镶黄旗人	健锐营前锋	广东高州镇总兵
图钦保	?-1781	瓜勒佳氏	满洲镶黄旗人	健锐营前锋	陕西固原镇总兵
观　祥	?-1811	什布特氏	蒙古正白旗人	健锐营前锋	直隶宣化镇总兵
明　泰	?-1814	扎库氏	满洲镶红旗人	健锐营前锋	镶黄旗汉军副都统
亮　禄	?-1803	伊尔根觉罗氏	满洲镶红旗人	健锐营前锋	云南开化镇总兵
扎郎阿	?-1803	伊尔根觉罗氏	满洲正黄旗人	健锐营前锋	云南开化镇总兵
策　楞	1737-1819	佟佳氏	满洲正蓝旗人	健锐营前锋	正蓝旗汉军副都统
伊昌阿	?-1821	乌勒甲特氏	蒙古正蓝旗人	健锐营前锋	云南开化镇总兵
明　叙	?-1822	博尔济古特氏	蒙古镶黄旗人	健锐营教习	镶白旗汉军副都统
巴抗阿	?-1830	伊尔根觉罗氏	满洲正黄旗人	健锐营前锋	广州副都统

注：在健锐营66名将领中，属于从本营士兵（前锋、马甲）和基层官员（教习）逐步提拔起来的有42人，占总数的63.6%。这部分人少数留本营服役，多数调到外处任职。按其最高职务划分：有领侍卫内大臣一人，都统、将军和提督24人。统领、副都统和总兵17人。

2. 由清廷特派管理健锐营的将领

名　字	生卒时间	姓　氏	籍　贯	职　衔	备　注
世铎	1843-1914	爱新觉罗氏	清宗室	礼恪亲王、军机大臣	清太祖努尔哈赤次子代善和硕兄礼亲王的第11代孙
旺扎尔	?-1752	图伯特氏	蒙古正白旗人	领侍卫内大臣	领侍卫内大臣拉锡之子
明瑞,字筠亭	?-1768	富察氏	满洲镶黄旗人	领侍卫内大臣	一等承恩公富文之子
努三	?-1778	瓜尔佳氏	满洲正黄旗人	领侍卫内大臣	
瑞麟,字澄泉	?-1874	叶赫那氏	满洲正蓝旗人	领侍卫内大臣	
荣禄,字仲华,号略园	1836-1903	瓜尔佳氏	满洲正白旗人	领侍卫内大臣	凉州镇总兵长寿之子
福康安,字瑶林	?-1796	富蔡氏	满洲镶黄旗人	掌銮仪卫事大臣	大学士傅恒之子,高宗孝贤皇后之侄。
乌尔登	?-1770	乌里苏氏	满洲正白旗人	镶黄旗蒙古都统	副都统喀喇之子
奎林	?-1792	富察氏	满洲镶黄旗人	成都将军	户部尚书米思翰之曾孙
阿兰保	?-1801	扎拉尔氏	满洲正白旗人	镶蓝旗蒙古都统	
宗室成宽	?-1807		镶蓝旗人	乌里雅苏台将军	
巴特玛	?-1814	墨尔迪勒氏	满洲正黄旗人	正蓝旗蒙古都统	
宗室庆怡,字恰园	?-1813		正蓝旗人	荆州将军	
鄂实	?-1758		满洲镶蓝旗人	京城左翼前锋统领	大学士鄂尔泰之子
噶塔布	?-1796	鄂拉氏	满洲正黄旗人	正蓝旗蒙古副部统	
普尔普	?-1790	额尔特肯氏	蒙古正黄旗人	正白旗护军统领	都统巴图济尔噶尔之子
瑚尼勒图	?-1792	鄂纳氏	满洲镶黄旗人	镶红旗蒙古副都统	
硕云保	?-1805	莫勒特氏	满洲镶白旗人	镶黄旗蒙古副都统	

注:在健锐营66名将领中,有19人是清廷特任的管理健锐营事务的王公、大臣、都统、统领,占总数的28.8%。其中亲王、军机大臣1人,领侍卫内大臣、掌銮仪卫事大臣6人,都统、将军6人,副都统、统领6人。

3. 由外旗调入管理健锐营的将领

名 字	生卒时间	姓 氏	籍 贯	出身职衔	健锐营职衔	最高职衔
赛冲阿	?-1828	赫舍里氏	满洲正黄旗人	云骑尉	健锐营委署翼长、翼长	领侍卫内大臣
巴克坦布	?-1797	嵩佳氏	满洲正蓝旗人	云骑尉	前锋参领	正红旗蒙古都统
七十五	?-1803	瓜勒佳氏	满洲正黄旗人	护军	前锋参领、翼长	四川提督
定 住	?-1812	翁果特氏	满洲镶黄旗人	鸟枪护军	副前锋参领	乌鲁木齐提督
王德榜，字朗青	1837-1893	王	湖南江华人	湘军将领	健锐营教练	贵州布政使

注：在健锐营66名将领中，还有5人是从外旗营调入、曾在该营任过不同职务的清军将领，占总数的7.6%。按其最高职务分，有领侍卫内大臣一人，都统、提督3人，布政使一人。

图书在版编目（CIP）数据

北京西山健锐营／常林，白鹤群著．－北京：学苑出版社，2006.7
ISBN 7-5077-2673-8

I．北… II．①常… ②白… III．社会团体-史料
-北京市-清代　IV．D691

中国版本图书馆CIP数据核字（2006）第069743号

责任编辑：	洪文雄
装帧设计：	徐道会
出版发行：	学苑出版社
社　　址：	北京市丰台区南方庄2号院1号楼
邮政编码：	100079
网　　址：	www.book001.com
电子信箱：	xueyuanyg@sina.com　xueyuan@public.bta.net.cn
销售电话：	010-67674055、67675512、67678944
经　　销：	新华书店经销
印　　刷：	北京佳信达艺术印刷有限公司
开　　本：	720×980　1/16
印　　张：	14.25
字　　数：	220千字
版　　次：	2006年10月北京第1版
印　　次：	2006年10月第1次印刷
印　　数：	0001-4000册
定　　价：	38.00元